Diana Palmer
Inesperada atracción

Editado por Harlequin Ibérica.
Una división de HarperCollins Ibérica, S.A.
Núñez de Balboa, 56
28001 Madrid

© 2007 Diana Palmer. Todos los derechos reservados. INESPERADA ATRACCIÓN, N° 65
Título original: Lawman
Publicada originalmente por HQN Books.
Traducido por Sonia Figueroa Martínez

Todos los derechos están reservados incluidos los de reproducción, total o parcial. Esta edición ha sido publicada con permiso de Harlequin Enterprises II BV.
Todos los personajes de este libro son ficticios. Cualquier parecido con alguna persona, viva o muerta, es pura coincidencia.
™TOP NOVEL es marca registrada por Harlequin Enterprises Ltd.
® y ™ son marcas registradas por Harlequin Enterprises Limited y sus filiales, utilizadas con licencia. Las marcas que lleven ® están registradas en la Oficina Española de Patentes y Marcas y en otros países.

I.S.B.N.: 978-84-671-6445-9
Depósito legal: B-27242-2008

Imagen de cubierta: DIGITALVISION

En memoria de Gene Burton,
nuestro vecino y amigo.

CAPÍTULO 1

La vieja propiedad de los Jacob estaba en bastante mal estado, porque el último propietario había sido muy descuidado. En el despacho había una gotera, y quedaba justo encima del condenado ordenador.

Garon Grier la contempló con exasperación desde la puerta. Llevaba un elegante traje gris, porque acababa de llegar a Jacobsville desde Washington D.C., donde había asistido a un curso de investigación de homicidios en Quantico. Era su nueva especialidad dentro del FBI. Trabajaba en la oficina de San Antonio, pero recientemente había dejado el apartamento en el que vivía allí y se había trasladado a aquel enorme rancho de Jacobsville.

Su hermano Cash era el jefe de policía de la población. Habían estado distanciados durante un tiempo, porque Cash había repudiado a su familia cuando su padre se había vuelto a casar días después de que su madre muriera a causa de un cáncer, pero la situación se había arreglado. Cash estaba felizmente casado con Tippy Moore, una modelo y actriz afamada a la que se conocía con el apodo de «la luciérnaga de Georgia», y acababan de tener una hija.

Para Cash, la pequeña era como las joyas de la corona, pero a Garon le parecía más una pequeña ciruela pasa enrojecida que no dejaba de mover los puños. Aunque la verdad era que con el paso de los días iba haciéndose más bonita. Le encantaban los niños, a pesar de que no lo parecía. Tenía un carácter directo y brusco, apenas sonreía, y solía mostrarse reservado y seco incluso con las mujeres... sobre todo con ellas. Se le había roto el corazón cuando el amor de su vida había muerto de cáncer, y estaba resignado a permanecer solo durante el resto de su vida. Era lo mejor, porque no tenía nada que ofrecerle a una mujer. Tenía treinta y seis años, y vivía por y para su trabajo. Aunque lo cierto era que le habría gustado tener hijos... sí, habría estado bien tener un crío, pero no estaba dispuesto a arriesgar el corazón.

La señorita Jane Turner, el ama de llaves a la que había contratado, entró en el despacho tras él y lo miró con resignación.

—No pueden venir a arreglar la gotera hasta la semana que viene, señor Garon —le dijo, con un marcado acento texano—. Será mejor que pongamos un cubo por ahora, si no quiere subir usted mismo al tejado con un martillo y unos clavos.

—No tengo por costumbre subir a tejados —le contestó, sin inflexión alguna en la voz.

Ella recorrió su elegante traje gris con la mirada, y murmuró:

—No me extraña —sin más, dio media vuelta para marcharse.

Garon la miró con sorpresa. Aquella mujer parecía

pensar que siempre iba trajeado, pero se había criado en un rancho del oeste de Texas. Podía montar cualquier bicho con cuatro patas y en su adolescencia había ganado varios rodeos. Aunque en ese momento sabía más de armas y de investigaciones que de rodeos, era más que capaz de dirigir un rancho; de hecho, había empezado a criar ganado, Angus negros de pura raza, y pensaba ser un duro competidor para sus hermanos y su padre en las ferias de ganado. Había planeado criar sementales capaces de ganar cualquier competición, pero para eso tenía que conseguir que los vaqueros accedieran a trabajar para un recién llegado. Las poblaciones pequeñas parecían blindarse contra los forasteros, y la mayoría de los menos de dos mil habitantes de Jacobsville parecían contemplarlo con suspicacia a través del visillo de las ventanas cuando iba al pueblo. Por el momento estaban observándolo, tomándole la medida y manteniendo las distancias. Los habitantes de Jacobsville formaban una enorme familia de casi dos mil personas, y eran muy cuidadosos a la hora de admitir nuevos miembros.

Le echó un vistazo al reloj. Iba a llegar tarde a la reunión a la que tenía que asistir en la oficina del FBI en San Antonio, pero su vuelo de la noche anterior había sufrido un retraso en Washington por causas de seguridad, y no había llegado a San Antonio hasta primera hora de la mañana. Desde allí había ido en coche hasta Jacobsville, y apenas había dormido.

Salió al amplio porche delantero, donde había un balancín blanco y varios muebles nuevos de mimbre con cojines, también blancos. Estaban a finales de febrero, y el ama de llaves le había dicho que tenía que haber un lugar adecuado en el que las visitas pudieran sentarse y pasar el rato. Cuando él le había contestado que no esperaba tener ninguna visita, ella se había limitado a soltar un bufido burlón y había encargado los muebles de todas formas; al parecer, era toda una autoridad en la zona, y sin duda iba a intentar imponerle sus criterios a él también. Cuando le había dejado claro lo que pasaría si se atrevía a chismorrear sobre su vida personal, ella se había limitado a mirarlo con una sonrisa que ya había empezado a aborrecer. Si hubiera podido conseguir a otra empleada que fuera tan buena cocinera...

Alzó la mirada al oír el motor de un coche, y vio un viejo cacharro negro de marca desconocida avanzando a duras penas y petardeando humo. Era el vehículo de su vecina, cuya casa de listones blancos ribeteada en verde era apenas visible a través de los pecanes y los mezquites que separaban ambas propiedades. Se llamaba Grace Carver, y cuidaba de su abuela, que estaba enferma del corazón. Era una mujer bastante anodina, llevaba el pelo rubio recogido en una coleta, casi siempre vestía vaqueros y sudadera, y solía mostrarse muy tímida cuando coincidían; de hecho, parecía tenerle miedo. A lo mejor su reputación había llegado a oídos de la gente de la zona.

Se habían conocido cuando el viejo pastor alemán de Grace se había escapado y había entrado en sus tierras. Ella había ido a buscarlo, y se había disculpado una y otra vez. Tenía los ojos grises, el rostro oval, y sus únicos rasgos destacables eran su boca y su tez perfecta. Se había limitado a presentarse y a pedirle disculpas sin acercarse lo bastante para estrecharle la mano, y se había largado casi de inmediato llevando casi a rastras a su perro.

No la había vuelto a ver, pero hacía más o menos una semana que la señorita Jane le había dicho que el animal había muerto, y que de todas formas a la abuela de Grace, la señora Collier, no le gustaban los perros.

Cuando él había comentado que la señorita Carver parecía bastante nerviosa al hablar con él, el ama de llaves había contestado crípticamente que Grace era «peculiar» con los hombres y que no salía demasiado, pero no había entrado en detalles y él no le había preguntado nada más al respecto, ya que no estaba interesado. De vez en cuando disfrutaba de alguna velada con una mujer atractiva, preferiblemente alguien moderno y culto, pero las mujeres como la señorita Carver nunca le habían interesado.

Después de echarle un vistazo a su reloj, cerró la puerta principal y fue hacia el coche oficial al que tenía derecho por trabajar en el FBI. Llevaba allí el equipo y los accesorios de trabajo, a pesar de que en el garaje tenía un Jaguar negro nuevo y un imponente Ford Expedition, porque era el coche con el que iba a trabajar. Aunque tardaba unos veinte minutos en llegar a San Antonio, se había cansado de vivir en un apartamento. A pesar de que era una mujer áspera, la señorita Turner era muy buena cocinera y se ocupaba de la casa sin martirizarlo con un parloteo incesante, así que se consideraba afortunado.

Se puso en marcha, y miró con curiosidad hacia el coche de Grace; seguramente, ni siquiera se había dado cuenta de que aquel trasto tenía algún problema mecánico. De vez en cuando, la veía cuidando sus rosales. Eso era algo que tenían en común, porque a él le encantaban las rosas, y había plantado diversas variedades durante su corto matrimonio. En el rancho tenía espacio más que de sobra para disfrutar de aquel pasatiempo, pero casi ningún rosal florecería en febrero.

La oficina era un hervidero de actividad, y encontró a un inspector de homicidios de San Antonio esperándolo en su despacho.

—Ni siquiera he tenido tiempo de presentar mi informe al agente especial al mando, ¿qué demonios quiere? —le dijo en voz baja a la secretaria que compartía con otro agente.

El inspector de homicidios estaba de pie junto a la ventana, con las manos en los bolsillos. Era un tipo alto, su pelo negro estaba recogido en una coleta aún más larga que la de su hermano Cash, y a juzgar por su aspecto, debía de ser una especie de rebelde.

—Algo relacionado con un caso en el que está trabajando, tiene que ver con el secuestro de una niña —le contestó ella.

—Yo no me ocupo de secuestros, a menos que acaben en asesinato.

—Trabajo aquí, sé a qué te dedicas.

—No te hagas la listilla.

—Y tú no te pongas borde. Ganaría veinte dólares por hora si fuera fontanera.

—Joceline, ni siquiera sabes ponerle una arandela a un grifo —le contestó él con paciencia—. ¿No te acuerdas de lo que pasó cuando intentaste arreglar el del lavabo de mujeres?

Ella se apartó un mechón de pelo oscuro de la cara, y comentó con altivez:

—Había que secar el suelo de todas formas. Si quieres saber lo que quiere el inspector Márquez, ¿por qué no se lo preguntas tú mismo?

—Vale. ¿Qué me dices de una taza de café? —le dijo con irritación.

—Ya me he tomado una, gracias —le contestó ella, con una sonrisa.

—No soporto a las mujeres liberadas.

—¿Es que no puedes prepararte un poco de café tú solito?

—Ya hablaremos cuando vengas a pedirme un aumento de sueldo.

—Pues ya hablaremos cuando necesites que te pasen a limpio algún informe.

Garon entró en su despacho sin dejar de mascullar imprecaciones en voz baja, aunque Joceline no dio muestra alguna de oírlo.

El inspector se volvió al oírlo entrar. Tenía los ojos negros, un tono de piel oliváceo, y parecía preocupado.

—Hola, soy Márquez —le dijo, mientras se daban la mano—. Supongo que tú eres el agente especial Grier, ¿no?

—Si no lo fuera, no tendría que ocuparme de todo el papeleo que hay encima de ese escritorio —le contestó Garon con sequedad—. Siéntate, ¿te apetece un café? Aunque tendremos que ir a buscarlo nosotros mismos, claro... ¡porque mi secretaria es una mujer liberada! —añadió en voz alta, cuando Joceline pasó junto a la puerta.

—El ordenador está a punto de borrar la carta de seis páginas que le has escrito al fiscal general sobre tu propuesta para una nueva legislación –le contestó ella–. Es una pena, no sé si tienes alguna copia de seguridad...

–¡Si llegas a casarte, yo mismo te entregaré encantado!

–Si llego a casarme, seré yo quien te entregue a ti.

Garon se sentó tras su escritorio, y comentó:

–Debe de ser hermana de mi ama de llaves. Aunque fui yo quien las contrató, no dejan de darme órdenes.

Márquez esbozó una sonrisa y le dijo:

–Tengo entendido que diriges un equipo que se ocupa de crímenes violentos contra niños.

Garon se puso serio de inmediato y se reclinó en su silla.

–Técnicamente, dirijo un equipo que se ocupa de crímenes violentos, incluso de asesinatos en serie. Pero nunca me he ocupado del asesinato de un menor.

–Entonces, ¿quién se ocupa de esos casos?

–El agente especial Trent Jones era nuestro especialista en ese tema, pero acaban de transferirlo a Quantico para que se ocupe de un caso de altos vuelos, y aún no hemos tenido tiempo de reemplazarlo –Garon frunció el ceño y añadió–: pero Joceline me ha dicho que has venido por una desaparición.

–Empezó siendo una desaparición, pero se ha convertido en un homicidio. Era una niña de diez años. Hemos investigado a todo su entorno, incluyendo a sus padres, pero como no hemos encontrado a ningún posible sospechoso, creemos que pudo ser un desconocido.

Se trataba de un tema muy serio y, por desgracia, no era algo fuera de lo común. Había habido varios casos por todo el país de niños asesinados por delincuentes que ya habían sido condenados por crímenes sexuales.

—¿Tenéis alguna pista?

—No, encontramos el cuerpo ayer. He venido porque he encontrado un caso parecido, y creo que podría tratarse de un crimen en serie.

—¿Cuándo la secuestraron?

—Hace tres días.

—¿Alguna huella?

—No. Los criminólogos inspeccionaron la habitación de la niña a conciencia, pero no encontraron nada.

—¿Se la llevó de su propia habitación? —le preguntó Garon, sorprendido.

—En medio de la noche, y nadie oyó nada.

—¿Huellas de pies, o de ruedas...?

—Nada. O es un tipo con mucha suerte, o...

—O no es la primera vez que hace algo así —dijo Garon.

Márquez respiró hondo.

—Exacto, pero mi teniente no cree que ése sea el caso; según él, un pedófilo se la llevó y la asesinó, pero yo le recordé que es la segunda vez en dos años que tenemos un caso en el que secuestran a la víctima en su propia habitación. El último fue en Palo Verde, y asesinaron a la niña de forma parecida. Encontré la información en el VICAP, nuestro programa de aprehensión de criminales peligrosos, pero el teniente me dijo que estaba perdiendo el tiempo.

—¿Comprobaste si había datos de otros homicidios infantiles?

—Sí, y encontré dos en Oklahoma de hace ocho años. Sucedieron con un año de diferencia, y secuestraron a las niñas de sus casas a plena luz del día. Cuando le enseñé la información al teniente, me dijo que era pura coincidencia, y que la única similitud era que las niñas habían sido estranguladas y apuñaladas.

—¿Cuántos años tenían las víctimas?

Márquez se sacó una Blackberry del bolsillo.

—Entre diez y doce años. Las violaron, las estrangularon y las apuñalaron.

—Dios... ¿qué clase de animal sería capaz de hacerle algo así a una cría?

—Una verdadera alimaña. Creía que en los casos del VICAP que concordaban con este homicidio aparecería un lazo rojo, pero no ha habido suerte.

Cuando Márquez se sacó una bolsa para pruebas del bolsillo y se la dio, Garon la abrió y miró lo que había dentro.

—¿Un lazo rojo de seda?

—Es el arma del crimen. Los primeros agentes que llegaron al lugar pertenecían a la policía de San Antonio, y lo encontraron alrededor del cuello de la niña. El cuerpo apareció ayer, detrás de una pequeña iglesia que hay al norte, y lo trajimos hasta aquí para el examen forense. No hemos informado a la prensa sobre lo del lazo.

Todos los inspectores de homicidios intentaban mantener en secreto una o dos pruebas, para poder sacar información a sospechosos que podían estar mintiendo sobre su implicación en un crimen. Siempre salía algún chalado que se confesaba culpable por razones que sólo la psiquiatría podía explicar.

Garon rozó el lazo y comentó:

—A lo mejor el tipo tiene alguna clase de fantasía.

Había asistido a seminarios del Departamento de Ciencias del Comportamiento del FBI, y había visto cómo trabajaban los criminólogos. El modus operandi era el método que se utilizaba para perpetrar el crimen, y la firma era un detalle que relacionaba a las víctimas de un asesino en serie, algo que tenía importancia para el criminal en cuestión y que no cambiaba. Algunos dejaban a sus víctimas con alguna pose obscena, otros las marcaban de algún modo, pero muchos de ellos dejaban algo que los identificaba.

–¿Has comprobado en la base de datos si se han encontrado lazos parecidos en otros casos?

–Fue lo primero que hice, pero nada. Si se ha encontrado alguno, a lo mejor lo han pasado por alto o no lo han incluido en el archivo. He intentado ponerme en contacto con la policía de Palo Verde, que fue donde tuvo lugar el último homicidio, pero es una jurisdicción muy pequeña y no contestan ni a las llamadas telefónicas ni a los correos electrónicos.

–Buena idea. ¿Qué quieres de nosotros?

–Un perfil estaría bien para empezar. A mi teniente no va a hacerle ninguna gracia, pero hablaré con el capitán para pedirle que os pida ayuda de manera formal. Fue él quien me sugirió lo del perfil.

–Avisaré a uno de los ayudantes del agente especial al mando, para que esté al tanto de la situación.

–¿A uno de los ayudantes?

–Nuestro agente especial al mando está en Washington, intentando conseguir los fondos para un nuevo proyecto que queremos poner en marcha. Se trata de una colaboración con los institutos de la zona, para concienciar a los chicos sobre los efectos nocivos de las drogas.

–Pues va a tener que pedirle dinero a alguien que tenga más que el gobierno –comentó Márquez con sequedad–. A nivel local, nuestro presupuesto es mínimo.

Tuve que pagar yo mismo una cámara digital para poder tomar fotos en la escena del crimen.

—Sé cómo te sientes —le dijo Garon, con una carcajada.

—¿Es verdad que muchos casos no aparecen en el VI-CAP?

—Sí. Los formularios son más cortos que antes, pero se tarda una hora en rellenarlos y a algunos departamentos de policía les falta tiempo. Si encuentras otro caso en el que aparezca un lazo rojo, puede que consiga convencer a tu teniente de que se trata de un asesino en serie... antes de que vuelva a matar.

—¿Podréis cedernos un agente, si formamos un equipo para cazar a ese tipo?

—Yo estoy disponible. El resto de mi equipo está intentando atrapar a una banda que asalta bancos con armas automáticas. No soy imprescindible, mi ayudante puede encargarse de dirigir la operación en mi ausencia. He trabajado en casos de asesinatos en serie, y conozco a varios agentes de la Unidad de Ciencias del Comportamiento que podrían ayudarnos. Estaré encantado de trabajar con vosotros.

—Gracias.

—De nada. Todos estamos en el mismo equipo.

—¿Tienes tarjeta?

Garon se sacó de la cartera una sencilla tarjeta blanca con letras negras y le dijo:

—Aquí tienes mi número de teléfono, y también mi móvil y mi dirección de correo electrónico.

—¿Vives en Jacobsville? —le preguntó Márquez, después de echarle un vistazo a la tarjeta.

—Sí, he comprado un rancho —Garon soltó una carcajada–. Se supone que no tenemos que involucrarnos en ningún negocio fuera del trabajo, pero moví algunos hilos. Vivo en el rancho, y como el capataz se ocupa del día a día, no tengo problemas.

–Yo nací en Jacobsville –le dijo Márquez, con una sonrisa–. Mi madre aún vive allí, tiene una cafetería.

En el pueblo sólo había una cafetería, y Garon había comido allí varias veces.

–¿Te refieres a la Cafetería de Barbara?

–Exacto.

Garon frunció el ceño. No quería ser maleducado, pero Barbara era rubia.

–Estás pensando en que es extraño que tenga una madre rubia, ¿verdad? –le dijo Márquez, sonriente–. Mis padres tenían una pequeña casa de empeño en el pueblo, y murieron en un intento de robo. Barbara no se había casado, y estaba sola. Mis padres solían enviarme a comprar comida a su cafetería, y ella me adoptó después del funeral. Es una señora de armas tomar.

–Eso he oído.

Márquez le echó un vistazo a su reloj.

–Tengo que irme, te llamaré cuando hable con el capitán.

–Será mejor que me mandes un correo electrónico. Hoy me esperan un montón de reuniones, tengo que ponerme al día.

–De acuerdo. Hasta pronto.

–Adiós.

Garon regresó a Jacobsville bastante satisfecho. Su brigada estaba interrogando a los testigos del último robo para intentar encontrar alguna información útil, ya que aquellos tipos con armas automáticas eran un peligro para toda la comunidad de San Antonio. Había estado hablando con uno de los ayudantes del agente especial al mando, le había propuesto organizar un grupo de trabajo junto con los inspectores de homicidios de San Antonio para investigar el asesinato de la niña, y había recibido luz verde. Su superior incluso le había dado el número de teléfono de un ranger de Texas al que conocía; al fin y al cabo, iban a necesitar toda la ayuda que pudieran conseguir.

Al pasar por delante de la propiedad de Grace Carver, vio el coche en el camino de entrada, y se preguntó si podría volver a ponerlo en marcha. Era un milagro que aquel montón de chatarra funcionara.

Al enfilar por el camino de entrada de su casa, estuvo a punto de chocar contra un Mercedes descapotable. Una morena de ojos oscuros que le resultaba familiar salió del coche de inmediato. Llevaba un traje de chaqueta, y la falda corta enfatizaba sus largas piernas. Era la agente inmobiliaria que trabajaba desde hacía poco con Andy Webb, el hombre que le había vendido el rancho. Su tía era la vieja lady Talbot, una millonaria que vivía en una mansión en la calle principal del pueblo.

¿Cómo se llamaba...? Jaqui, Jaqui Jones. Era fácil de recordar, su figura escultural la hacía memorable.

—Hola —lo saludó, con voz insinuante—. Me he pasado por aquí para ver si estás satisfecho con el rancho.

—Mucho, gracias —le dijo él, con una sonrisa.

—¡Genial! —Jaqui se le acercó aún más. Era casi tan alta como él, a pesar de que él medía más de metro ochenta y cinco—. Celebro una fiesta en casa de mi tía el viernes de la semana que viene, me encantaría que vinieras. Así podrás conocer a la gente influyente de la zona.

—¿Dónde, y a qué hora?

—Espera un segundo, voy a escribirte la dirección —le dijo ella, con una enorme sonrisa.

Volvió a su coche, y le mostró a la perfección su cuerpo al inclinarse para buscar un bolígrafo y una libreta. Era obvio que estaba disponible e interesada... igual que él. Hacía bastante que no estaba con una mujer.

Después de anotar la dirección en una hoja, se la dio y le dijo:

—A eso de las seis. Es pronto, pero podemos tomar un trago mientras esperamos a que lleguen los demás.

—No bebo.

Lo miró asombrada, y al darse cuenta de que no estaba bromeando, sonrió y comentó:

—Bueno, pues podemos tomar un café.

—Perfecto. Nos vemos allí —al ver que vacilaba por un momento, como si quisiera quedarse, Garon añadió—: he llegado desde Washington muy temprano, y he tenido un día muy duro en el despacho. Estoy bastante cansado.

—Entonces, será mejor que me vaya y te deje descansar. No te olvides de lo de la fiesta.

—Claro que no.

Como él había rodeado el Mercedes para aparcar su coche delante de la casa, Jaqui no tuvo problemas para retroceder, y le saludó con la mano mientras se alejaba de allí.

Al entrar en la casa, Garon estuvo a punto de chocar con la señorita Jane, que le dijo con un tono ligeramente beligerante:

—Esa mujer tan elegante me ha dicho que le esperaría, pero no la he invitado a entrar. Sólo lleva dos meses en el pueblo, y ya se ha ganado cierta reputación. ¡Un día, cuando estaba en el despacho de Ben Smith, le metió la mano en los pantalones!

Al parecer, se trataba de un pecado horrible. Garon no hizo ningún comentario, y se limitó a esperar a que continuara.

—Él le sacó la mano enseguida, abrió la puerta del despacho y la echó a la calle. Su mujer trabaja con él, y cuando le contó lo que había pasado, ella fue a ver a Andy Webb y le dijo dónde podía meterse la propiedad que habían estado a punto de comprarle.

—Jaqui no pierde el tiempo, ¿no? —comentó Garon con ironía.

—Es una buscona, una mujer decente no se comportaría así —le contestó la señorita Jane con frialdad.

—Estamos en el siglo veintiuno.

—¿Su madre habría hecho algo así?

Garon contuvo el aliento. Su madre había sido una santa, y no podía imaginársela insinuándose a otro hombre que no fuera su padre... hasta que él le había sido infiel y había precipitado su muerte.

El ama de llaves leyó la respuesta en su mirada, y comentó:

—Mi madre tampoco. Una mujer que se porta así con hombres a los que apenas conoce será así siempre, aunque esté casada. Lo mismo que los hombres que tratan a las mujeres como si fueran juguetes de usar y tirar.

—Entonces, ¿todos los solteros de Jacobsville se mantienen célibes?

Ella lo fulminó con la mirada.

—En las poblaciones pequeñas, casi todo el mundo suele casarse y tener hijos, nuestra forma de ser es distinta a la de la gente de ciudad. Aquí, el honor y el amor propio son mucho más importantes que cerrar un acuerdo de negocios y quedar para comer en un restaurante de lujo. Somos gente sencilla, señor Grier, pero no nos fijamos sólo en las apariencias y juzgamos lo que vemos.

—¿No hay un pasaje en la Biblia sobre lo de juzgar a los demás?

—También hay varios sobre el bien y el mal. Las civilizaciones se desmoronan cuando las artes y la religión se convierten en algo superfluo —al verlo enarcar las cejas, añadió con una sonrisa—: ¿creía que soy estúpida porque trabajo de ama de llaves? Tengo un máster en Historia, y trabajé de maestra en la gran ciudad hasta que un alumno me dio una paliza que por poco me mata delante del resto de la clase. No quise retomar la docencia cuando salí del hospital, así que ahora me dedico a cuidar de las casas ajenas. Es un trabajo más seguro, sobre todo cuando trabajo para agentes de la ley. Tiene la cena en la mesa.

—Gracias.

Ella se fue antes de que pudiera añadir algo más, aunque lo cierto era que Garon se había quedado sin palabras. Había sido Hayes Carson, el sheriff del condado de Jacobs, quien se la había recomendado; al parecer, la había empleado de forma temporal hasta que había encontrado un ama de llaves a tiempo parcial. Teniendo en cuenta lo que le había pasado, no era de extrañar que hubiera dejado la enseñanza. Hacía unas dos décadas que él se había graduado en el instituto y había ido a la universidad, pero en sus tiempos, eran los profesores los que controlaban las aulas.

Más tarde, mientras permanecía tumbado en la cama con la vista fija en el techo, oyó que alguien golpeaba la puerta principal con fuerza. Se levantó de inmediato, y después de ponerse una bata, bajó la escalera descalzo. La señorita Jane se le había adelantado, y al ver que encendía la luz del porche y que hacía ademán de abrir la puerta, le gritó:

—¡No abra si no sabe quién es! —se apresuró a acercarse a ella, mientras se sacaba del bolsillo una Glock del calibre cuarenta.

—Sé quién es —le dijo ella, mientras abría sin más.

Se trataba de Grace Carver, la vecina. Llevaba una bata un poco raída, unas zapatillas viejas, su largo pelo rubio estaba recogido en una descuidada cola de caballo, y sus ojos grises e inundados de lágrimas reflejaban una profunda ansiedad.

—Por favor, ¿puedo usar tu teléfono? A mi abuela le cuesta respirar, y le duele el pecho. Me parece que tiene un ataque al corazón, pero mi teléfono no funciona y el coche no se pone en marcha, ¡se va a morir!

Antes de que acabara de hablar, Garon ya había marcado el número de Urgencias y le había dicho a la telefonista lo que pasaba. Después de darle la dirección de la casa, se volvió hacia Grace y le dijo con firmeza:

—Espérame, ahora mismo vuelvo.

Subió las escaleras a la carrera, se puso unos vaqueros, una camisa y las botas sin molestarse en perder el tiempo con los calcetines, agarró una chaqueta, y bajó cuando no habían pasado ni cinco minutos.

—Eres rápido —comentó Grace.

—Por mi trabajo, estoy acostumbrado a que me llamen a cualquier hora —la tomó del codo, y se volvió hacia el ama de llaves—. No sé cuánto tardaré, pero tengo mis llaves. Cierre la puerta, y váyase a dormir.

—De acuerdo. Grace, rezaré por tu abuela y por ti.

—Gracias, señorita Jane —le contestó ella con voz suave. Tenía un ligero acento texano que resultaba muy dulce.

Garon la llevó al Jaguar negro, y la ayudó a entrar. Ella se sentía bastante incómoda, ya que además de ir en bata, no estaba acostumbrada a estar a solas con un hombre.

Los dos permanecieron en silencio durante el corto trayecto, y en cuanto llegaron, salieron del coche y entraron corriendo en la casa. La señora Jessie Collier estaba sentada en su cama, vestida con un tupido camisón azul que parecía sacado de los años veinte. Era una mujer corpulenta, con el pelo blanco recogido y los ojos color verde pálido, y estaba respirando con dificultad.

—¡Jane, por el amor de Dios, ve a por mi bata!

—Claro —Grace se acercó al armario de inmediato.

—Qué muchacha tan estúpida, nunca hace nada bien —la anciana miró a Garon con expresión huraña, y le preguntó—: ¿quién es usted?

—Su vecino. La ambulancia viene de camino.

—¿Una ambulancia? —fulminó con la mirada a Grace, que se le acercaba con una bata blanca de felpa, y le espetó—: ¡te... te he dicho que... iríamos en el coche! ¡Una ambulancia nos... costará dinero!

—El coche no se pone en marcha, abuela.

—Lo has averiado, ¿verdad? Eres... una estúpida... —la mujer gimió, y se llevó la mano al pecho.

—Por favor, abuela, no te alteres. ¡Vas a empeorar las cosas! —le dijo Grace, angustiada.

—Te encantaría que me muriera, ¿verdad? Así... tendrías toda la casa para ti, y no tendrías que cuidar de una anciana.

—No digas eso, sabes que te quiero —le dijo su nieta con suavidad.

—Sí, claro. Da igual, yo no te quiero a ti. Por tu culpa... perdí a mi hija, sufrí el escarnio público, tuve que... que sufrir una tremenda vergüenza cada vez que iba al pueblo...

—Abuela... —susurró Grace. Su rostro reflejaba lo mucho que le dolían aquellas palabras.

—Ojalá me muriera, ¡así no tendría que aguantarte! —le espetó la anciana, jadeante.

Cuando oyeron las sirenas de la ambulancia, Grace se sintió más que aliviada. La avergonzaba tanto que su vecino hubiera oído todo aquello, que no se atrevía ni a mirarlo. Como estaba deseando escapar de la habitación, se apresuró a decir:

—Ya bajo yo.

—Estúpida, arruinaste mi vida... —refunfuñó la anciana.

Garon la miró con desagrado. Su nieta estaba haciendo todo lo posible por ella, pero aquella vieja parecía tan cariñosa como una pitón. A lo mejor se comportaba así por el súbito ataque que había sufrido, aunque la mujer de su vida había muerto pidiéndoles perdón a las enfermeras porque tenían que ayudarla a usar el orinal... había sido un ángel dulce y amable hasta el final. Qué contraste.

Los paramédicos llegaron tras Grace con una camilla, y empezaron a atender de inmediato a la señora Collier.

—¿Es un ataque al corazón?, ¿va a recuperarse? —les preguntó Grace con preocupación.

—¿Es usted su hija?

—Su nieta.

—¿Ha sufrido algún ataque así antes?

—Sí. El doctor Coltrain le recetó unas pastillas de nitroglicerina, pero no se las toma. Y tampoco quiere tomarse la medicación que le recetó para controlarle la tensión sanguínea.

—¡Las medicinas cuestan dinero! —les espetó la anciana—. Sólo cuento con mi pensión, porque con lo que ella gana no podría dar de comer ni a un ratón. Trabaja a tiempo parcial en la floristería, y cocina...

—Si trabajara a jornada completa tendría que dejarte sola todo el día, y no puedo hacerlo —le dijo Grace con calma. No añadió que entonces tendría que contratar a alguien para que la cuidara, y que nadie que la conociera aceptaría ese trabajo.

—Es una buena excusa, ¿verdad? —la señora Collier se llevó la mano al pecho, y soltó una exclamación ahogada.

—¿Dónde están las pastillas de nitroglicerina? —se apresuró a preguntar uno de los paramédicos.

Grace rodeó la cama corriendo, sacó una caja de la mesita de noche, y se la dio. El hombre hizo caso omiso de las protestas de la anciana y le colocó una pastilla debajo de la lengua, pero a pesar de que la mujer se estremeció cuando empezó a hacerle efecto, el paramédico que estaba controlando las constantes vitales le lanzó a su compañero una mirada que hablaba por sí misma.

—Vamos a tener que llevarla al hospital —comentó. Miró a Grace, y le preguntó—: ¿puede venir con ella?

—Sí, pero... tengo que cambiarme de ropa, sólo tardo un segundo.

Fue a su habitación de inmediato, se puso a toda prisa unos vaqueros, una sudadera y sus viejas zapatillas de deporte, y regresó de inmediato sin perder el tiempo en maquillarse ni en peinarse.

Garon la miró con atención. Estaba claro que no ganaría un concurso de belleza, pero se había vestido con una rapidez sorprendente. La mayoría de las mujeres a las que conocía tardaban horas en arreglarse.

—Os seguiré en mi coche, y os traeré de vuelta —le dijo.

Ella hizo ademán de protestar, pero uno de los paramédicos comentó:

—Lo más seguro es que tenga que quedarse en el hospital esta noche por lo menos.

—¡No pienso quedarme allí! —protestó la señora Collier, a pesar de que seguía jadeando y aferrándose el pecho.

—Pues va a tener que hacerlo —le contestó el hombre con una sonrisa cargada de paciencia—. Vamos a ponerla en la camilla, Jake.

—Sí, vamos.

Grace permaneció junto a Garon mientras colocaban en la camilla a su abuela, que no dejó de refunfuñar. Siguieron a los paramédicos en silencio cuando la llevaron a la ambulancia, y entonces se dirigieron hacia el Jaguar.

—¿No necesitarás tu bolso? —le preguntó él, cuando entraron en el coche.

Ella indicó con un gesto la riñonera que llevaba alrededor de la cintura, y le dijo sin inflexión alguna en la voz:

—Llevo las tarjetas sanitarias de la abuela. No puede morir... es todo lo que tengo en el mundo.

Garon pensó que, si aquello era cierto, aquella mujer no tenía gran cosa. Había creído que esa noche podría dormir y descansar, pero estaba claro que no iba a ser así.

CAPÍTULO 2

Cuando acabaron de hacerle todas las pruebas a la señora Collier, ya era más de medianoche. El doctor Jeb «Copper» Coltrain salió a la sala de espera en cuanto obtuvo los resultados, y le dijo a Grace que había sido un ataque al corazón bastante grave.

—Está mal, Grace. Lo siento, pero supongo que esperabas algo así. Ya te dije que esto pasaría tarde o temprano.

—Pero... hay medicinas, y en las noticias vi que habían desarrollado nuevos procedimientos quirúrgicos...

Él hizo ademán de colocarle una mano en el hombro, pero la bajó antes de tocarla cuando ella se tensó de forma visible. Garon también notó su reacción, y sintió cierta curiosidad.

—La mayoría de esos procedimientos aún están en fase experimental, Grace —le dijo el médico con voz suave—. Y las medicinas aún no han sido aprobadas por Sanidad.

Cuando Grace se mordió el labio, Garon no pudo evitar darse cuenta de que tenía una boca preciosa con un tono rosado natural, y una tez perfecta que muchas mujeres le habrían envidiado. Su pelo tenía un suave color rubio dorado, y estaba ligeramente ondulado; a pesar de que lo tenía recogido en una coleta, suelto debía de llegarle hasta media espalda. Tenía unos pechos pequeños pero firmes, y una cintura estrecha; de hecho, estaba perfectamente proporcionada. Los vaqueros ajustados que llevaba enfatizaban sus largas piernas y sus caderas curvilíneas... de pronto se sintió incómodo observándola, y se apresuró a apartar la mirada y a centrar su atención en Coltrain.

—A lo mejor ha sido un ataque leve —insistió ella.

—No tardará en tener uno aún peor —le dijo el médico—. Se niega a medicarse, y a dejar de comer patatas fritas cargadas de sal y pepinillos en vinagre... cuando dejas de comprárselos, hace que se los lleven a domicilio. Grace, tienes que admitir de una vez por todas que no está ayudándose, y que no puedes obligarla a vivir si no quiere.

—¡No quiero que se muera!

Coltrain respiró hondo y miró a Garon, que permanecía en silencio.

—¿Eres el hermano de Cash? —al ver que él asentía, añadió—: ¿el agente del FBI?

Garon asintió de nuevo.

—Mi coche no se ponía en marcha y el teléfono no funcionaba, así que he tenido que pedirle ayuda —comentó Grace, para detener el interrogatorio. El médico era brusco y rudo con los desconocidos, y el señor Grier no parecía ser un hombre demasiado paciente.

—Ya veo —se limitó a decir Coltrain, sin apartar la mirada de Garon.

—Puedo quedarme con mi abuela esta noche.

—Ni hablar. Vete a casa, y duerme un poco. Te irá bien descansar, por si se recupera y vuelve a casa.

—¿Si se recupera?, ¿cómo que «si se recupera»?

—De acuerdo, cuando se recupere —le contestó el médico con irritación.

—¿Hará que me llamen si me necesita?

—Sí, haré que te llamen. Venga, ve a ocuparte del papeleo —al ver que ella miraba a Garon y vacilaba por un segundo, insistió—: él puede esperar. Venga, ve de una vez —cuando ella obedeció, el médico miró a Garon con suspicacia y le preguntó—: ¿conoces bien a la familia?

—Sólo había hablado una vez con Grace hasta hoy, somos vecinos.

—Sé dónde vive. ¿Cuánto sabes de ella?

Garon empezó a impacientarse.

—No sé nada, y quiero que siga siendo así. Esta noche le he hecho un favor, pero no estoy de humor para hacerme cargo de nadie, sobre todo si se trata de una solterona desastrada.

—Con esa actitud no vas a llegar lejos en Jacobsville, Grace es especial —le espetó Coltrain con indignación.

—Lo que usted diga.

El médico respiró hondo, y masculló una imprecación en voz baja mientras seguía a Grace con la mirada.

—Se quedará destrozada cuando la vieja se muera, y eso no va a tardar en pasar. He pedido que le hagan un ecocardiograma, y ya tiene muertos la mitad de los músculos del corazón. Acabará con el resto en cuanto le dé el alta... si es que dura tanto, claro. Grace cree que la he sedado, pero la verdad es que está en coma. No he tenido valor para decírselo, por eso no he querido que entre a verla. Está en la UCI, y no creo que salga de ésta. Grace no tiene a nadie más.

—Todo el mundo tiene algún pariente.

—Sus padres se divorciaron cuando ella tenía diez años. Su abuela tuvo que hacerse cargo de ella, y no ha dejado de recordarle el favor que le hizo. Su madre se fue de la zona, y murió de sobredosis cuando Grace tenía doce años. Su padre había muerto dos años antes en un accidente. No tiene tíos ni tías, sólo le queda un primo lejano que vive en Victoria, pero es muy mayor y está prácticamente incapacitado.

—¿Y qué más da que no tenga a nadie?, es una mujer adulta.

Coltrain tardó unos segundos en contestar, y finalmente le dijo:

—Grace es muy inocente, es más joven de lo que parece —en vez de explicar aquellas enigmáticas palabras, soltó un suspiro y añadió—: en fin, te agradeceré que la lleves a su casa. A lo mejor Lou y yo podemos ingeniárnoslas para ayudarla.

Lou era su esposa. Era doctora, y ejercían juntos en la zona junto con el doctor Drew Morris.

Garon frunció el ceño, porque sentía que estaban obligándolo a cargar con una obligación. Pero a pesar de que la situación no le hacía ninguna gracia, no podía largarse y dejar tirada a Grace sin más. De repente, se le ocurrió una idea. Sí, alguien tenía que sacrificarse, pero no tenía por qué ser él.

—La señorita Turner trabaja para mí, y ella conoce a Grace.

—Sí, Jane fue profesora suya. Están muy unidas, a pesar de que no tienen parentesco.

—Puedo pedirle a la señorita Turner que se quede con ella esta noche.

—Qué detalle —comentó el médico con sarcasmo.

Garon se limitó a mirarlo sin pestañear con un brillo acerado en sus ojos oscuros, y se negó a ceder; finalmente, Coltrain se dio cuenta de que no iba a dar su brazo a torcer y soltó un sonoro suspiro.

—De acuerdo, pero voy a sedar a Grace antes de que se vaya. Si la señorita Turner puede quedarse con ella esta noche, se lo agradeceré.

—Cuente con ello —le dijo Garon.

Coltrain llevó a Grace a la sala de Urgencias, y le auscultó el corazón.

—Estoy bien —protestó ella.

—Sí, es verdad —el médico le puso una inyección que ya tenía preparada, y le dijo—: vete a casa, necesitas descansar.

—No he llamado a Judy para decirle que mañana no podré ir a la floristería, seguro que me echa.

—Claro que no, seguro que lo entiende. Una de las enfermeras de Urgencias, Jill, es prima suya. Le pediré que le diga lo que ha pasado —le dijo él con una sonrisa.

—Gracias, doctor Coltrain.

—Tu vecino va a dejar que la señorita Turner se quede contigo esta noche.

—Qué amable... aunque me siento un poco incómoda teniéndolo cerca.

—Es agente del FBI, y por lo que me dijo su hermano Cash, es muy bueno en homicidios...

Grace apartó la mirada y le dijo:

—Tengo que irme.

—No es obligatorio que te caiga bien, Grace. Pero necesitas que alguien te ayude a pasar por todo esto.

—La señorita Turner lo hará —Grace se volvió hacia la puerta y añadió—: gracias, doctor.

—Saldrás adelante, Grace. Todos tenemos que enfrentarnos a la pérdida de seres queridos, forma parte de la vida; al fin y al cabo, nadie sale vivo de este mundo —le dijo, mientras salían al pasillo.

—Es reconfortante saberlo.

—Sí, es verdad.

Garon estaba esperándola con las manos en los bolsillos, paseándose de un lado a otro. Parecía cansado e irritado.

—Estoy lista. Gracias por esperar —le dijo Grace, sin mirarlo a los ojos.

Él se limitó a asentir con un gesto cortante.

—Te llamaré si hay alguna novedad, Grace. De verdad —le dijo Coltrain.

—De acuerdo. Gracias, doctor.

—De nada. Descansa un poco.

Ella fue hacia la puerta sin añadir nada más. Era obvio que se le había olvidado que su teléfono no funcionaba, y que por lo tanto el médico no podría contactar con ella.

Garon la siguió sin sacarse las manos de los bolsillos. No se despidió de Coltrain, que por su parte lo siguió con la mirada con expresión ceñuda, hasta que una enfermera lo llamó.

Garon abrió la puerta del coche y ayudó a entrar a Grace, que parecía haber enmudecido. Permanecieron en silencio mientras salían del aparcamiento, y al final él comentó:

—Conoces bien al doctor, ¿verdad?

Ella se limitó a asentir sin mirarlo.

—Es un hombre bastante rudo, ¿no?

Grace pensó que el comentario era gracioso viniendo de alguien que parecía incluso peor que Coltrain, pero como era demasiado tímida para decirlo, asintió sin más.

Garon enarcó una ceja. Se sentía como si estuviera hablando solo, y se preguntó por qué el médico le había puesto una inyección en vez de darle una pastilla; de hecho, también le parecía extraño que el tipo se preocupara hasta el punto de querer asegurarse de que no pasara la noche sola. Mucha gente tenía familiares muy enfermos, y la mayoría aguantaba la situación sin necesidad de tranquilizantes, sobre todo si se trataba de mujeres jóvenes y sanas.

Se dijo que no era asunto suyo y sacó el móvil para llamar a la señorita Turner, que contestó de inmediato. Era obvio que no se había acostado.

—¿Le importaría pasar la noche en la casa de la señorita Carver?

—Claro que no. Estaré lista en cuanto lleguen.

Garon guardó el teléfono y le dijo a Grace:

—Iremos a buscar a la señorita Turner, y os llevaré a tu casa. Ella puede llevarte mañana al trabajo y al hospital en mi Expedition, haré que uno de mis empleados os lo lleve a primera hora.

Solía usar el todoterreno para desplazarse por el rancho, y tanto el capataz como los vaqueros tenían sus propios medios de transporte. Pensaba hacer que uno de sus mecánicos le echara un vistazo al coche de Grace, pero prefirió no decírselo porque no quería responsabilizarse de ella más tiempo del necesario.

No le importaba ayudarla si el trato personal se limitaba al mínimo posible, aunque le daba un poco de pena porque parecía ser una especie de inadaptada; en todo caso, era obvio que no estaba demasiado interesada en él, porque se mantenía lo más alejada posible y no intentaba atraer su atención. Se había dado cuenta de que se había puesto tensa cuando Coltrain había estado a punto de ponerle una mano en el hombro, pero a pesar de que aquel detalle le parecía curioso, estaba demasiado cansado para darle vueltas al asunto. Cuanto antes la dejara en su casa, antes podría dormir.

En cuanto llegaron a su rancho, la señorita Turner salió con una pequeña maleta y su bolso, y se metió en el asiento trasero del coche.

—He cerrado la puerta, señor Grier. Tiene la llave, ¿verdad?

—Por supuesto.

—¿Estás bien, Grace? ¿Cómo está tu abuela?

—Bastante mal, señorita Turner —le contestó ella, con voz somnolienta—. El doctor Coltrain cree que ha tenido un ataque al corazón, y no me ha dado demasiadas esperanzas.

—No te preocupes. Es el mejor médico de la zona, y hará todo lo que pueda.

—Sí, ya lo sé. Gracias por venir a hacerme compañía, la casa es grande.

—Sí, es verdad.

Cuando llegaron a la vieja casa victoriana, Garon se dio cuenta de que necesitaba una buena capa de pintura; al parecer, sus vecinas no podían costearse el mantenimiento de la casa. Era una pena, porque era una vivienda preciosa.

—Gracias por tu ayuda, y por dejar que la señorita Turner se quede conmigo —le dijo Grace, con obvia reticencia.

Garon se sorprendió al darse cuenta de que aquella mujer tenía una vena independiente y testaruda, y la opinión que tenía de ella cambió un poco.

—Cierre la puerta con llave —le dijo a la señorita Turner, cuando Grace y ella se bajaron del coche y fueron hacia la casa.

—Por supuesto. Iré a prepararle el desayuno en cuanto me traigan el Expedition —le contestó el ama de llaves.

—De acuerdo. Buenas noches.

Garon se alejó de allí sin más. Empezó a planear el trabajo que tenía que hacer al día siguiente, y no volvió a pensar en Grace.

Al día siguiente, después de descansar, se sintió mal por la forma en que la había tratado la noche anterior. Recordó cómo se había sentido él tras la muerte de su madre, y sobre todo cuando había muerto la mujer a la que amaba. En aquel entonces, no tenía a nadie que le ayudara a superar el dolor y la depresión, porque su familia vivía en Texas y él en Georgia, ya que trabajaba en

Atlanta. Tendría que haberse acordado de lo solo que se había sentido, había sido muy desconsiderado con Grace.

De modo que se levantó más temprano que de costumbre, preparó galletas, tocino frito y huevos revueltos para desayunar, y llamó a casa de las Collier; al acordarse de que el teléfono no funcionaba, fue a por el coche y puso rumbo a casa de su vecina.

Tanto Grace como la señorita Turner estaban levantadas. Grace llevaba de nuevo unos vaqueros y una sudadera ancha, y tenía el pelo recogido en un moño. Las dos parecieron sorprenderse al verlo, así que les dijo sin preámbulos:

—Vamos, he preparado el desayuno.

—No hacía falta... —empezó a decirle Grace.

Garon alargó la mano para tomarla del brazo y llevarla hasta el coche, pero ella se apresuró a retroceder y lo miró con los ojos como platos.

—Sólo es un desayuno, no estoy declarándome —le espetó él con sarcasmo.

—Vaya, gracias a Dios que me he salvado —al ver que sus palabras lo habían tomado por sorpresa, añadió—: a lo mejor no tendría que haberlo dicho hasta después de desayunar, ¿no?

El rostro de Garon permaneció imperturbable, pero sus ojos oscuros brillaron con humor. Hizo un sonido gutural ininteligible, evitó la mirada llena de diversión de la señorita Turner, y fue hacia el coche.

Grace intentó mostrarse relajada mientras comía, pero seguía sintiéndose un poco incómoda junto a su corpulento y taciturno vecino. Nunca había conocido a nadie parecido. Si tenía el más mínimo sentido del humor, debía de tenerlo muy bien escondido.

—Todo estaba buenísimo, Garon —le dijo, al terminar de desayunar—. ¿Puedo llamar al hospital desde tu teléfono?

—Claro. Hay uno en el vestíbulo.

Ella se levantó, se limpió la boca con una servilleta, y fue a llamar.

—¿Cómo la ve? —le preguntó Garon a su ama de llaves.

—Va a ser un golpe muy duro para ella. La señora Collier es una madre sustituta de pesadilla, pero Grace lleva tanto tiempo viviendo con ella, que me parece que se limita a pasar por alto lo mal que la trata.

—Por lo que vi, su abuela no la soporta.

—Es incluso peor de lo que parece. La señora Collier no la ayudó cuando Grace la necesitaba más que nunca, y me parece que la trata tan mal porque se siente culpable.

—¿Qué pasó? —le preguntó él con curiosidad.

—No soy quién para hablar de los asuntos de Grace.

Garon se limitó a apurar su taza de café; al parecer, los secretos eran una parte intrínseca de la vida en una población pequeña.

Grace volvió al cabo de un momento, y mientras se sentaba de nuevo comentó con abatimiento:

—Está en la UCI. El doctor no me lo dijo anoche.

—Seguro que tenía sus razones. ¿Vas a ir a trabajar?

—Tengo que hacerlo. Con la pensión de la abuela apenas nos alcanza para llegar a fin de mes, tengo que ganar todo lo que pueda.

—¿No quieres ir a la universidad, ni aprender un oficio? —le preguntó Garon.

—¿Cómo iba a costeármelo, aunque no tuviera que

cuidar de mi abuela? Está inválida desde que me gradué en el instituto, soy todo lo que tiene —Grace frunció el ceño, y añadió—: para ser un hombre que quiere que nadie se meta en sus asuntos, pasas bastante tiempo metiendo las narices en las vidas ajenas.

—Oye, te he prestado a mi ama de llaves...

—A la señorita Turner no se la presta, ella es una persona que tiene corazón.

Garon la fulminó con la mirada, y le contestó indignado:

—Y yo también.

—Pues debes de tenerlo bien guardado, para que no se te gaste —Grace se levantó antes de añadir—: gracias por el desayuno. No eres una persona demasiado agradable, pero al menos cocinas bien.

—Qué suerte que tengo.

—Si tú eres desagradable, yo también. Si algún día logras mostrar algo de amabilidad, puede que incluso llegue a sonreírte.

La señorita Turner estaba luchando por contener una sonrisa. A pesar del extraño comportamiento de su jefe, le gustaba su trabajo.

—No creo que eso llegue a pasar —Garon se volvió hacia su ama de llaves, y le dijo—: tengo que irme, me esperan un montón de reuniones. Las llaves del Expedition están colgadas detrás de la puerta, úselo tanto como quiera —tras una ligera vacilación, añadió—: intente no atropellar a Grace a menos que sea necesario. Es tan punzante, que seguro que pincha una rueda.

—No me extraña que no estés casado, pero gracias por dejarme usar tu coche. Haré que me arreglen el mío cuanto antes —le dijo Grace.

—No creo que encuentres a ningún mecánico que trabaje gratis.

Ella lo fulminó con la mirada. Sus ojos chispeaban cuando estaba enfadada, y sus mejillas adquirían un precioso rubor.

—Jerry, el chico que trabaja en la gasolinera, me cambiará una puesta a punto por huevos y pasteles.

—¿Hacéis trueques?, ¿en qué siglo vivís? —le preguntó él, atónito.

—En uno mejor que el tuyo, te lo aseguro. Por aquí no somos números en los archivos de registros, sino personas.

—Me extraña que no seas un número en el archivo de algún manicomio —masculló él en voz baja.

—Podemos irnos en cuanto quieras, Grace —se apresuró a decir la señorita Turner, al darse cuenta de que estaba a punto de producirse una explosión.

—Estoy lista, señorita Turner.

—¿Vas a trabajar con esa pinta? —le preguntó Garon.

Grace examinó los vaqueros impecables y la sudadera de un blanco inmaculado que se había puesto, y le preguntó:

—¿Qué quieres que me ponga para trabajar en una floristería, un traje de noche?

—Las mujeres de mi despacho llevan traje chaqueta, y se maquillan.

—Claro, porque creen que estás disponible y quieren impresionarte. Mi jefa se viste igual que yo.

—A cada cual lo suyo. Señorita Turner, llegaré bastante tarde. Déjeme cualquier cosa para comer en la nevera.

—De acuerdo.

Al llegar a la puerta, Garon se volvió y miró a Grace con expresión seria.

—Espero que tu abuela mejore.

—Gracias.

Grace sintió una extraña sensación en la boca del estómago. Esperaba no tener que tener demasiado contacto con su taciturno vecino, y que su abuela mejorara lo antes posible.

Cuando llegó a la floristería, Judy le dio todo su apoyo y se mostró de lo más compasiva; de hecho, incluso le dijo que se fuera a hacerle compañía a su abuela y que le pagaría las horas de todas formas.

—Gracias, pero al doctor Coltrain no le haría ninguna gracia —le dijo Grace, mientras preparaba una corona para un funeral—. No quiere que me pase el día pululando cerca de la UCI, sólo puedo entrar durante unos minutos tres veces al día. Judy, tengo miedo. Mi abuela está muy mal.

—Hace mucho tiempo que es tu única familia, pero hay todo un mundo que aún no has visto. Tienes que pensar en salir adelante, en tu futuro.

—No sé lo que haría si... en fin, mi primo Bob podría venir a visitarme, pero está bastante mal y una enfermera lo cuida día y noche. Me quedaría completamente sola en Jacobsville.

Judy le dio unas palmaditas en la mano, y le dijo con una sonrisa:

—Nunca estarás sola aquí, sabes que todos nosotros somos tu familia.

Grace consiguió esbozar una sonrisa llorosa, y susurró:

—Gracias.

—Conseguirás salir adelante, todos te cuidaremos. Aunque la verdad es que ya no lo necesitas, porque con el paso de los años has llegado a ser muy independiente. Estoy orgullosa de ti, eres todo un ejemplo.

—¿Quién, yo?

—Sí. No todo el mundo habría conseguido superar tan bien lo que te pasó, Grace. Eres una mujer con agallas.

A Grace no le gustaba hablar del pasado, así que se acercó unas cuantas rosas rojas más y desvió la conversación hacia las nuevas tarifas del agua. Estuvieron hablando del tema durante una hora.

Cuando Grace se fue del hospital después de que anocheciera, su abuela aún estaba en coma. La señorita Turner había ido a buscarla con el Expedition, y había insistido en que regresara a casa.

—No puedes pasarte el día entero esperando en el hospital y trabajando. Además, el teléfono ya está arreglado —se volvió hacia la enfermera que estaba cubriendo el turno de noche, y le dijo—: Jolie, la llamarás si hay cualquier novedad, ¿verdad?

—Claro que sí —le dijo la mujer, con una sonrisa tranquilizadora.

—De acuerdo, me iré a casa. Gracias, Jolie.

Después de despedirse de la enfermera, Grace y la señorita Turner salieron y fueron a por el Expedition.

A pesar de que había llegado a casa un poco más tarde de lo habitual, Garon había salido a ayudar a los vaqueros con algunas vacas que iban a parir por primera vez. Finales de febrero era el momento perfecto para la llegada de las nuevas reses, ya que la hierba empezaba a brotar de nuevo. Sus reses eran preciosas, y como las criaba para la producción de carne, quería potenciar algunos rasgos específicos. Era una suerte que los Jacob, los anteriores propietarios del rancho, hubieran criado caballos, porque el establo estaba muy bien cuidado y las cercas que habían construido estaban como nuevas. De modo que sólo había tenido que poner cables eléctricos alrededor de los pastos para que los animales no se escaparan.

Salió al porche justo cuando llegaba la señorita Turner, y en cuanto ella se le acercó, le preguntó:

—¿Cómo está la señora Collier?

—No ha habido ningún cambio. Grace está aguantando bien, pero me parece que se derrumbará si su abuela muere. No está acostumbrada a vivir sola.

—No me diga que le tiene miedo a la oscuridad —le dijo él, con una carcajada.

Ella lo miró muy seria, y le dijo:

—Si la señora Collier muere, tendré que encontrar a alguien que pueda quedarse con Grace durante una temporada, hasta que se acostumbre a estar sola. Aunque a lo mejor prefiere irse a pasar unos días con su primo de Victoria.

—Habrá que ir viendo cómo van las cosas, no hay que adelantar acontecimientos.

—Sí, tiene razón —tras vacilar por un segundo, el ama de llaves comentó—: el coche de Grace no está en su casa.

—Sí, le pedí a Brady que lo trajera para repararlo. He

estado a punto de mandarlo al desguace, pero supongo que aguantará un par de kilómetros más...

El teléfono empezó a sonar, y Garon contestó antes de que la señorita Turner pudiera hacerlo.

–Grier.

–¡Me has robado el coche! –le dijo Grace Carver, hecha una furia.

CAPÍTULO 3

—Oye, yo no robo coches, trabajo para el FBI —le contestó él con indignación.

—No te habrían contratado si hubieran sabido lo que hacías. ¿Dónde está mi coche? No me digas que no lo sabes, porque el cartero vio a uno de tus vaqueros llevándoselo esta mañana, después de que me fuera a trabajar.

—Ese trasto es una trampa mortal, le he pedido a uno de mis mecánicos que lo revise. Así podrás volver a conducir tu propio coche.

Ella permaneció en silencio durante unos segundos, y finalmente contestó:

—Ya.

Garon se mordió la lengua para no decir una barbaridad.

—No he querido decir que me importe que la señorita Turner y tú uséis el Expedition, ¡deja de poner palabras en mi boca!

—¡No he dicho nada!

—¡Pero estabas pensándolo!

—Teniendo en cuenta a qué te dedicas, debe de resultarte muy útil poder leerle el pensamiento a la gente —le dijo ella con excesiva dulzura. Al cabo de un segundo, añadió—: perdona, se me ha escapado. Finge que no lo has oído.

—Hay un refrán sobre morder la mano que te da de comer...

—Ni se me ocurriría morderte la tuya, ¡quién sabe dónde habrá estado! —antes de que Garon pudiera reaccionar, le dio las gracias por ayudarle con el coche, y se apresuró a colgar.

Él colgó el teléfono con brusquedad, y masculló una imprecación en voz baja.

La señorita Turner se quedó atónita, porque nunca había visto a su taciturno jefe tan alterado. Mientras se dirigía hacia la cocina, se dijo que así al menos el hombre parecía un poco más vivaracho que de costumbre, y se preguntó qué le había dicho Grace para que reaccionara de ese modo.

Al día siguiente, Grace empezó a sentirse un poco culpable. Su vecino se había llevado el coche para repararlo, y seguro que no le cobraba nada. Tenía que dejar de hacerle pagar a él su propia frustración, el hecho de que estuviera tan preocupada por la abuela no le daba derecho a tomarla con los demás, aunque aquel hombre no parecía demasiado vulnerable.

Ese día no iba a trabajar, y pensaba dedicarlo por completo al pequeño proyecto que consumía tanto gran parte de su tiempo libre como el poco dinero que podía permitirse.

En cuanto hizo una pausa, fue a la cocina. La señorita Turner había comentado que a Garon le gustaba el pastel de manzana, y los suyos eran famosos.

Cuando el capataz de Garon, Clay Davis, fue a llevarle el coche aquella tarde, salió a darle las gracias con el pastel en una cesta. Clay se dirigía ya hacia una furgoneta conducida por uno de sus hombres, pero al verla se detuvo con una sonrisa y se quitó el sombrero en señal de respeto.

–Hola, señorita Grace.

–Hola, Clay. ¿Podrías llevarle este pastel a tu jefe de mi parte?

–¿Le ha echado cicuta, o belladona? –al ver que lo miraba desconcertada, comentó–: hemos oído que los dos no se llevan demasiado bien.

–Es un simple pastel de manzana. Me siento un poco culpable por haber sido un poco grosera con él, y es una especie de ofrenda de paz.

–Se lo diré –le dijo él, mientras tomaba la cesta.

–Gracias por arreglarme el coche –le dijo ella, con una sonrisa.

–La llave está dentro. Tiene que tener controlado el indicador del nivel de aceite. Hemos arreglado el escape, pero es mejor que siempre se asegure de que tiene aceite antes de ir a algún lado. Avísenos si nota que vuelve a perder, y se lo arreglaremos.

–Muchas gracias, Clay.

–Los vecinos tienen que ayudarse.

–Sí, pero no creo que yo pueda hacer gran cosa por tu jefe, porque ya tiene toda la ayuda que necesita.

–Le gustan los dulces, pero a la señorita Turner no se le dan demasiado bien los pasteles. No le comente que se lo he dicho, es una cocinera estupenda.

—Sí, pero no suele hacer dulces. A mí se me da fatal el pollo frito.

—Cada cual tiene sus puntos fuertes.

—Gracias de nuevo.

—De nada —Clay se metió en la furgoneta, y se fue con el pastel.

Esa noche, Grace fue al hospital en su coche, y permaneció sentada hasta muy tarde en la sala de espera que había junto a la UCI. Coltrain la encontró allí mientras hacía su última ronda, y le dijo con severidad:

—Grace, no puedes pasarte aquí toda la noche y trabajar durante el día.

—Si fuera su abuela, usted haría lo mismo —le contestó ella, con una sonrisa.

—Sí, pero tengo mejor salud que tú...

—No empiece con eso. Me cuido mucho, y tengo un gran médico.

—Las zalamerías no funcionan conmigo, pregúntaselo a mi mujer.

—Bueno, al menos lo he intentado —lo miró con expresión seria, y añadió—: la enfermera me ha dicho que no ha habido ningún cambio.

Él se sentó a su lado y suspiró con cansancio.

—Grace, eres consciente de que el tejido del corazón no se regenera, ¿verdad?

—A veces ocurren milagros —insistió ella con testarudez.

—Sí, ya lo sé. Yo mismo he visto alguno. Pero en este caso, la situación es muy difícil, y vas a tener que empezar a aceptar que es probable que tu abuela no vuelva a casa.

Grace sintió que se le llenaban los ojos de lágrimas, y apretó las manos con fuerza sobre su regazo.

—Es todo lo que tengo, Copper.

Él se mordió la lengua para no decir lo que pensaba de la anciana, y al final contestó con voz cortante:

—No la santifiques.

—Lamentó lo que pasó. Estoy convencida de que no se emborrachó a propósito aquella noche, pero le dolió mucho que mamá se fuera sin decir palabra y me dejara a su cargo.

—¿Eso te lo dijo ella?

—Supongo que nunca fue una mujer demasiado maternal. No le gustaban los niños, y yo le daba muchos problemas.

—Grace, tú nunca le has dado problemas a nadie. Siempre has sido quien se ha ocupado de las tareas domésticas de tu casa, tu abuela se limitaba a ver los culebrones de la tele y a beber ginebra mientras tú te encargabas de todo. Su corazón está tan mal por culpa de la bebida.

—Al menos, estaba conmigo —le dijo ella con voz ronca—. Mi padre no quería tener hijos, así que cuando yo nací, se largó con una mujer sin pensárselo dos veces. Mi madre me odiaba porque mi padre se había ido por mi culpa, y acabó yéndose también porque ningún hombre quería cargar con la hija de otro.

—Te parecías mucho a tu padre —comentó el médico.

—Sí, y mi madre también me odiaba por eso —Grace bajó la mirada hacia sus manos—. Creía que yo no le importaba nada, así que lo que hizo me tomó por sorpresa.

—Supongo que se sentía culpable. Le importaba mucho el apellido familiar, igual que a tu abuela, así que seguro que creyó que lo que pasó saldría en todos los periódicos. Y habría sido así, si tu abuela no le hubiera pedido a Chet Blake que enterrara el caso para que nadie se enterara de lo que había pasado exactamente. Pero para entonces ya era demasiado tarde para salvar a tu madre.

Grace tragó con dificultad, y dijo con voz queda:

—Nunca lo atraparon.

—A lo mejor ya está muerto, o lo encarcelaron por otro crimen.

Ella lo miró, y comentó con voz seca:

—O a lo mejor le hizo lo mismo a otra niña.

—A tu abuela no le importaba eso, sólo quería silenciar el asunto.

—Supongo que Blake se sentía mal por lo que le había pasado a mi madre. Era un buen policía, seguro que habría investigado a fondo.

—Aquel criminal te dio por muerta, y Chet pensó que estarías más segura si no se enteraba de que habías sobrevivido. Ese tipo sabía que, si te dejaba viva, se exponía a que declararas en su contra en un juicio.

Grace se estremeció al recordar lo sucedido, y se rodeó con los brazos.

—¿Cree que Blake guardó el archivo del caso?

—Seguro que sí, pero lo más probable es que lo escondiera bien. No creo que Cash Grier acabe descubriéndolo por casualidad, ¿es eso lo que te preocupa?

—Sí. Garon ha sido muy amable conmigo, aunque un poco a regañadientes. No quiero que se entere de lo que me pasó.

—No fue culpa tuya, Grace —le dijo el doctor con voz suave y tierna, como si estuviera hablando con una niña.

Había sido él quien la había atendido cuando la policía la había llevado a Urgencias, porque era residente en aquella época.

—Hay quien dice que yo misma me lo busqué.

—¿Qué demonios...?

—Yo solía llevar pantalones cortos.

—Nunca, jamás busques excusas para una alimaña como ésa, ¡ningún hombre normal sentiría deseo por una niña de doce años!

Grace consiguió esbozar una sonrisa, y susurró:

—Es muy bueno conmigo, doctor.

—Ojalá fuera bueno para tu vida social. Nunca sales con nadie, Grace. Tienes veinticuatro años, tendrías que haber ido a terapia para aprender a seguir adelante con tu vida. Tu abuela tiene la culpa de que no hayas ido, seguro que no quería que alguien relacionado con ella fuera al psicólogo.

—Está chapada a la antigua.

—Es un avestruz. Quería proteger el buen nombre de su familia fingiendo que no había pasado nada.

—Todo el mundo sabe lo que pasó.

—No, sólo de forma general.

—Pero de todas formas me protegen muchísimo —Grace sintió una profunda calidez—. En Jacobsville, todos formamos una gran familia. Por ejemplo, mire lo que le pasó al viejo señor Jameson... estuvo en la cárcel por atracar un banco, pero pagó su deuda con la sociedad cumpliendo su pena, y cuando salió volvió aquí y todo el mundo lo ha aceptado de nuevo.

—Es una de las cosas que más me gustan de nuestra pequeña comunidad.

—¿Cree que alguien le contará a Garon...?

—Nadie chismorrea sobre ti, Grace. Ni siquiera la señorita Turner.

—Bueno, aunque su hermano es el jefe de policía, es un recién llegado, así que supongo que nadie irá a hablarle de los trapos sucios.

—Tú no eres un trapo sucio —le dijo él con firmeza.

—Gracias, doctor —Grace vaciló por un instante antes de preguntarle—: ¿puedo entrar a ver a mi abuela, aunque sea por un minuto?

—Bueno, pero sólo si me prometes que después te irás a casa.

Grace estuvo a punto de negarse, pero tenía tantas ganas de ver a su abuela, que acabó cediendo.

—De acuerdo.

—Venga, vamos.

El doctor entró con ella en la UCI, y después de hablar brevemente con la enfermera, la llevó al cubículo de su abuela. Grace tuvo que morderse la lengua para contener una exclamación al verla allí tumbada. Estaba tan pálida y quieta, que daba la impresión de que ya estaba muerta. Su respiración trabajosa le resultó aterradoramente familiar, ya que su abuelo había hecho el mismo sonido áspero el día de su muerte, cuando ella era muy pequeña.

Coltrain se colocó a su lado, y le dijo con suavidad:

—Grace, recuerda que todos tendremos que pasar por este trance algún día. No es un final, sino un comienzo... como el capullo que da paso a la mariposa.

Ella lo miró con los ojos llorosos, y le dijo:

—Toda mi familia está muerta.

—Aún tienes un primo en Victoria, que te aprecia mucho.

Sí, aquello era cierto, aunque el primo en cuestión tenía casi ochenta años y estaba prácticamente inválido.

Grace se acercó a la cama y alargó la mano poco a poco, con un gesto vacilante, hasta posarla en el hombro de su abuela.

—Te quiero, abuela —le dijo con suavidad—. Siento... haber sido una carga para ti... —se le quebró la voz, y empezó a llorar.

Su abuela hizo un ligero movimiento, como si la hubiera escuchado, pero no abrió los ojos. Volvió a quedarse quieta, y su respiración se volvió aún más trabajosa.

Consciente de lo que estaba pasando, Coltrain se llevó a Grace de vuelta a la sala de espera.

—Lo siento —le dijo ella, mientras se sacaba un pañuelo del bolso y se secaba los ojos.

—No tienes por qué disculparte. ¡Maldita sea, no tendrías que estar aquí sola!

Cuando apenas había pronunciado aquellas palabras, se quedó atónito al ver que la puerta se abría y que Garon Grier entraba en la sala de espera. Había visto la frialdad con la que aquel hombre había tratado a Grace cuando la había llevado al hospital, así que no esperaba verlo allí.

Garon se acercó a ellos, y le dijo a Grace con sequedad:

—La señorita Turner me ha dicho que seguramente estarías aquí. He ido a darte las gracias por el pastel de manzana, y me he dado cuenta de que tu coche no estaba.

—¿Le has preparado un pastel de manzana? —el doctor Coltrain la miró sorprendido.

—Fui grosera con él, y me sentía culpable —le contestó Grace, a la defensiva—. Hizo que alguien me arreglara el coche.

—Sí, y me acusó de habérselo robado —Garon enarcó una ceja, y añadió—: pero el pastel me ha compensado, está buenísimo.

—Me alegro de que te gustara —le dijo ella, con una sonrisa llorosa.

Garon le lanzó una mirada al médico antes de volverse de nuevo hacia ella.

—He pensado que sería mejor venir para seguirte con mi coche hasta tu casa, Clay me dijo que era posible que el tuyo volviera a perder aceite. Vives en un lugar bastante apartado.

A Coltrain le gustó la consideración de aquel forastero, pero permaneció impasible.

—Deja que te escolte hasta tu casa, y quédate allí. Aquí no puedes hacer nada, Grace.

Ella respiró hondo, y finalmente cedió.

—Supongo que tiene razón —se volvió hacia Garon y le dijo—: voy al servicio, ahora mismo vuelvo.

—Aquí te espero.

Cuando ella se fue, Coltrain centró su atención en Garon, y le dijo sin andarse por las ramas:

—La señora Collier no va a durar más de un par de horas. Me parece que Grace lo sabe, pero va a ser un golpe muy duro para ella.

—Me aseguraré de que no se quede sola. Cuando su abuela muera, puede quedarse una o dos semanas en mi rancho, hasta que se recupere un poco. La señorita Turner la tratará como si fuera su propia hija.

—Me extraña un poco tu actitud —le dijo Coltrain con

cautela–. Hace poco, parecía que te molestaba hasta tener que llevar a Grace en coche.

Garon apartó la mirada, y le dijo con sequedad:

–Grace tiene buen corazón.

Coltrain vaciló por un momento antes de corregirle.

–Es una buena persona. Por cierto, has trabajado hasta bastante tarde, ¿verdad?

–Sí, estamos investigando el asesinato de una niña en el norte. Como estoy especializado en homicidios, me han asignado el caso –su expresión se volvió tensa–. He sido agente del orden durante la mayor parte de mi vida, y a estas alturas pocas cosas me alteran, pero este caso... el malnacido se la llevó por la ventana, y encontramos señales de violencia en el dormitorio de la pequeña. Ese hombre es un animal, tenemos que encontrarlo.

–¿Tenéis alguna pista?

–No, aún no. Pero soy un tipo persistente, y no pararé hasta que lo atrape.

–Me parece que en ese sentido te pareces mucho a tu hermano –comentó Coltrain con una sonrisa.

–Cuando Cash era ranger de Texas, siguió a un atracador de bancos hasta Alabama.

–Conociéndolo, no me extraña.

–Si alguien me hubiera dicho que acabaría echando raíces en un pueblo y con hijos, me habría reído a carcajadas. Desde que nació su hija a principios de este mes, se ha convertido en un devoto hombre de familia.

Antes de que Coltrain pudiera contestar, Grace regresó del lavabo. Al verla tan decaída y desamparada, Garon sintió una punzada de compasión, ya que sabía de primera mano lo mucho que dolía perder a un ser querido.

–Venga, te sigo hasta tu casa –le dijo con voz suave.

Ella miró a Coltrain, y le dijo:

—¿Me llamará...?

—Sí, Grace.

Los ojos de los dos hombres se encontraron, y sin necesidad de palabras, el médico le aseguró a Garon que también le llamaría a él.

Grace detuvo el coche frente a su casa, y vaciló por un momento antes de salir al ver que Garon se paraba tras ella. Hacía mucho que no estaba a solas con un hombre de noche, porque no confiaba en ellos. Dio varios pasos hacia el porche, pero se detuvo y esperó a que él la alcanzara. Estaba segura de que debía de haber notado lo tensa que estaba.

—¿Quieres que le diga a la señorita Turner que venga a pasar la noche contigo? —le preguntó él.

—No, gracias —le contestó ella con rigidez.

Garon frunció el ceño. Se había mostrado relajada en el hospital, cuando estaban con Coltrain, pero cuando estaban a solas parecía escudarse tras una barrera de espinas. No hacía falta ser un genio para darse cuenta de que no se sentía cómoda con él, y se preguntó si se comportaba así con todos los hombres.

—Tienes nuestro número de teléfono, Grace. Llama si necesitas algo.

—Gracias, eres muy amable.

Garon respiró hondo antes de admitir:

—Se me dan muy mal las relaciones de todo tipo. Mi trabajo incomoda a mucha gente, sobre todo cuando se dan cuenta de que llevo un arma a todas horas, incluso cuando no estoy de servicio.

—Yo tampoco estoy acostumbrada a tratar con mucha gente, la abuela y yo no socializamos demasiado. Tengo un par de trabajos a tiempo parcial y unas cuantas amistades, pero no tengo ninguna relación estrecha con nadie.

—¿Por alguna razón en especial?

—Sí, pero no hablo del tema.

Garon sintió una curiosidad creciente. Ella llevaba unos vaqueros y una sudadera, como siempre, además de una chaqueta. Al ver que la ropa parecía bastante usada, y que sus zapatillas de deporte tenían unos cuantos desgarros, supuso que debía de economizar al máximo.

—¿Te gustan las rosas? —le preguntó, al ver los rosales perfectamente cuidados que había junto al porche.

—Me encantan —le contestó ella, sonriente—. Les tengo un cariño especial a mi Audrey Hepburn y a mi Chrysler Imperial.

—Una rosa, y la otra roja.

—¡Exacto! —a Grace le sorprendió que lo supiera.

—En los últimos años no he podido cultivar rosales, pero puede que vuelva a hacerlo ahora que tengo el rancho. Era una de mis aficiones.

—Me he ocupado de estos rosales desde que era pequeña. A mi abuelo le encantaba cultivarlos, conocía todas las variedades y me las enseñó. Estábamos muy unidos, pero murió cuando yo tenía nueve años.

—Yo no llegué a conocer a mis abuelos, todos murieron antes de que naciéramos.

—¿Cash y tú?

—Somos cuatro hermanos. Cort y nuestro padre se ocupan de nuestro rancho del oeste de Texas, y Parker es agente del orden.

—¿Tu padre también lo fue?

—No, pero mi abuelo fue agente federal. Aún tengo su cartuchera y su Colt del cuarenta y cinco.

—Mi abuelo era vaquero, pero se retiró cuando un toro lo dejó lisiado, y mi abuela y él se vinieron a vivir aquí cuando mi madre era pequeña.

—Tus raíces están bien asentadas en este lugar.

—Sí, es agradable sentirse en casa.

Garon miró su reloj, y comentó:

—Será mejor que me vaya, tengo que ocuparme de algo de papeleo antes de irme a dormir. Llama si necesitas algo.

—Vale. Gracias.

—Es que el pastel estaba muy bueno.

—Me alegro de que te gustara.

—Cierra con llave —le dijo, antes de meterse en el coche.

—Lo haré. Buenas noches.

Él puso en marcha el coche y se fue, pero Grace vio que aminoraba la marcha al final del camino, como si no supiera si debía irse o no. Al final se alejó hasta que lo perdió de vista, pero se sintió extrañamente reconfortada.

Grace cerró con llave, echó el cerrojo, y comprobó dos veces que la puerta había quedado bien cerrada. Entonces se aseguró de que los palos de escoba que ponía cruzados en las anticuadas ventanas para evitar que alguien pudiera entrar estaban bien colocados, y comprobó la ventana de su dormitorio cuatro veces. Era un ritual que nunca se le olvidaba.

Su vecino la había sorprendido al aparecer en el hospital. Era una persona solitaria, como ella, y aunque al principio no le había caído bien, parecía tener algunas virtudes.

Se puso su largo camisón blanco, y se peinó hasta que el pelo le cayó por los hombros como un manto de oro, pero no se miró en ningún momento al espejo.

Ya casi había amanecido cuando alguien empezó a aporrear la puerta principal. No dormía en el antiguo dormitorio que había ocupado en la segunda planta, sino en uno de la primera que quedaba cerca de la puerta. Después de ponerse una bata, encendió las luces del porche y miró por la ventana, y le dio un vuelco el corazón al ver a su vecino esperando fuera con expresión muy seria. Sólo se le ocurrió una posible razón que pudiera explicar su presencia allí.

Abrió la puerta, y soltó un pequeño sollozo.

—No... por favor, no... —susurró con voz ronca.

—Lo siento —le dijo él con suavidad.

—¿Se ha... se ha ido?

Cuando él asintió, se quedó mirándolo destrozada y empezó a llorar en silencio. Se sintió aterrada cuando él invadió su espacio personal y la tomó de los hombros, pero empezó a relajarse al darse cuenta de que no la sujetaba con fuerza, y de repente lo abrazó. No recordaba ni una sola vez en la que alguien la hubiera abrazado mientras lloraba.

Él le acarició el pelo, y le dijo con calma:

—Todos tenemos que morir tarde o temprano, Grace.

—Tú perdiste a tu madre —comentó ella entre sollozos.

—Sí —Garon no le dijo que no era la única persona a la

que había perdido, porque no la conocía lo suficiente para sincerarse con ella.

—¿Ha sido rápido?

—Coltrain me ha dicho que ha inhalado ligeramente, y se ha relajado sin más. Ha sido rápido, y no le ha dolido. Ni siquiera ha recobrado la consciencia.

—Dios, no sé lo que estipuló para su entierro, fue a la funeraria y rellenó ella sola los papeles. Tenía un documento... pero no sé dónde está —Grace se echó a llorar de nuevo, pero se sintió reconfortada al poder apoyarse en él. Era un hombre cálido y fuerte, y en ese momento no le resultaba amenazador.

—Yo te ayudaré, pero quiero que ahora te vengas a mi casa. Ve arriba a cambiarte, mañana nos ocuparemos de todo. ¿A qué funeraria fue?

—A Jackson y Williams.

—Llamaré mientras te vistes, y también al hospital.

—No sé cómo agradecerte...

—No quiero tu agradecimiento. Venga, ve a vestirte.

—De acuerdo.

Garon la siguió con la mirada. El doctor Coltrain había insistido en que había que tenerla vigilada, le había dicho que la muerte de su abuela iba a ser un golpe muy duro para ella, y que alguien tenía que cuidarla. Aunque a lo mejor simplemente se preocupaba por ella porque la conocía desde hacía mucho tiempo y la apreciaba.

Sacó el móvil, y marcó el número de información.

CAPÍTULO 4

Grace estaba sentada con Garon en el despacho de la funeraria, mientras Henry Jackson repasaba con ella los arreglos concernientes al funeral de su abuela. Garon había pedido el día libre para poder ayudarla, a pesar de que estaba claro que era un hombre muy ocupado.

No había demasiado por hacer. Su abuela había dejado estipulado lo que quería, e incluso había dejado pagado un sencillo ataúd de pino. Iban a enterrarla en el cementerio de una iglesia baptista, al lado de su difunto marido, y el seguro iba a ocuparse de los gastos del funeral.

Después fueron al despacho de Blake Kemp, y Garon se quedó en la sala de espera mientras ella hablaba con el abogado. Se quedó atónita cuando el hombre le dijo que había heredado tanto la casa como las tierras, porque creía que su abuela no iba a dejarle nada.

—No esperaba heredar nada —confesó.

—Se sentía culpable, Grace —le dijo Blake—. Te falló en el peor momento. A lo mejor el hecho de que no te tratara bien fue una reacción involuntaria ante su propio comportamiento.

—Me culpaba por lo que le pasó a mi madre.

—Pues fue muy injusta, porque tú no tuviste la culpa de lo que pasó —Blake conocía a su familia desde hacía muchos años, y la trataba con total franqueza.

—Eso mismo me dijo el doctor Coltrain.

—Es que es la verdad. Vamos a encargarnos del papeleo, para que todo quede a tu nombre —al ver que hacía ademán de hablar, alzó una mano para interrumpirla—. No te preocupes, yo me ocuparé de todo. En lo que respecta al funeral...

—El señor Grier está ayudándome con eso.

—¿Cash?

—No, su hermano Garon. Es vecino mío.

El abogado enarcó las cejas. A juzgar por lo que había oído del hermano de Cash, no parecía un hombre demasiado dado a ayudar a los demás.

—Es muy agradable —añadió Grace—. Hizo que sus hombres me arreglaran el coche, así que le preparé un pastel de manzana.

—Ya era hora de que empezaras a fijarte en los solteros, Grace —le dijo él, con una sonrisa.

Ella se puso seria de inmediato.

—No es nada de eso, sólo está siendo amable conmigo. Seguro que la señorita Turner se lo ha pedido.

—Puede ser. En fin, si necesitas algo, ya sabes dónde estoy.

—Gracias.

—De nada. Cuando tenga listos los papeles, te llamaré para que vengas a firmarlos, yo me ocuparé de todo.

Al salir del despacho, Grace se despidió con una sonrisa de la nueva recepcionista, que había reemplazado a Violet Hardy cuando ésta se había casado con Kemp. Garon se levantó del sofá y fue hacia ella, pero se sintió molesto al ver que la recepcionista enarcaba las cejas y los miraba con una sonrisa pícara.

—Es lo normal en los pueblos —le dijo Grace con incomodidad, cuando salieron a la calle—. La gente empieza a cotillear en cuanto dos personas van juntas a algún sitio, pero no es por malicia.

Él no contestó, pero dejó claro con su actitud que la situación no le hacía ninguna gracia.

—Gracias por ayudarme con todo esto —le dijo ella, cuando iban camino de su casa.

—De nada —Garon le echó un vistazo a su reloj, y comentó—: tengo que volver a mi despacho, estamos investigando el asesinato de una niña y tengo que hacer unas cuantas llamadas.

Grace se tensó de inmediato.

—¿Tenéis alguna pista?

—No, aún es muy pronto. La sacaron de su propio dormitorio mientras sus padres dormían en el cuarto de al lado, y la tuvieron secuestrada durante varios días. Un excursionista encontró el cadáver detrás de una iglesia. Tenía diez años, y todos sus familiares cercanos tienen coartada. Abusaron de ella... ¿qué clase de ser humano puede sentirse atraído por una niña?

Grace luchó por controlar la respiración, y cruzó los brazos con fuerza.

—Hombres inadaptados, que quieren control.

A Garon le sorprendió su respuesta, y se volvió a mirarla.

—¿Qué quieres decir?

—Son hombres que no pueden estar con mujeres adultas, y como las odian por ello, atacan a las más indefensas.

—Se te da bien —murmuró él, con una pequeña sonrisa—. Sí, creo que tienes razón. Tienes potencial, ¿te has planteado entrar en las fuerzas de seguridad?

—No soporto las pistolas.

Él se echó a reír.

—No tienes que llevar una pistola de forma obligatoria, en el FBI también tenemos personal civil... especialistas en información, ingenieros, lingüistas...

—¿Lingüistas?

—Sí. En los viejos tiempos, había que ser agente para trabajar con nosotros, pero ahora las normas son más flexibles.

Grace sonrió a pesar de sí misma, y comentó:

—Tú no eres nada flexible, agente Grier.

—¿Cuántos años tienes? —al ver que ella se limitaba a enarcar las cejas, insistió—: venga, dímelo.

—Veinticuatro.

—Yo tengo treinta y seis, así que no soy ningún vejestorio. Y me llamo Garon.

—Nunca había oído antes ese nombre.

—Mi madre tuvo cuatro hijos, todos varones. Mi padre dice que solía pasarse horas sentada en el porche, consultando libros de nombres; en todo caso, el mío es mejor que el de Cash.

—Cash no es un nombre raro.

—Realmente se llama Cassius —le dijo él con una sonrisa.

—¡Madre mía!

—Por eso quiere que le llamen Cash.

—¿Estáis muy unidos?
—La verdad es que no. Hemos tenido algunos problemas familiares desde la muerte de mi madre, y ahora estamos empezando a conocernos. Cash ingresó en una escuela militar cuando tenía unos ocho o nueve años, y apenas habíamos vuelto a hablar hasta el año pasado.
—Debe de ser muy triste tener una familia y no relacionarse con ella.
Garon se preguntó cómo habían sido los padres de Grace, pero era demasiado pronto para hacerle preguntas personales. No quería tener más contacto del necesario con ella, porque estaba casado con su trabajo... aunque acababa de hablarle de ese tema, a pesar de que nunca lo hacía. Grace tenía una empatía a la que resultaba muy difícil resistirse y con ella se sentía como en casa, pero eso era muy peligroso. No iba a permitir que surgiera nada entre los dos.

Después de dejar a Grace en su casa, Garon se fue a trabajar. Bentley, uno de sus superiores, le llamó a su despacho para informarlo de que el capitán de Márquez se había puesto en contacto con él, y había decidido autorizar que el FBI colaborara en la investigación.
El grupo de trabajo iba a estar encabezado por Garon, y su misión era encontrar al asesino que había matado a la pequeña de diez años; aunque nadie lo había admitido en voz alta de momento, todos sabían que era posible que se tratara de un asesino en serie, porque había cuatro casos por lo menos con crímenes muy parecidos.
—Me pondré manos a la obra de inmediato –le dijo Garon.

—El capitán de Márquez me ha dicho que hay que resolver el caso cuanto antes —le dijo Bentley. Le faltaba poco para jubilarse y había pedido que lo trasladaran a San Antonio, porque allí tenía familia. Era un hombre amable, y un agente muy bueno al que Garon respetaba—. El capitán está dispuesto a tener en cuenta todas las posibilidades, pero el teniente de Márquez cree que se trata de una simple coincidencia.

—Los casos son demasiado parecidos —le dijo Garon con firmeza.

Bentley esbozó una sonrisa. Conocía a Garon desde hacía mucho tiempo, y sabía lo decidido que podía llegar a ser.

—Sí, estoy de acuerdo contigo. No te metas en líos.

—Lo intentaré —parecía sincero al decirlo, pero su sonrisa lo delató.

Llamó por teléfono a Márquez, y quedaron en un restaurante.

—Tienes un aspecto horrible —comentó Garon, al ver sus ojeras y lo cansado que parecía.

Márquez soltó una carcajada carente de humor.

—Me tomo muy en serio estos homicidios. Llamé a la policía de Oklahoma, para preguntar sobre el caso en el que también encontraron un lazo rojo. La víctima fue una niña de once años, la encontraron boca abajo cerca de un cementerio.

—¿Abusaron de ella?

—Sí. La estrangularon y después le dieron veinticinco puñaladas, igual que en nuestro caso. Es demasiado parecido para que sea pura coincidencia.

—Parece un ataque muy personal —comentó Garon.
—Exacto. El malnacido odiaba a la niña, o lo que ella representaba, y se ensañó con ella. Por cierto, he encontrado otro caso... el mismo modus operandi, cerca de Del Rio, hace tres años. La apuñalaron y la dejaron tirada en un campo. Me encontré con uno de nuestros viejos inspectores, que se acordaba del caso. Pasó hace tanto tiempo, que ni siquiera aparecía en las bases de datos. Envié un correo electrónico a la policía de allí, para que me mandaran por fax la información —se pasó una mano por su espesa cabellera negra, y añadió—: son crías, niñas inocentes, y puede que ese monstruo esté actuando desde los noventa a intervalos con total impunidad. Daría lo que fuera por atraparlo —Márquez se detuvo cuando la camarera se les acercó. Después de pedir y de que la mujer le llenara una taza de café, añadió—: tiene que ser un agresor sexual reincidente, es demasiado bueno para ser un novato. Hay que ser un capullo bravucón para llevarse a una niña de su propia habitación, mientras su familia está en la casa. Y lo ha hecho durante años, sin que lo hayan atrapado.

—El lazo rojo debe de tener algo que ver con una fantasía suya —comentó Garon, antes de tomar un trago de café.

—Sí, eso creo. El inspector que me habló del caso de Del Rio recordaba haber oído hablar de un caso que quedó archivado hace unos doce años, pero no se acordaba de dónde había pasado. Cree que fue en el sur de Texas.

—¿Lo buscaste en la base de datos?

—Sí, pero ni siquiera aparecía el caso de Del Rio. Sólo Dios sabe cuántos otros faltarán, sobre todo si sucedieron en pequeñas localidades rurales. Le conté a mi teniente lo de Del Rio, y lo de las dos niñas de Oklahoma que aparecieron muertas después de que las secuestraran de sus casas, y se echó a reír cuando le dije que teníamos que pediros ayuda a los del FBI para que elaborarais un perfil del asesino. Como insistió en que las muertes no están conectadas, tuve que ir a hablar con el capitán, y él llamó a tu superior. Gracias.

–De nada. La mayoría de los polis veteranos no soportan el papeleo y las complicaciones. A nadie le gusta pensar que se trata de un asesino en serie, pero creo que podemos atrapar a éste si nos empeñamos.

–Le pregunté sobre ti a uno de los miembros de tu equipo, y me dijo que eras capaz de perseguir a alguien hasta las mismísimas puertas del infierno.

–No me gusta que los criminales se escapen –se limitó a decirle Garon.

–A mí tampoco. Este tipo es un asesino en serie, y necesito que me ayudes a demostrarlo.

Garon permaneció en silencio mientras la camarera les servía los filetes que habían pedido, y cuando la mujer se fue, le preguntó a Márquez:

–¿Qué similitudes has encontrado con el caso de Del Rio?

–Sólo tengo alguna información poco precisa, pero la metodología del secuestro fue la misma, y fueron descartando sospechosos hasta que sólo quedó un desconocido. Abusaron de la víctima y la apuñalaron, pero no sé si se encontró un lazo rojo en la escena del crimen. He incluido nuestro caso en el VICAP, y he encontrado varios asesinatos de niñas en otros estados, pero como ninguna de ellas fue estrangulada y apuñalada, a lo mejor se trata de otro criminal.

—O a lo mejor este tipo ha cambiado sus hábitos, puede que una pistola le diera más poder en un secuestro.

A pesar de que un asesino podía cambiar de método a la hora de matar, si tenía la costumbre de dejar algún tipo de elemento que lo caracterizara, no solía cambiarlo.

—¿Hay constancia de un lazo rojo en alguno de los otros casos? —añadió Garon.

—No. Al menos, no se mencionaba nada en la información que encontré. Ya sabes que se suelen mantener varios detalles al margen de la prensa, puede que los inspectores que se ocuparon de esos crímenes no mencionaran el lazo a propósito.

—¿Has intentado contactar con los que se ocuparon de los casos de Oklahoma?

—Sí. El primero me tomó por un periodista, y creyó que estaba intentando sonsacarle información para publicarla. Le di el número de mi capitán, pero me dijo que cualquiera podría obtenerlo en Internet y me colgó. Llamé a la otra comisaría, pero nadie sabía nada del segundo caso.

—¿Y el crimen de Texas?

—Eso ha sido rarísimo. Fue en Palo Verde, un pueblo cerca de Austin, pero no he podido contactar con la policía. Incluso he enviado mi número de teléfono por correo electrónico, pero ya hace una semana y aún no sé nada.

—Nos escriben montones de chalados, y recibimos unos doscientos correos basura al día —le dijo Garon—. Algunos parecen engañosamente inocentes, y cuando uno los abre, resulta que se trata de alguna estafa o de un enlace a una página porno. Siempre hay alguno que pasa los filtros. A lo mejor tu mensaje acabó borrado.

—No soporto los correos basura —masculló Márquez.

—Tenemos una división de crímenes cibernéticos, que se pasa horas buscando posibles estafas y acabando con ellas.

—Genial, pero eso no resuelve mi problema.

—Puedes ir a Oklahoma y enseñarles tus credenciales en persona, ¿no?

—Apenas puedo pagar mi hipoteca, no tengo para pagar el billete de avión —le contestó Márquez con resignación.

—Tu departamento se encargaría de los gastos.

—Y un cuerno. Ya te dije que tuve que pagar de mi bolsillo la condenada cámara digital, porque mi teniente dijo que era un gasto innecesario. Le gusta su trabajo, y los mandamases miran con lupa el presupuesto departamental.

—Sí, lo sé de primera mano.

—No creo que hayas tenido que presentar el recibo por una botella de agua, para que te lo incluyan en la cuenta de gastos.

—Lo dirás en broma, ¿no? —Garon se quedó boquiabierto.

—Ojalá. Supongo que me encarcelarían si comprara una botella de coca-cola.

Garon soltó una carcajada, y comentó:

—Tendrías que venirte a trabajar con nosotros, hasta tendrías tu propio coche oficial.

—¿En serio?

—Sí. Yo uso el mío para ir y venir del trabajo, es como tener un sistema de almacenamiento móvil para todo el equipo, incluyendo las armas.

—¿Es que tienes más de una?

—Supongo que tendrás acceso a equipo de blindaje, y a barreras de clavos, y a armas antidisturbios...

—Claro que tengo equipo de blindaje, pero no es de uso exclusivo. En cuanto a lo de las barreras de clavos... intento pinchar las ruedas con mi arma reglamentaria, si el sospechoso no está cerca de alguna otra cosa a la que pueda darle por error. Y lo del arma antidisturbios... —se apartó un poco la chaqueta, y dejó al descubierto su pistolera—. Esto es todo lo que tengo, no me gustan las escopetas.

—¿Te dejan llevar una pistolera al hombro?, a nosotros no.

—Si no puedo llevar una, no sé si me interesa intentar entrar en el FBI. Además, os mandan de un lado a otro, y a mí me gusta quedarme cerca de casa.

—A cada cual lo suyo.

—¿A quién más vas a incluir en el grupo de trabajo? —le preguntó Márquez.

—Al departamento del sheriff, porque el asesinato se perpetró en el condado... también contaremos con una unidad de K-9, y con un ranger de Texas...

—¿Un ranger? Intenté entrar en el cuerpo hace cinco años. Superé todas las pruebas menos la de tiro, pero dos tipos tenían mejor puntuación que yo. Es un equipo impresionante.

—Sí, es verdad. Mi hermano fue uno, antes de venir a San Antonio para trabajar con el fiscal del distrito en calidad de experto en crímenes cibernéticos. Después se fue a Jacobsville.

—Es el jefe de policía, ¿verdad? Es un tipo con agallas, ha desarticulado varias redes de tráfico de drogas.

Garon sintió una oleada de satisfacción, porque se sentía muy orgulloso de su hermano.

—¿Quién más está en el grupo? —le preguntó Márquez.

—Tenemos a un inspector de la oficina del fiscal del distrito, especializado en crímenes contra menores, y podremos usar el laboratorio de Quantico para analizar las pruebas.

—Nosotros tenemos una de las mejores unidades forenses del país.

—Sí, ya lo sé. Pueden ocuparse de procesar la información.

—¿Cuándo vamos a reunirnos?

—Mañana a eso de la una de la tarde, en El Chico. He hablado con un policía que conoce a la familia de la víctima, porque antes vivía en el mismo vecindario, y ha accedido a encontrarse con nosotros allí. Llamaré al ranger y al inspector del fiscal para que estén a mano, espero que podamos atrapar a ese malnacido.

—En eso estamos de acuerdo —Márquez miró su reloj, y comentó—: tengo un par de horas libres, pero después estaré en mi despacho, así que puedes llamarme allí si surge algo —se sacó una tarjeta del bolsillo, y añadió—: aquí tienes el número de mi móvil.

—Gracias, estaremos en contacto.

Márquez se sacó la cartera cuando acabaron de comer y la camarera les llevó la cuenta, pero Garon le indicó que volviera a guardársela y le dio su tarjeta de crédito a la mujer.

—Invito yo, ha sido una comida de negocios —le dijo, con una sonrisa.

—Gracias. Me gustaría poder devolverte el gesto, pero

mi teniente me mandaría a investigar hurtos en gasolineras si le entregara la factura de una comida.

Garon se echó a reír.

Se le quitaron las ganas de reír cuando llegó a casa y encontró a la señorita Turner junto al teléfono, claramente preocupada.

—¿Qué pasa?

—Espero que nada —le contestó ella—. Grace no contesta al teléfono, pero seguro que está bien. A lo mejor no tiene ganas de hablar con nadie.

—Iré a ver qué pasa.

Se fue antes de que su ama de llaves tuviera tiempo de preguntarle si podía acompañarlo, y al llegar a casa de Grace, notó de nuevo que la propiedad estaba bastante descuidada. Subió los escalones del porche de dos en dos, y llamó a la puerta con fuerza tres veces, pero nadie contestó.

Empezó a rodear la casa, y la encontró por fin en el jardín, podando los rosales... y hablando con ellos. Era obvio que no le había oído llegar.

—Ya sé que nunca le gustasteis a la abuela, pero yo os adoro. Me aseguraré de que tengáis todo el fertilizante y el fungicida que necesitéis para volver a estar preciosos, como cuando el abuelo os cuidaba —se secó los ojos con la manga de la camisa de franela que llevaba puesta, y añadió—: no sé por qué lloro por ella, porque me odiaba. Por mucho que me esforzara, no me quería, pero se ha ido y sólo quedamos vosotros y yo en esta casa tan enorme...

—¿Los rosales van a vivir dentro contigo? —le preguntó él con curiosidad.

Grace se volvió de golpe, y estuvo a punto de caerse. Se llevó la mano al pecho, y dio la impresión de que le costaba respirar.

—Eres silencioso como el viento, ¿qué haces aquí?

—La señorita Turner estaba preocupada porque no contestabas al teléfono.

—Vaya. Es una mujer muy amable —comentó ella, antes de volverse de nuevo hacia los rosales para seguir podándolos.

Garon recorrió la zona con la mirada. Había una franja de terreno detrás de la casa que parecía recién arada, y se preguntó si Grace se ocupaba del jardín o si su abuela había plantado una especie de huerto.

—¿Habéis encontrado al asesino de la niña?

—Aún no. No es tan fácil resolver un asesinato. Este caso es muy parecido a otros crímenes que se remontan a años atrás, y estamos organizando un grupo de trabajo para investigar.

—Mi padre trabajó de ayudante en la oficina del sheriff del pueblo, igual que mi abuelo, pero de eso ya hace mucho tiempo. Lo dejó cuando se casó con mi madre, porque a ella no le gustaba que corriera tanto riesgo.

—¿A qué se dedicó después?

—Consiguió un empleo de conductor de limusinas en San Antonio en el que ganaba bastante, pero se enamoró de una millonaria para la que le tocó trabajar. Le pidió el divorcio a mi madre, y ella no llegó a superarlo nunca. La otra mujer tenía diez años más que ella, y era propietaria de una tienda de lujo.

—¿Tu padre aún está vivo?

—No. Su nueva esposa y él murieron en un accidente,

tuvieron un choque frontal con un conductor borracho cuando iban camino de Las Vegas.

—Me dijiste que tu madre no te soportaba.

—Sí, me odiaba porque me parecía a mi padre.

—¿Qué le pasó a ella?

—Murió hace unos doce años, dos años después que mi padre.

—¿A qué se dedicaba?

—Era enfermera.

—Vas a matar a esos rosales si sigues podándolos, y empieza a hacer frío.

Grace se estremeció ligeramente, y se puso de pie.

—Sólo quería entretenerme con algo, no soporto estar sola en la casa.

—No hace falta que lo estés. Prepara una bolsa con lo que necesites, te vienes a mi casa. Podrás ver la tele con la señorita Turner hasta que te hartes.

—No hace falta que...

—Sí, sí que hace falta —le dijo él con suavidad, sin apartar la mirada de su rostro húmedo de lágrimas—. Necesitas algo de tiempo para acostumbrarte a vivir sin tu abuela. No tienes ninguna obligación, sólo quiero que tengas algo de compañía.

Grace se mordió el labio con indecisión. Era obvio que no entendía por qué quería ayudarla.

—Lo haría por cualquiera, sólo quiero ser un buen vecino.

—Si no voy a molestar...

—Me paso horas trabajando en mi despacho para tener los archivos al día, no me molestarás. Estarás en el cuarto de invitados que hay al lado del de la señorita Turner, para que la tengas cerca si te asustas por la noche.

Grace no estaba convencida del todo, porque le costaba mucho confiar en un hombre.

—Si te quedas aquí hablando con las rosas, alguien acabará viéndote. Imagínate el escándalo que se montaría.

Ella no pudo contener una sonrisa, y al final cedió.

—Vale, acepto. Gracias —añadió, un poco incómoda.

—Seguro que tú harías lo mismo por mí.

Sí, aquello era cierto.

La señorita Turner se mostró sorprendida y encantada ante su inesperada llegada.

—El señor Grier no soporta tener compañía —comentó, mientras le servía a Grace una taza de té en la cocina.

—Me ha invitado porque me ha pillado hablando con las rosas —le dijo ella. Al ver la mirada de desconcierto del ama de llaves, se sonrojó y añadió—: es que no tengo demasiadas visitas.

—Puedes hablar conmigo. Al menos, yo te contestaré.

La señorita Turner la llevó más tarde al cuarto de invitados, y le mostró la manta que le había dejado a los pies de la cama por si tenía frío.

—El señor Grier dice que no puede dormir si hace calor, así que la casa está helada —refunfuñó el ama de llaves—. Lo más seguro es que te quedes como un témpano de hielo, pero al menos no estarás sola. ¿Has traído tus medicinas?

Grace asintió.

—Perfecto. Tienes agua en la jarra que te he dejado junto a la cama. Buenas noches.

—Buenas noches.

Cuando la mujer se fue y cerró la puerta, Grace se sentó en la cama y recorrió con la mirada la acogedora habitación, que estaba decorada en tonos azules y beis. Se sentía desconcertada y agradecida por la invitación de su vecino, porque la perspectiva de pasar la noche sola le daba miedo. Para ser un hombre tan poco sociable, era sorprendentemente amable.

Se acostó y cerró los ojos, pero estaba muy alterada por todo lo que había sucedido... no sólo por la muerte de su abuela. No podía dejar de imaginarse a niñas tumbadas en lechos de rosas, con lazos rojos alrededor del cuello...

Cuando los gritos empezaron, ni siquiera se dio cuenta de que salían de su propia boca.

CAPÍTULO 5

—¡Dios del Cielo! ¡Grace! ¡Grace!

Estaba muriéndose, rodeada de sangre tan roja como las rosas de su abuela. Estaba tumbada en un campo de girasoles, mirando hacia el cielo. Le dolía, le dolía tanto... sintió unas manos despiadadas que la agarraban de los hombros y la sacudían, la sacudían sin cesar...

Abrió los ojos con un súbito jadeo. Garon Grier estaba sentado en el borde de la cama, vestido con una bata. Su pelo castaño con reflejos dorados estaba despeinado, y sus ojos oscuros la miraban con preocupación. La señorita Turner estaba detrás de él con el pelo suelto y muy pálida. También llevaba una bata, y estaba mordisqueándose el labio con nerviosismo.

Grace respiró hondo, volvió a hacerlo. No podía dejar de temblar.

—Lo... lo siento, lo siento... —dijo a duras penas.

Las manos que seguían aferrándola de los hombros la ayudaron a sentarse. El pelo se le había soltado, y le cubría los hombros como un manto de seda. Llevaba un camisón de algodón blanco que la cubría de pies a cabeza, y que sólo dejaba al descubierto la cabeza y las manos.

–¿Qué ha pasado? –le preguntó Garon.

Grace tragó con dificultad, y miró a su alrededor con alivio. No estaba tumbada en un campo, sino en una cama, en una casa. Volvió a tragar, y se dio cuenta de que estaba llorando.

–¿Has tenido una pesadilla? –insistió Garon.

Ella se limitó a asentir mientras intentaba recuperar la compostura. El sueño le había parecido muy real.

–¿Quieres que te traiga un vaso de leche caliente?, a lo mejor te ayuda a dormir –le dijo la señorita Turner.

–Nada de leche, tráigale un buen vaso de whisky.

–No me gusta el alcohol –protestó Grace.

–Tráigalo ya –Garon le lanzó a su ama de llaves una mirada acerada que no admitía discusión posible.

–Ahora mismo vuelvo.

Cuando la mujer salió de la habitación, Garon soltó a Grace y la observó con una mirada penetrante.

–No es la primera vez que te pasa, ¿verdad? –le dijo sin más.

–No, no es la primera vez que tengo una pesadilla –Grace se inclinó hacia delante, encogió las piernas, y apoyó la frente en las rodillas. El corazón le martilleaba en el pecho, y le costaba respirar–. Hace mucho que las tengo.

Garon quería hacerle preguntas, exigir respuestas, pero era una invitada en su casa y no quería invadir su privacidad; además, tampoco quería saber cosas personales sobre ella, sólo sentía lástima. Aquél era un breve interludio en sus vidas, ya que ella necesitaba una ayuda que él podía proporcionarle, pero no iba a permitir que aquella mujer se le acercara demasiado.

Grace respiró hondo de nuevo, y al ver la forma en que la miraba, hizo una pequeña mueca. No hacía falta ser muy lista para darse cuenta de que a su vecino no le hacía ninguna gracia la situación. Se apartó el pelo de la cara, y apartó la mirada antes de decirle:

—Estoy bien, gracias por venir a ayudarme. Sólo ha sido una pesadilla, las tengo a veces cuando estoy nerviosa. Perder a mi abuela ha sido... difícil.

Garon no acababa de entender por qué se sentía así, ya que la anciana se había portado fatal con ella. Aunque quizá era comprensible que le doliera perderla, si era lo único que le quedaba en el mundo. Sabía de primera mano el dolor que se sentía al perder a un ser querido, aún lo tenía muy fresco en su memoria y no lo había compartido con nadie, ni siquiera con su padre o sus hermanos.

Grace era más que consciente de que su vecino sólo llevaba el pantalón del pijama debajo de la bata negra, porque la prenda se había abierto y había dejado al descubierto su pecho ancho y musculoso. Se sentía incómoda al tenerlo tan cerca, y se tensó al lanzarle una mirada de soslayo.

Garon se dio cuenta de su reacción, y se sintió irritado. Había ido a su cuarto al oírla gritar como una loca, ¿por qué se comportaba como si estuviera a punto de atacarla?

Se puso de pie con una impaciencia que apenas se molestó en disimular y la contempló ceñudo, pero ella mantuvo la cabeza gacha. No podía entenderlo... era un hombre atractivo y sensual que solía despertar el interés de las mujeres, y le molestaba que aquella desaliñada anodina lo mirara como si fuera un violador.

La señorita Turner rompió el tenso silencio que se había creado al regresar con un vaso de whisky.

—Aquí tiene, señor —le dijo a Garon.

Él se lo dio a Grace, y le espetó con impaciencia:

—Venga, bébetelo.

Ella hizo una mueca al olisquearlo, y comentó:

—Nunca he bebido alcohol.

—O te lo bebes tú sola, o te lo doy a la fuerza mientras la señorita Turner te sujeta —le dijo él con voz cortante, ya que le había dolido cómo le había tratado cuando habían estado a solas.

—No serías capaz...

—Acérquese, señorita Turner. Le enseñaré cómo tiene que sujetarla.

Al darse cuenta de que hablaba en serio, Grace hizo una mueca y contuvo el aliento antes de tragarse el licor. Sintió que le ardía la garganta, y estuvo a punto de vomitar.

—Ten, tómate un poco de agua —la señorita Turner se apresuró a tomar la jarra que había junto a la cama, y le sirvió un vaso.

—¡Esto es peor que la gasolina! —exclamó Grace, mientras fulminaba a Garon con la mirada.

—Muérdete la lengua, es Crown Royal —le dijo él con indignación.

—Pues preferiría un poco de carburante —rezongó ella.

—No se le puede dar una exquisitez a una paleta.

—¡No soy...!

—Oye, que hablas con rosales.

La señorita Turner sonrió de oreja a oreja, y comentó:

—Pero usted habla con los tractores que se estropean, señor Grier. Le oí diciéndole a uno unas palabrotas que habrían hecho que le arrestaran.

—A veces hacen falta unas cuantas palabras bien dichas para que una condenada máquina se dé cuenta de que hablo en serio. Ese trasto tuvo suerte de que no le pegara un tiro.

—Si le pega un tiro al tractor, el capataz lo enterrará a usted con él. Está intentando preparar el campo para la siembra, y no deja de quejarse de que apenas funciona.

—Pero si estamos en febrero —protestó Garon.

—En febrero plantamos las patatas —le espetó ella.

—No me gustan las patatas.

—También plantamos el pasto para el ganado.

Garon soltó un sonoro suspiro.

—Bueno, supongo que necesitará el tractor —miró a Grace con las manos en los bolsillos, y le dijo—: si crees que vas a poder dormir, será mejor que todos volvamos a acostarnos. Mañana tengo que irme temprano, tengo una reunión en Lytle.

—No os preocupéis por mí —Grace se estremeció al recordar que al día siguiente tenía que ir a la funeraria.

Garon también se acordó de ello y no pudo evitar sentir cierta compasión, pero su ego herido se impuso.

—Llegaré a casa a eso de las cinco. Tienes que ir a la funeraria a las seis, ¿verdad?

Ella se sorprendió al ver que él era capaz de intuir lo que la inquietaba.

—Yo te llevaré, y la señorita Turner también puede venir si quiere.

—No hace falta que te tomes tantas molestias —protestó ella sin demasiada convicción.

—No hay nadie más que pueda hacerse cargo —le dijo él sin rencor.

—Gracias.

Garon se sintió incómodo de repente, y se limitó a decir:

—De nada. Vamos, señorita Turner.

—Buenas noches, Grace —le dijo el ama de llaves con voz suave.

—Buenas noches. Siento haberlos despertado.

—Estoy acostumbrado. Trabajo en homicidios, y no tengo un horario fijo.

—¿Te llaman por la noche? —le preguntó Grace.

—Por la noche, los días festivos, los fines de semana... es mi trabajo; de hecho, es mi vida, porque me gusta atrapar a criminales.

Ella consiguió esbozar una sonrisa, y comentó:

—Debe de ser todo un desafío.

Garon asintió. Como ella le había dejado muy claro la opinión que tenía de él, no tenía ganas de quedarse más tiempo charlando, así que le dijo sin más:

—Buenas noches.

Grace sintió cierto pesar al verlo marcharse con la señorita Turner. Sabía que él sólo había intentado reconfortarla, y sentía haberlo ofendido. Siempre reaccionaba con una frialdad rígida ante los hombres, y toda su vida adulta había sido una pesadilla yerma y solitaria. Deseaba poder dormir y escapar de los recuerdos, pero estaba demasiado nerviosa para poder conciliar el sueño; además, tenía miedo de volver a tener la pesadilla. De modo que agarró el libro que había dejado sobre la mesita de noche, y se reclinó contra la cabecera de la cama. Cuando estuviera muy somnolienta, intentaría dormir de nuevo.

Garon ya se había marchado cuando se levantó a la mañana siguiente. Desayunó con la señorita Turner, que después la llevó a su casa.

—No me gusta dejarte aquí sola —le dijo el ama de llaves.

—No estoy sola del todo —le contestó ella con una sonrisa—. La casa es cálida y acogedora, porque tres generaciones de mi familia han vivido y muerto aquí.

Grace miró a su alrededor. El enorme arce que había en el jardín delantero no tenía hojas, pero en otoño era una gloriosa sinfonía de tonos rojos y dorados. Los vientos fríos lo desnudaban en lo que ella siempre llamaba una «lluvia de hojas», y le encantaba correr entre ellas con los brazos abiertos mientras sentía el viento en el rostro.

—Ese árbol acabará cayéndose encima de la casa —le dijo la señorita Turner.

—Claro que no. Es fuerte, y tiene muchos años. En otoño es el árbol más bonito de la zona.

—Me guardaré mi opinión hasta que lo vea. Vendré a buscarte a eso de las seis, ¿de acuerdo?

—Si está segura de que quiere...

—Claro que sí.

Mientras veía cómo se marchaba, Grace se preguntó de nuevo por qué se sentía tan a gusto con Garon Grier y su ama de llaves. A lo mejor era porque, en cierto modo, los tres eran más o menos inadaptados. Aunque no conocía demasiado bien a Garon, sabía que no era demasiado sociable y que trabajaba a todas horas, y la señorita Turner parecía ser similar. Por su parte, ella trabajaba bastante, ya que además de sus dos empleos, dedicaba su tiempo libre al proyecto que parecía inacabable.

Miró en el armario para ver si encontraba algún vestido negro pasable. Durante los últimos meses se había gastado casi todo su dinero disponible en las medicinas de su abuela, que en algunos casos valían más de cien dólares; de hecho, muchas veces no se compraba sus propios medicamentos para poder pagar los de su abuela. Estaba segura de que el doctor Coltrain no lo aprobaría, por eso no se lo había dicho.

—¡Wilbur!

Tras unos segundos, su viejo gato salió de debajo de una vieja jardinera que estaba apoyada en uno de los escalones.

—¿Qué hacías ahí? —le preguntó, mientras se agachaba a acariciarlo—. ¿Te ha asustado algo?

El gato se limitó a maullar. Grace miró a su alrededor, pero no vio nada cerca de la casa. Había oído a uno de los hombres de Garon comentando que se habían visto coyotes en la zona, y como sabía que a veces atacaban a perros y a gatos, tenía miedo de que se acercaran a la casa. Le tenía mucho cariño a Wilbur, ya que el animal tenía doce años y los dos habían compartido épocas muy traumáticas. Su abuela no quería que entrara en la casa, pero ella solía meterlo a escondidas cuando hacía mal tiempo; en todo caso, eso ya carecía de importancia, porque había decidido que en adelante el gato iba a vivir dentro. Le haría compañía, y así no se sentiría tan sola.

Aquella tarde, multitud de gente fue a visitarla con

fuentes de ensalada, bandejas de carne, pasteles, y dulces. Incluso alguien le llevó dos kilos de café, y a pesar de que ella no podía tomar, preparó una cafetera para los demás.

En los pueblos era costumbre llevar comida a la familia cuando había una defunción, era una muestra de apoyo que les ahorraba a los familiares la tarea de cocinar. Aunque Grace no tenía ningún pariente en la zona, todo el mundo le llevó algo. Barbara, la dueña de la cafetería, apareció con carne y verduras, dos de los ayudantes del sheriff fueron con sus respectivas mujeres a llevarle pasteles, los hermanos Ballenger enviaron a dos de sus hijos con pan casero, y la esposa de Callaghan Hart, Tess, le llevó una olla con un delicioso guiso de pollo. La sorprendió que algunas de las personas más influyentes de la zona hubieran sentido tanto afecto por su abuela, y se lo comentó a Barbara.

—No seas tonta —le dijo la mujer, con una carcajada—. Es por ti por quien sienten afecto. Abby te está muy agradecida porque cuidaste de los hijos de Calhoun Ballenger, y ayudaste a Tess Hart con su jardín de rosas. Ten en cuenta que siempre has sido la primera en llevar comida a otras casas, y a diferencia de algunos de los viejos ricachones, las nuevas familias adineradas que hay en la zona no son esnobs.

—Supongo que tienes razón —le dijo Grace con una sonrisa.

La señora Tabor, uno de los miembros con más solera de la clase alta de la zona, no se relacionaba con gente sencilla como ella, pero había mandado a su sobrina con una bandeja de comida. La mujer trabajaba con Andy Webb, y se decía que era muy descocada.

—Gracias —le había dicho ella al verla dejar la comida en la mesa, aunque se había sentido un poco incómoda al ver que la observaba con atención.

—Quería echarte un buen vistazo —le había dicho la mujer con frialdad. Llevaba unos vaqueros muy ajustados, una blusa con varios botones desabrochados, y un suéter rojo muy escotado. Después de mirar con expresión burlona sus vaqueros holgados y su sudadera rosa, había comentado—: está claro que no es tu aspecto lo que tiene tan fascinado a Garon. No entendía por qué está ayudándote, supongo que está intentando ser un buen vecino —tras soltar una carcajada gélida, había añadido—: no puedo creer que estuviera preocupada por la competencia —y se había ido sin añadir nada más.

Grace se había quedado boquiabierta. Era inconcebible que su vecino se sintiera atraído por ella, pero era más que probable que estuviera interesado en la sobrina de la señora Tabor. Por alguna extraña razón, la idea le había dolido. Garon no había mencionado en ningún momento a aquella mujer despampanante, y a pesar de que no debería importarle que pudieran estar saliendo juntos, le dolía imaginárselo con alguien así, alguien tan egocéntrico y cruel. Sin saber por qué, tenía la impresión de que la vida ya había sido bastante cruel con Garon.

Invitó a la señorita Turner y a Garon a comer algo antes de ir a la funeraria, y a pesar de que ambos protestaron al principio, los convenció diciéndoles que no podía comerse todo aquello sola.

Ya tenía la mesa preparada cuando llegaron, y a pesar

de que no hablaron demasiado, pasaron un rato agradable. Jacobsville contaba con algunos de los mejores cocineros del condado, y pudieron disfrutar de un enorme surtido de panes caseros, carne asada, ensaladas, y guarniciones.

—Seguro que este pastel de chocolate lo ha hecho Barbara —dijo la señorita Turner con una sonrisa, mientras saboreaba su porción.

Grace soltó una carcajada, y admitió:

—Es lo único que sabe cocinar.

—Pues entonces es una suerte que no tenga que depender de sus dotes culinarias para sacar adelante la cafetería, aunque no le faltarían clientes con este pastel. Está buenísimo.

—Le prepararé un buen trozo para que se lo lleve después del funeral, no me gusta malgastar comida.

—A mí tampoco —le dijo el ama de llaves.

—La sobrina de la señora Tabor trajo la bandeja de tentempiés —comentó Grace, sin mirar a Garon.

La señorita Turner no comentó nada al respecto, pero su mirada fue más que elocuente.

A Garon le sorprendió el comentario. No había hablado con aquella mujer desde que había ido a preguntarle si estaba contento con la casa. Tendría que llamarla por lo de la fiesta... además, era bastante atractiva, y últimamente estaba muy estresado con el trabajo.

A pesar de que no comentó nada al respecto, su rostro reflejó sus pensamientos. Aquella mañana había estado repasando las fotos de la escena del crimen junto al resto del equipo, y no podía quitárselas de la cabeza. Nunca era agradable ver un homicidio, pero los que tenían que ver con menores eran especialmente horribles.

—Está muy callado —comentó la señorita Turner, al verlo jugueteando con el pastel de manzana sin probar bocado.

—He tenido un día muy largo —se limitó a contestarle él, sin entrar en detalles.

—No hace falta que vengas con nosotras —le dijo Grace.

Él la miró, y le dijo con calma:

—No me importa tener que hacerlo.

—Habrá mucha gente —Grace apartó la mirada, y añadió—: puede que empiecen a cotillear...

—Eso me da igual —le dijo él con indiferencia. Después de echarle un vistazo a su reloj, comentó—: tendríamos que irnos cuanto antes.

Grace se levantó de inmediato.

—Voy a taparlo todo y a meterlo en la nevera.

—Yo te ayudo —le dijo la señorita Turner.

No fue tan horrible como Grace esperaba. Su abuela llevaba el vestido morado que solía ponerse para ir a misa, y parecía muy serena. No pudo controlar las lágrimas, y se las secó con un pañuelo. A pesar de las continuas críticas de su abuela, iba a sentirse muy sola sin ella.

Su primo, Bob Collier, llegó en una silla de ruedas que empujaba Tina, la enfermera que lo cuidaba. La mujer debía de tener la edad de la señorita Turner más o menos, tenía el pelo y los ojos oscuros, y un ligero acento español. Cuidaba muy bien a su primo, y le tenía mucho aprecio a ella.

—Vendrás a ver a tu primo de vez en cuando, ¿verdad? A veces se siente muy solo —le dijo, después de abrazarla con afecto.

—Claro que iré —Grace se inclinó a abrazar a Bob, que tenía los ojos oscuros y el pelo plateado.

Él sonrió, y comentó:

—Cada año estás más bonita, muchacha —se puso serio, y añadió—: siento lo de tu abuela. Aunque no me llevaba bien con ella, la familia es la familia.

—Claro.

—¿Quién es el hombre del traje gris? —le preguntó él, mientras señalaba a Garon con un pequeño gesto.

—Mi vecino. Se ha portado muy bien conmigo, y su ama de llaves también. Es la señorita Turner, la mujer que está a su lado.

—Tienes suerte de tener a alguien cerca. Tina y yo vivimos a kilómetros de la carretera principal, y a veces me siento un poco solo.

—Te prometo que iré a visitarte más a menudo.

Él le tomó una mano entre las suyas.

—Has tenido una vida dura, ¿verdad? Te mereces un poco de felicidad... a lo mejor está ahí mismo, con un traje gris.

Grace se echó a reír, y no pudo evitar ruborizarse.

—No hay nada entre nosotros, es agente del FBI.

—¿Has hecho algo ilegal, Grace? —bromeó él.

—No sabría cómo hacerlo —le contestó ella, con una carcajada.

Garon la observó mientras hablaba con el anciano en silla de ruedas. Era una mujer cariñosa, y su ternura innata lo incomodaba. Seguro que el anciano tenía curiosidad sobre el lugar que ocupaba en la vida de su prima, pero estaba convencido de que Grace iba a ser sincera.

Debía dejar claro que no tenía ningún interés en tener una relación con ella, pero no era el momento oportuno. Grace necesitaba un poco de apoyo para poder superar aquel momento tan difícil.

Cash Grier, el jefe de policía de Jacobsville, entró en la funeraria y fue a darle el pésame a Grace. Al ver a su hermano cerca del ataúd, se le acercó y le dijo:

—Creía que nunca ibas a funerales, Garon.

—Grace estaba sola, así que la señorita Turner y yo hemos estado cuidándola.

—Ya veo —le dijo, con una sonrisa pícara.

—No me interesa tener una novia que es un adefesio —masculló Garon.

Cash dejó de sonreír de golpe, y lo fulminó con la mirada.

—No seas maleducado. Grace no gana lo suficiente para llevar un vestido distinto a cada momento.

Garon no pudo evitar recorrerla con la mirada. Llevaba un vestido negro demasiado grande que no la favorecía en nada, y que parecía de segunda mano.

—Su abuela tendría que haberle comprado algo de ropa —rezongó.

—No tienes ni idea, ¿verdad? La señora Collier tenía que tomarse una medicación bastante cara. Grace y ella tenían que elegir a veces entre comprar comida o medicinas, ¿crees que iban a malgastar el dinero en ropa de marca? Seguro que el vestido que lleva era de su abuela, hasta ahora siempre la había visto con pantalones.

—No lo dirás en serio...

—Sí, claro que sí. La gente mayor del pueblo a veces no puede comprar comida porque tiene que pagarse las medicinas, que suelen ser bastante caras. Los que viven con lo que les da la Seguridad Social no tienen demasiadas opciones. Grace tenía dos empleos a tiempo parcial para poder pagar la medicación de su abuela, porque a pesar de que es pobre, tiene mucho orgullo.

Garon apartó la mirada, y comentó:

—Ahora que la vieja está muerta, a lo mejor puede encontrar un trabajo en el que gane un buen sueldo... hasta podría acabar sus estudios.

Cash lo observó en silencio durante unos segundos, y al final le dijo:

—No todas las mujeres quieren crear corporaciones internacionales.

Garon tuvo que admitir para sus adentros que su hermano tenía razón. No podía imaginarse a Grace trajeada y dando órdenes a diestro y siniestro a un montón de empleados.

—¿Qué es lo que te pasa? —le preguntó Cash. Empezaba a conocer bien a su hermano, y sabía que no era mezquino ni cruel.

—Estamos investigando el asesinato de una niña de diez años.

—Ya. Hemos oído hablar de ese caso, fue una brutalidad.

—Sí, y parece que puede haber otros similares —Garon miró a su alrededor para asegurarse de que nadie estaba escuchándolos, y añadió—: que esto quede entre nosotros.

—Por supuesto. ¿Alguna pista?

—No, aún es pronto.

—Algunos casos son más duros que otros.

Garon tenía la mirada fija en Grace, que estaba hablando con la gente que se le acercaba a darle sus condolencias. Se mostraba amable, cálida, cordial y agradecida con total naturalidad, y no dejaba entrever el dolor que debía de estar desgarrándola.

—¿Sabes lo que le pasó a su madre? —le preguntó a Cash.

—No, sólo que murió cuando Grace era pequeña. Su abuela tenía un carácter avinagrado, pero en el pueblo se la respetaba. Su abuelo fue ayudante del sheriff... su padre también, aunque por poco tiempo.

—Sí, eso había oído.

—Supongo que sabes que todo el mundo va a empezar a chismorrear al verte con ella.

—Ya lo sé, pero los rumores se acallarán cuando todo esto termine.

—Nunca sales con nadie, ¿verdad?

—El viernes que viene voy a una fiesta que se celebra en casa de los Tabor. Me invitó la sobrina, Grace me ha dicho que esta tarde ha ido a llevarle comida —cuando su hermano soltó un pequeño silbido, le preguntó—: ¿qué pasa?

Cash le lanzó una mirada elocuente, y comentó:

—La sobrina de la señora Tabor tiene cierta reputación, a nadie le cae demasiado bien.

—Tengo entendido que han invitado a la fiesta a casi todas las familias fundadoras —le dijo Garon, a la defensiva.

—Sí, pero la mayoría han declinado la invitación. Los Ballenger, los Hart y los Tremayne no van a ir, y el resto seguirá su ejemplo.

—¿Qué tienen en contra de la sobrina?

—¿La conoces? —murmuró Cash con sequedad.

—Sí, vino a mi rancho para invitarme a la fiesta.

—¿Algo en ella te llamó la atención?

Garon pensó en ello durante un momento antes de contestar.

—Es bastante directa, y se viste de forma seductora.

—Exacto. ¿Crees que ese comportamiento encaja en un pueblo conservador?

—Aquí está fuera de lugar, igual que yo. No soporto las intrigas de las poblaciones pequeñas.

—Pues a mí este sitio me encanta, es el primer lugar en el que siento que estoy en casa —le dijo Cash.

—Parece que tu mujer también está a gusto.

—Sí. Y la niña nos ha abierto aún más puertas —Cash esbozó una sonrisa soñadora, y añadió—: nunca pensé que acabaría siendo un hombre de familia.

Garon retrocedió un paso, y murmuró:

—Espero que no sea contagioso, yo estoy casado con mi trabajo.

—¿Dónde he oído eso antes?

En ese momento llegaron los Coltrain. El hijo de la pareja, Joshua, estaba en brazos de su padre, aunque debía de tener unos dos años. Copper era pelirrojo, y su esposa, Lou, rubia. El niño tenía el pelo rubio con reflejos rojizos, y se parecía muchísimo a su padre.

Se acercaron de inmediato a Grace, y la abrazaron con afecto.

—¿Qué relación tienen los Coltrain con la señorita Carver? —le preguntó Garon a Cash con curiosidad—. Copper se preocupa más de lo normal por ella, aunque parece estar muy enamorado de su mujer.

—Tiene un apego especial por sus pacientes más antiguos. He oído que Grace fue una de las primeras personas a las que atendió cuando abrió su consulta en el pueblo, cuando ella era aún una niña.

—Vaya.

—¿Siempre piensas lo peor de la gente?

—Soy agente del orden.

—Yo también, pero intento concederles a los demás el beneficio de la duda.

—Sí, me acuerdo de que se lo concediste a nuestra madrastra —al ver que su hermano lo fulminaba con la mirada, Garon suspiró y le dijo—: perdona, se me ha escapado —apartó la mirada, y añadió—: la niña tenía diez años. La violaron, la sodomizaron, y la acuchillaron hasta dejarla hecha pedazos... ¡diez años!

Cash le puso una mano en el hombro.

—Mira, he visto crímenes terribles cuando estaba en el ejército, y también siendo policía, así que sé lo que sientes, pero sabes que tienes que mantener cierta distancia a nivel emocional.

Garon tragó con fuerza. Había cosas que nunca le había contado a su familia, porque apenas habían estado en contacto cuando vivía en el este. Tenía secretos que le resultaba demasiado doloroso sacar a la luz, a pesar del tiempo que había pasado. La muerte del bebé le había destrozado, y aún no lo había superado.

—Es la primera vez que me ocupo del asesinato de un menor —le dijo a Cash con sequedad—. He intervenido en rescates de rehenes y en operaciones especiales, incluso trabajé en el caso de un asesino en serie, pero nunca había tenido que enfrentarme a un caso en el que habían destrozado a una niña, y no estaba preparado.

—Nadie está preparado para algo así. Yo trabajé durante años en misiones encubiertas, y en algunas de ellas había menores de por medio.

—Si no recuerdo mal, eran menores armados con AK-47.

—Sí, pero eso no facilitaba las cosas a la hora de apretar el gatillo.

—Al menos, era una muerte limpia, pero a esta niña la mataron de forma salvaje, deliberada y depravada. No me gusta tener que compartir el planeta con un ser humano capaz de hacerle algo así a una niña.

—Pues atrápalo, y asegúrate de que acabe en el corredor de la muerte.

Garon miró a su hermano, y consiguió esbozar una sonrisa.

—Eres muy optimista, ni siquiera tenemos un sospechoso de momento.

—Interroga a todo el que se te ocurra, y acabarás encontrando algo, te lo aseguro.

Garon asintió, y miró hacia Grace sin verla siquiera.

—Gracias, Cash —le dijo con sequedad.

—¿Para qué están los hermanos? —le contestó él, con una pequeña carcajada.

A pesar de que el velatorio sólo duró dos horas, Grace quedó física y emocionalmente agotada, y entró en el coche con Garon y la señorita Turner sin decir ni una sola palabra.

Cuando llegaron a su casa, entró con él para darle el pastel y algo de comida mientras el ama de llaves esperaba en el coche.

—Os agradezco de verdad que hayáis venido conmigo —le dijo con voz suave, mientras metía la comida en varios recipientes de plástico—. No me había dado cuenta de lo sola que me sentiría.

—Pero si ha ido medio pueblo —murmuró él.

Ella se volvió a mirarlo, y le dijo:

—Uno puede sentirse solo en medio de una ciudad.

—Sí, supongo que sí. Quédate un poco de comida, no nos la des toda.

—Me queda un montón, congelaré lo que no vaya a comerme de momento.

—No hace falta que me des ese pastel de manzana —le dijo, cuando ella empezó a envolverlo.

—Pero... te encanta —comentó, perpleja.

—Me encanta el que haces tú.

Ella se sonrojó, y soltó una risita nerviosa.

—Gracias.

—Ya veo que los cumplidos te avergüenzan.

—No estoy acostumbrada a recibirlos.

Pues no debería ser así, pensó Garon de repente. Por lo que había oído, era muy buena cocinera, y no parecía cansarse de escuchar a los demás. Muy pocas personas tenían esa capacidad.

Grace metió los recipientes en una enorme bolsa de plástico, se la dio, y le dijo con timidez:

—Gracias de nuevo.

—Gracias a ti —tras una breve vacilación, Garon le preguntó—: ¿a qué hora es el funeral?

—A las once, pero no quiero que te sientas obligado...

Él la interrumpió de inmediato.

—No podré asistir, tengo que ayudar a interrogar a los vecinos de la niña. Lo siento.

—Ya me has ayudado muchísimo.

—La señorita Turner te acompañará —alzó una mano para que no protestara, y añadió—: ella misma se ha ofrecido voluntaria.

—De acuerdo, dale las gracias de mi parte.

—Vale.

Al verla tan triste y desamparada, Garon alargó la mano

de forma impulsiva y acarició un mechón de pelo rubio que se le había escapado del moño. Ella contuvo el aliento, y retrocedió un paso de forma instintiva.

Él se sintió molesto por su reacción, y le dijo con voz cortante:

—Buenas noches.

Grace se mordió el labio con fuerza al ver que se volvía para marcharse. Sabía que sólo estaba siendo amable, pero no podía evitar sus reacciones.

Garon se detuvo al llegar a la puerta, y le dijo:

—Cierra con llave. En el campo también hay gente peligrosa.

—Lo haré —estaba muy rígida, y su postura hablaba por sí sola. En sus enormes ojos grises se reflejaba un miedo visible.

Garon estuvo a punto de marcharse, pero volvió poco a poco hacia ella y se dio cuenta de que iba tensándose aún más conforme se le acercaba. La miró ceñudo, y le preguntó con voz muy suave:

—¿Por qué me tienes miedo?

Grace intentó encontrar las palabras adecuadas, pero fue incapaz y apartó la mirada, consciente de que aquel hombre era demasiado perspicaz.

—Déjalo —le dijo él, al ver que no respondía—. De todos modos, no estoy interesado en ti —añadió con indiferencia, mientras esbozaba una sonrisita gélida—. Buenas noches.

Salió de la casa con una despreocupación total, como si ya se hubiera olvidado de que ella existía. Grace sabía que estaba comparándola mentalmente con la despampanante sobrina de la señora Tabor, y se puso furiosa. Deseó ser una mujer completa y hermosa, alguien que lo enloqueciera con su belleza y capaz de hacer que olvidara a la atractiva recién llegada, pero sabía que era una esperanza vana. Ella vestía igual que vivía, se parapetaba tras barreras asexuales. Era una cárcel de la que no iba a poder escapar jamás, a pesar de la atracción que sentía por su sexy vecino.

CAPÍTULO 6

El funeral fue breve, y sólo asistieron unas cuantas personas. Grace lloró por su abuela en el cementerio, pero se secó los ojos y se dijo que tenía que aprender a cuidar de sí misma, a vivir y a trabajar sola, a no tener nadie con quien hablar. Iba a ser duro hasta que lograra acostumbrarse. Se sorprendió cuando Garon llegó justo a tiempo para la ceremonia, y vio que permanecía un poco apartado de los demás y que miraba con expresión de curiosidad a otro de los asistentes.

Después de que el oficiante le diera sus condolencias, se levantó y se volvió para marcharse, pero estuvo a punto de chocar con Richard Márquez, que estaba junto a Barbara.

—Gracias por venir, no lo esperaba —les dijo, con una sonrisa.

Barbara la abrazó con fuerza, y le dijo:

—Claro que hemos venido, eres de la familia.

Márquez asintió y sonrió, pero Garon se dio cuenta de que no se acercaba a Grace. Se preguntó qué hacía allí el inspector, y si conocía bien a su misteriosa vecina. No había mencionado que pensaba ir al funeral cuando se habían visto en la reunión del grupo de trabajo.

Cuando se acercó con la señorita Turner, Grace lo miró con cierta inquietud.

—No sabía que ibas a venir, Garon —le dijo Márquez, mientras le estrechaba la mano—. ¿Conocías a la señora Collier?

—La señorita Turner y él han estado ayudándome estos días —apostilló Grace, sin mirar a Garon.

A pesar de que su curiosidad era patente, Márquez no insistió en el tema y se limitó a decir:

—Tengo que volver al trabajo. Mamá quería asistir al funeral, pero no quise que viniera sola.

—Te preocupas demasiado. Seguro que vivo más que tú —le dijo Barbara.

—Nos vemos —le dijo Márquez a Garon.

Él se limitó a asentir, e incluyó a Barbara en el gesto de despedida. La mujer le lanzó a Grace una sonrisa elocuente, y se fue del cementerio con su hijo.

—No sabía que conocías a Márquez —comentó Garon, mientras se dirigían hacia los coches con la señorita Turner. El ama de llaves había ido al entierro con Grace, y se había adelantado un poco para esperarla junto al Expedition.

—Crecimos juntos... bueno, más o menos, él tiene seis años más que yo —le contestó Grace.

Garon no hizo ningún comentario, pero sentía bastante curiosidad.

Al llegar a casa, Grace empezó a vaciar la habitación de su abuela para no estar de brazos cruzados, aunque la tarea la entristeció aún más. En el armario había varios vestidos que habían pertenecido a su madre, y cuando encontró un álbum con fotos de sus padres y de sus abuelos, se sentó a mirarlo en una silla y se echó a llorar. La muerte no era algo optativo, todo el mundo tenía que enfrentarse a ella tarde o temprano, pero ella no estaba preparada. A pesar de lo mal que la había tratado su abuela, se sentía sola sin ella.

Como al día siguiente no tenía que trabajar, durmió hasta tarde. Había vuelto a tener la pesadilla poco antes del amanecer, y se había despertado entre sollozos. En ese momento había recordado las manos de Garon en sus hombros cuando se había despertado aterrada en su casa. Se sentía atraída hacia él, pero la embargaba un pánico irracional cuando un hombre se le acercaba demasiado. Era una lástima que fuera prisionera de sus propios recuerdos, porque parecía un hombre decente y de buen corazón.

Después de comer un poco, pasó la tarde trabajando en su propio proyecto, en el cuarto de costura que su abuela solía usar años atrás. Estaba satisfecha con los avances que había hecho, y esperaba que con un poco de suerte aquello llegara a ser otra fuente de ingresos.

La tarde era fría, y soplaba un viento bastante fuerte. Empezó a preocuparse al ver que empezaba a oscurecer y que Wilbur, su viejo gato, aún no había vuelto a casa, así que salió al jardín a buscarlo. Oyó un sonido cada vez más fuerte, pero tardó unos segundos en darse cuenta de que se trataba de unos maullidos frenéticos que procedían de la parte posterior de la casa.

Echó a correr hacia allí mientras lo llamaba a gritos, y el animal maulló de nuevo. Aceleró aún más el paso, pero tuvo que detenerse por un segundo para recobrar el aliento antes de obligarse a seguir. Cuando se acercó al borde del campo arado, vio al gato corriendo como un loco, perseguido por un animal grande de color marrón rojizo que estaba a punto de atraparlo.

De forma instintiva, agarró una rama caída y exclamó:

—¡Wilbur!

El viejo gato viró con una rapidez sorprendente teniendo en cuenta su edad, y fue directo hacia ella. Grace se dio cuenta de que el animal que lo perseguía era un coyote. Había oído decir que comían gatos y mataban a los perros, así que aferró la rama con más fuerza. ¡Aquel bicho no iba a comerse a Wilbur!

Fue hacia él sin pensar en el riesgo que corría, y le golpeó en la cabeza con la rama. El coyote se detuvo en seco, pero entonces la miró y empezó a gruñir.

—¡Sal de mis tierras!, ¡no te acerques a mi gato!

El animal soltó un chillido cuando le golpeó en el lomo, pero estaba demasiado enfadada para tener miedo. Fue hacia él con la rama en alto y gritando, y él empezó a retroceder sin dejar de gruñir.

—¡Lárgate!

El coyote se sacudió, le lanzó una última mirada cargada de indignación, y se alejó de allí.

Grace se apoyó en la rama. Le dolía el tobillo, porque había tropezado con un matorral mientras corría. Soltó un pequeño gemido, y se inclinó para frotárselo.

—¡Wilbur!

El viejo gato se le acercó tan tranquilo, y empezó a frotarse contra su pierna ronroneando.

—Eres un sinvergüenza, mira lo que he hecho por tu culpa.

El gato se limitó a ronronear con más fuerza.

Grace se volvió para volver a la casa, pero se cayó al suelo. Se aferró el tobillo y Wilbur se le subió en el regazo para seguir frotándose contra ella, y se le encogió el estómago al darse cuenta de que no podía levantarse. Vaya forma de acabar el día. Seguro que iba a tener que pasar allí fuera toda la noche, a no ser que consiguiera arrastrarse hasta el porche; bueno, al menos el coyote se había ido...

—¡Grace!

Frunció el ceño, desconcertada, al darse cuenta de que parecía la voz de Garon.

—Estoy aquí!

Él apareció de inmediato desde el otro lado de la casa. Aún llevaba el traje con el que había ido a trabajar.

—¿Qué demonios te ha pasado?

—Un coyote estaba persiguiendo a Wilbur. Lo eché con una rama, pero me he hecho daño en el tobillo —Grace soltó una pequeña carcajada al darse cuenta de lo absurda que era la situación.

—Al llegar al porche delantero te he oído gritar, pensaba que estaban atacándote —murmuró él, mientras se agachaba a su lado—. Venga, te llevaré...

Ella se tensó de inmediato, lo miró con los ojos de par en par, y se echó hacia atrás bruscamente.

Garon masculló una imprecación, y se levantó de golpe.

—¿Qué demonios te pasa?

Grace sintió que se le llenaban los ojos de lágrimas. La mortificaba la reacción instintiva que tenía cada vez que se le acercaba un hombre. Sabía que Garon sólo quería ayudarla, pero era incapaz de soportar el contacto de un hombre y no sabía cómo explicárselo.

—No... no me gusta que... que me toquen —susurró sin mirarlo.

Garon había tenido un día muy largo y frustrante, y no estaba de buen humor. Estuvo a punto de largarse sin más para que se las arreglara sola, pero entonces se acordó de la pesadilla que había tenido cuando se había quedado a dormir en su casa, y pensó en el hecho de que siempre se ponía ropa ancha, en que nunca se maquillaba, en la inquietud que mostraba cuando estaba cerca de un hombre. Hacía muchos años que era agente, y sabía reconocer aquellas señales. La verdad lo golpeó de lleno. Tendría que haberse dado cuenta antes.

Se arrodilló delante de ella, la miró a los ojos, y le dijo con voz suave:

—Grace, te prometo que no voy a hacerte daño, pero no puedes caminar, y no creo que quieras quedarte aquí toda la noche.

Ella seguía tensa, pero su tono de voz calmado la tranquilizó un poco. Se dio cuenta de que ya no parecía enfadado; de hecho, ni siquiera le resultaba amenazador. Hizo acopio de valor, y le dijo con voz ronca:

—No es... nada personal.

—Ya lo sé. Venga, vamos.

Grace aceptó la mano que le ofreció, y se puso de pie. Creía que iba a limitarse a ayudarla a ir hacia la casa, pero cuando la tomó en brazos y echó a andar hacia el porche, soltó un pequeño sonido gutural y se tensó de pies a cabeza.

Garon se detuvo de inmediato, y la miró de nuevo a los ojos.

—No te gusta que te lleven en brazos... te da miedo, ¿verdad?

Ella tragó con dificultad, y lo miró con una expresión cargada de dolor. No podía decirle lo que había pasado, así que respiró hondo varias veces mientras intentaba tranquilizarse. Sabía que Garon no iba a hacerle daño, que era un buen hombre.

Se obligó a relajarse, y alzó las manos hasta rodearle el cuello.

–Lo... lo siento –le dijo, con voz temblorosa.

Garon se preguntó qué demonios le habría pasado, por qué se mostraba tan temerosa e inquieta cuando se le acercaba un hombre. A lo mejor la habían atacado... era posible que la hubieran violado. Como apenas la conocía, no podía hacerle preguntas personales, aunque deseó que las cosas fueran distintas.

–Mira que ahuyentar a un coyote con una rama... lo que me quedaba por oír –murmuró, mientras echaba a andar de nuevo hacia la casa.

–Estaba persiguiendo a Wilbur.

–Claro –Garon esbozó una sonrisa.

–Es un gato bastante viejo, y está indefenso.

–No hace falta que te justifiques, yo también tenía un gato.

–¿Qué le pasó?

–Tuve que regalarlo. Me trasladaron a otra ciudad, y en el apartamento donde fui a vivir no se permitían mascotas.

–Qué pena.

–Se lo di a una vecina mía, a su hija le encantaban los gatos.

Grace tuvo ganas de saberlo todo sobre él, sobre su pasado, pero intuía que no le gustaba hablar de sí mismo. En ese aspecto eran muy parecidos. El aroma de su loción para después del afeitado era perceptible, y también el del jabón que usaba. Se había dado cuenta de que era un hombre bastante puntilloso, que siempre llevaba las camisas almidonadas y sin una sola arruga y las botas relucientes. Su piel tenía un bronceado oliváceo, sus ojos eran oscuros y misteriosos, y tenía unos pómulos elevados y una boca sensual.

Se sintió avergonzada de sus propios pensamientos, porque era la primera vez que se planteaba la sensualidad de una boca; además, la forma en que la sujetaba apretaba uno de sus senos contra su pecho musculoso, y empezaba a notar unas sensaciones de lo más raras. Se le había acelerado el corazón, y tenía la respiración un poco irregular.

Garon notó su reacción, y se sintió orgulloso. Aunque Grace tenía miedo de los hombres, era vulnerable a su presencia.

Cuando la metió en la casa, la sentó en un sillón y le dijo:

—¿Tienes un vendaje elástico?

Ella lo miró como si se hubiera vuelto loco.

—¿Para qué iba a tener algo así?

—Buena pregunta —Garon la miró con calma, y comentó—: supongo que bastará con unas gasas y un poco de esparadrapo.

—Nadie normal utiliza esas cosas en un corte, tengo tiritas.

—Podríamos usar unas medias viejas.

—No llevo...

Garon alzó una mano para interrumpirla, y le dijo:

—Por favor, me da vergüenza hablar de la ropa íntima femenina.

Al principio Grace pensó que hablaba en serio, pero se echó a reír al ver el brillo pícaro de sus ojos.

La risa iluminó su rostro entero, enfatizó la dulzura de sus ojos grises y la belleza de su piel perfecta y de su boca, y Garon se quedó sin aliento. De repente, tuvo ganas de soltarle el pelo para ver si era tan sedoso como parecía.

—Vas a tener que venir a mi casa, seguro que la señorita Turner tiene algo para vendártelo.

—Acabo de llegar a casa, tengo que darle de comer a Wilbur.

—Yo me encargo.

—Supongo que podría dejarlo dentro, he comprado una caja de arena para que haga sus necesidades...

Antes de que acabara de hablar, Garon fue a abrir la puerta. El viejo gato entró de inmediato, y lo siguió hasta la cocina.

Cuando ayudó a Grace a entrar en el coche y se inclinó a abrocharle el cinturón, Garon se dio cuenta de que la respiración de ella se aceleraba al tenerlo cerca. Sus miradas se encontraron, y sintió como si acabara de golpearlo un rayo. Entrecerró los ojos al contemplar su boca, y no apartó la mirada de allí hasta que ella soltó una pequeña exclamación gutural.

Tuvo que obligarse a incorporarse. Cerró la puerta y rodeó el coche, y empezó a recitar las tablas de multiplicar cuando se metió en el vehículo y lo puso en marcha. Se dijo que llevaba demasiado tiempo sin estar con una mujer, si alguien tan anodino y desaliñado como ella podía excitarlo.

Cuando llegaron a su casa, la llevó en brazos hasta el porche y llamó al timbre. Mientras esperaban a que la señorita Turner les abriera, bajó la mirada hasta su rostro y la apretó con más fuerza contra sí de forma involuntaria. Grace se estremeció, pero le rodeó el cuello con los brazos y le devolvió sin dudar la mirada mientras él la contemplaba con una curiosidad patente.

Garon empezó a respirar con dificultad, y tensó la mandíbula. Al mirar su boca, tuvo un insensato deseo febril de devorarla.

Grace no sabía gran cosa sobre los hombres, pero a pesar de su inocencia, sintió la calidez y la sensualidad de aquella mirada, y su cuerpo respondió como por voluntad propia.

—Estás jugando con fuego, muchachita —susurró él con aspereza.

La tensión de su voz profunda y aterciopelada la recorrió como si fuera fuego líquido, y se aferró con más fuerza a su cuello. Empezó a alzar la cabeza hacia él sin apenas darse cuenta de lo que hacía, pero se separaron de golpe cuando la puerta se abrió.

—¿Qué ha pasado? —les preguntó la señorita Turner con preocupación, al ver que Garon la llevaba en brazos.

—Grace ha tropezado mientras ahuyentaba a un coyote con una rama —murmuró él, mientras pasaba junto al ama de llaves y entraba en la casa—. Necesito un vendaje elástico.

—Voy a por uno. Tengo para los trabajadores, siempre hay alguien que se hace un esguince. ¿Has ahuyentado a un coyote?

—Quería comerse a mi gato.

—Lo habría escupido enseguida —comentó Garon, mientras la sentaba en el sofá de la sala de estar—. Tu gato parece muy viejo, y apesta.

—¡Eso no es verdad!

—Nada en su sano juicio intentaría comérselo, te lo aseguro.

Garon se metió las manos en los bolsillos, y se quedó mirándola totalmente confundido. Grace llevaba unos vaqueros anchos y una sudadera rosa, y se preguntó cómo estaría con algo de encaje negro y seda. Parpadeó con perplejidad, y se preguntó por qué demonios estaba pensando en aquellas cosas.

La señorita Turner regresó enseguida, y le dio el vendaje.

—¿La llevará a su casa cuando la cure, o prefiere que se quede aquí?

Garon se arrodilló a los pies de Grace, abrió el vendaje, y la miró con un deseo innegable que no alcanzaba a entender, pero que tampoco podía evitar.

—Va a quedarse —murmuró. Le levantó el pie, y se lo apoyó en el muslo—. Al menos durante un par de días.

—Pero, tengo que ir a trabajar...

—Yo llamaré a la floristería y hablaré con Judy —le dijo el ama de llaves, encantada.

—No puedes trabajar si eres incapaz de caminar —dijo Garon—. En un par de días estarás bien. Sólo necesitas descanso, un poco de hielo, compresión, y elevación. Nosotros te cuidaremos.

Grace no tuvo la fuerza de voluntad necesaria para resistirse, porque quería quedarse con él. A pesar de que sabía que aquello iba a acabar en una tragedia, no podía controlar lo que sentía.

—Vale.

Garon sonrió para sus adentros. Se dijo que el extraño deseo que sentía acabaría desvaneciéndose, y se negó a seguir pensando en el asunto.

Garon se fue a trabajar a la mañana siguiente, y Grace pasó el día reclinada en la cama con un montón de libros y de revistas. Su tobillo mejoró de forma visible gracias al descanso y a las compresas de hielo que fue poniéndole la señorita Turner.

—Estoy mucho mejor —le dijo al ama de llaves.

—Podrás volver a andar en un par de días —la mujer esbozó una sonrisa, y comentó—: me parece que cada vez le gustas más al señor Grier. Si esto te hubiera pasado hace una semana, le habría pedido a Coltrain que te ingresara en el hospital.

—Lo que pasa es que le doy pena —Grace no quería hacerse ilusiones—. La sobrina de la señora Tabor me trajo comida, y me dijo que estaba preocupada por la posible competencia hasta que me había visto. Fue muy grosera.

—Tendrías que decírselo al jefe.

—Ni hablar, seguro que hay algo entre ellos.

—Ella lo invitó a una fiesta. Puede que al señor Grier le parezca interesante, pero no es la compañera adecuada para alguien como él. Los agentes del orden suelen ser bastante conservadores, y todo el pueblo habla mal de ella. Esa mujer es una ninfómana, y no le importa que un hombre esté casado.

—¿Cómo lo sabe?

—Dicen que se le insinuó a Callaghan Hart, y que Tess

fue a verla al despacho de Andy Webb hecha una furia; al parecer, le dijo que la embadurnaría de alquitrán y la emplumaría si volvía a acercarse a su marido. Andy aún sigue riéndose al recordarlo.

—¿Qué le contestó ella?

—Nada. Tess estaba furiosa, y no se molestó en bajar el tono de voz. No creo que esa mujer se sintiera avergonzada, pero Calhoun Ballenger pasaba junto al despacho justo cuando Tess estaba hablando. Parece ser que fulminó con la mirada a esa buscona, y ella se quitó de en medio de inmediato.

Grace no pudo evitar sonreír. Tess era una pelirroja de armas tomar, y se convertía en toda una tigresa cuando se enfadaba.

Garon y Márquez fueron a las afueras de la ciudad para interrogar, entre muchos otros, a un testigo que afirmaba haber visto cómo una figura misteriosa sacaba a la niña de la casa por la noche. Al igual que el inspector, Garon también tenía una Blackberry, y en ese momento le resultó muy útil.

—No podría asegurarlo, pero me parece que era un vagabundo que había visto cerca de la tienda de informática —les dijo el testigo. Se llamaba Sheldon, y su casa estaba al lado de la de la niña asesinada—. Yo soy programador. Era un hombre alto, delgado y calvo de mediana edad, estaba bastante desaseado, y cojeaba.

—¿Vio a la niña? —le preguntó Garon.

—Bueno, llevaba algo, pero podría tratarse de un fardo de ropa. Era tarde, y lo vi cuando fui a buscar un vaso de agua a la cocina. A la mañana siguiente me enteré de que la niña había desaparecido, y le conté lo que había visto a la policía.

—Sí, tenemos el informe del agente —le dijo Márquez. Observó con atención al hombre, y al ver que llevaba guantes, le preguntó—: ¿por qué lleva guantes en su casa?

—Tuve un accidente de niño. Tengo cicatrices, y la gente se queda mirándolas —los ojos del hombre adquirieron un brillo gélido.

—Lo lamento —le dijo Márquez.

—¿Puede teclear así en el ordenador? —le preguntó Garon, al ver lo blancas que tenía las muñecas por encima de los guantes.

—Sí, son muy finos.

—Gracias por todo —le dijo Garon, mientras se guardaba la Blackberry.

—Estoy a su disposición —le contestó Sheldon, antes de levantarse de la silla.

Era un hombre alto de aspecto tímido, que tenía un ordenador de sobremesa y un portátil de última generación. Les había dicho que tenía novia, pero que vivía solo en aquel pequeño complejo de apartamentos situado a las afueras de San Antonio.

—¿Cuánto lleva viviendo aquí? —le preguntó Márquez.

—Un año, más o menos —el hombre esbozó una sonrisa afable, y añadió—: no suelo quedarme mucho tiempo en el mismo sitio, me harto enseguida; además, puedo trabajar en cualquier sitio, sólo necesito una oficina de correos.

—En fin, gracias de nuevo. Si se acuerda de cualquier otra cosa, llámenos —le dijo Márquez, mientras le daba una tarjeta.

—Claro, por supuesto —el hombre los miró con una sonrisa bastante extraña—. ¿Qué tal va la investigación?, ¿han encontrado alguna pista?

—Esperamos que usted acabe de darnos una —le contestó Márquez.

—Es comprensible que necesiten ayuda para encontrar a ese tipo. No se exigen demasiados estudios para entrar en la policía, ¿verdad? A mí me invitaron a entrar en la Mensa.

La Mensa era una organización internacional que agrupaba a genios. Garon lo miró con atención, y le dijo:

—¿En serio?

—Oiga, yo sólo estuve dos años en la universidad, pero el agente federal Garon tiene una licenciatura —protestó Márquez.

Sheldon miró a Garon con una expresión inescrutable, y le preguntó:

—¿Es agente federal?

—Sí, trabaja en el FBI —le contestó Márquez.

—No... no sabía que el FBI estaba investigando este caso.

—Les hemos pedido ayuda —comentó Márquez, sin entrar en detalles.

Por alguna razón, el hombre parecía menos seguro de sí mismo.

—Sí, el FBI cuenta con expertos en asesinatos en serie —murmuró. Parecía estar hablando consigo mismo—. Es normal que necesiten a uno para este caso.

—¿Por qué cree que se trata de un asesinato en serie? —le preguntó Garon.

Sheldon soltó una carcajada, y comentó:

—Por nada en concreto, pero es que... el año pasado salió un caso parecido en los periódicos. Se trataba de una niña de Texas... sólo hacen falta dos casos para que sea un asesinato en serie, ¿verdad?

—Aún no sabemos si se trata del mismo asesino.

—Si necesitan cualquier otra cosa, sólo tienen que pedírmela —les dijo el hombre, muy solícito, mientras los conducía hacia la puerta.

Cuando salieron de la casa y fueron a paso lento hacia el coche de Garon, Sheldon permaneció en la puerta e incluso hizo un gesto de despedida cuando se alejaron en el vehículo.

—Ese tipo no me gusta —dijo Márquez de repente.

—¿Por qué?

Márquez se movió con cierto nerviosismo, y se colocó mejor el cinturón de seguridad antes de contestar.

—No lo sé, pero tiene algo que me da mala espina.

—¿Cuánto tiempo llevas trabajando en homicidios?

—Cuatro años, ¿por qué?

—Llevas pistola cuando sacas la basura, ¿verdad? —le preguntó Garon, con una sonrisa.

—¿Cómo demonios lo sabes?

—Tienes una junto a la cama, otra en el cuarto de baño, otra en la cocina, y llevas una de apoyo en una pistolera de tobillo.

—Oye, que no es a mí a quien tienes que investigar.

—Sabes que tengo razón.

—Nadie va a pillarme desprevenido —dijo Márquez con firmeza.

—Tendrías que trabajar en otra división durante una temporada, estar en homicidios demasiado tiempo quema a cualquiera.

—¿Cómo lo sabes?

—Trabajé en el equipo de rescate de rehenes del FBI, y también en el SWAT. Quería mantener la cabeza ocupada, pero vi demasiados muertos y una noche me desperté y vi a una víctima sentada junto a mi cama, que me preguntó por qué no había disparado antes de que lo hiciera su secuestrador. No es bueno trabajar durante demasiado tiempo en homicidios.

—Puede que tengas razón —Márquez soltó una carcajada carente de humor.

—Pero no pidas que te trasladen hasta que resolvamos este caso. Creo que tienes razón en lo de que los asesinatos están relacionados. Ese malnacido es bueno, muy bueno. Dejó el cuerpo en un campo cerca de la carretera, porque sabía que allí no tardarían en encontrarlo. Según la policía científica, la torturaron durante algún tiempo, así que el asesino tiene que tener un lugar en el que se siente seguro, en el que puede esconder a una niña atada sin miedo a que lo descubran. Está claro que es engreído, y que se cree más listo que nosotros.

—¿Has trabajado en perfiles?

—No, tenemos expertos que se ocupan de eso, pero he leído el informe y he hablado con los padres; además, no es la primera vez que me ocupo de asesinatos en serie. Este tipo es un asesino sádico al que le gusta hacerles daño a las niñas, disfruta de su dolor.

—¿Es organizado?

—Sí, de eso no hay duda —Garon detuvo el coche al llegar a un semáforo en rojo—. Se tomó la molestia de vestir a la niña, hasta le puso los calcetines y los zapatos. La dejó de forma deliberada en el campo donde la encontraron, y le ató un lazo rojo al cuello; de hecho, es probable que la estrangulara con él.

—¿Crees que está relacionado con el caso de Palo Verde?

—Sí, y con el de Del Rio de hace dos años.

—Entonces, estamos hablando de tres asesinatos parecidos en tres años —comentó Márquez.

—Exacto. Así que tenemos un asesino en serie. Será mejor que vayamos a Del Rio ahora mismo —cambió de dirección, y añadió—: como nadie nos contesta ni por teléfono ni por correo electrónico, nos pasaremos a tomar un café.

—Apuesto a que beben instantáneo —rezongó Márquez.

—Seguro.

No tardaron en darse cuenta de que habían acertado. Cuando llegaron sólo encontraron a un agente de servicio, que se ocupaba de todo. El hombre se disculpó por no haber contestado a sus llamadas, y les dijo:

—Hay un payaso que se dedica a llamar noche y día, porque dice que ve fantasmas. Está chalado, y cuando no le hacemos caso, nos amenaza con sus abogados. Su familia es rica. Prefería al tipo del vudú, que intentaba hechizarnos clavándole agujas a su muñeco de G.I. Joe.

Garon no pudo evitar sonreír.

—Necesitamos la información que tengas sobre la niña a la que asesinaron hace dos años.

—Eso sí que es gracioso —al ver sus expresiones, se apresuró a añadir—: no me refiero a lo del asesinato, pero es que otro tipo vino porque quería ver el informe del crimen. Me dijo que era periodista, que trabajaba en uno de los periódicos del este de Texas. Pensé que estaría bien darle algo de publicidad al caso, por si aparecía algún sospechoso, así que lo dejé aquí con el informe y le dije que enseguida volvía. Tenía que ocuparme de un accidente y esperar a que llegara la policía estatal, porque había heridos. Cuando volví el tipo ya no estaba, y el teléfono empezó a sonar. El informe estaba encima de la mesa, así que volví a meterlo en su sitio y me centré en la llamada —tomó un sorbo de café, y añadió—: al día siguiente saqué el informe para echarle un vistazo, pero en la carpeta sólo había diez hojas en blanco. Todo se había esfumado... las pruebas, las fotos de la escena del crimen... todo.

—¡Maldita sea! —dijo Márquez.

—Sí, ya sé que fue una tontería dejar a ese tipo solo, pero pensé que podría encontrarlo. Llamé por teléfono a todos los periódicos del este de Texas...

—Y no trabajaba en ninguno de ellos —dijo Garon.

—Exacto.

—¿Qué había en el informe? —le preguntó Márquez.

—Fotos de la escena del crimen, pruebas, muestras de la tela de las braguitas de la niña.

—¿Nada más? —le preguntó Garon.

—No.

—¿Tenías los negativos de las fotos?

—No, pero supuse que el fotógrafo sí, así que lo llamé. Me dijo que se le había incendiado el estudio, y que todos los negativos habían quedado destruidos.

Garon y Márquez intercambiaron una mirada elocuente. Todo aquello resultaba demasiado extraño para ser pura coincidencia.

—¿Estás seguro de que no había nada más? —insistió Márquez.

—Bueno, también estaba el lazo de seda que usó para estrangularla... —dijo el agente.

—¿De qué color era? —se apresuró a preguntarle Garon.

—Rojo —le contestó el agente—. Rojo como la sangre.

CAPÍTULO 7

Grace estaba sentada en la sala de estar viendo las noticias cuando Garon llegó, cansado y hambriento. Era obvio que no tenía un horario normal de ocho horas; de hecho, los agentes del FBI solían trabajar unas diez horas diarias, y eso se reflejaba en el sueldo que recibían.

—Qué día —dijo con pesadez, al sentarse en su enorme sillón.

—¿Aún estás con el caso de la niña? —le preguntó ella.

—Sí. Me he pasado todo el día trabajando en eso, pero mi equipo está intentando atrapar a una banda que atraca bancos con armas automáticas. Además, tengo esperando en mi escritorio un tiroteo en coche, un asesinato relacionado con bandas callejeras, un supuesto suicidio, y un intento de asesinato en el que la esposa de la víctima intentó contratar a un asesino a sueldo —la miró con una sonrisa irónica, y añadió—: tuvo la mala suerte de que el supuesto asesino fuera un agente del FBI.

—Le tendisteis una trampa.

Garon se reclinó en el sofá, y empezó a aflojarse la corbata.

—Eso es lo que dice ella. Uno no va a buscar a un asesino a los bares que suelen frecuentar los agentes de policía, pero el hombre con el que habló del asunto vino a vernos de inmediato.

La señorita Turner lo había oído llegar, y asomó la cabeza por la puerta.

—¿Van a cenar ya?

—Sí.

—Pues ya pueden venir.

—¿Llevo a Grace?

—Sí, gracias.

Garon se levantó del sofá, y se acercó a ella. Al ver el rubor que tiñó sus mejillas y aquellos preciosos ojos grises cargados de timidez, se sintió muy extraño.

—Venga, rodéame con los brazos —le dijo con voz suave, mientras se inclinaba hacia ella.

Grace contuvo el aliento, porque aquel hombre tenía la voz más sexy que había oído en su vida. Le rodeó el cuello con los brazos, y él la levantó como si no pesara más que una pluma.

Garon la miró a los ojos, y cuando bajó la mirada hasta su boca comentó:

—Podría acostumbrarme a esto.

Antes de que Grace se diera cuenta de lo que iba a hacer, bajó la cabeza y le rozó los labios con los suyos, y ella sintió que se le aceleraba el corazón.

Garon se apartó para comprobar cómo reaccionaba, y al ver que no intentaba rechazarlo, volvió a inclinar la cabeza y la besó de nuevo, pero en esa ocasión la incitó a abrir los labios con pequeños roces lentos y sensuales, y entonces empezó a mordisquearle el labio superior.

Grace se estremeció, y le devolvió el beso mientras se dejaba llevar por la primera oleada de deseo que sentía por un hombre.

Él soltó una pequeña carcajada, y entonces la besó de lleno, profundamente. La acercó más contra su cuerpo, y al sentir sus senos apretados contra su pecho, soltó un gemido y la devoró con un deseo avasallador.

Justo cuando Grace le abrazaba con más fuerza, la señorita Turner exclamó desde el pasillo:

—¡La comida está enfriándose!

Garon alzó la cabeza de golpe, y se quedó mirando a Grace con una mezcla de deseo y de irritación. Aquella mujer empezaba a atraerlo cada vez más con sus vulnerabilidades y su sentido del humor, y no le hacía ninguna gracia. No la quería en su vida, pero estaba mirándolo con una expresión increíblemente dulce, y el corazón aún le martilleaba en el pecho por el beso. La llevó por el pasillo hacia el comedor, mientras recitaba para sus adentros raíces cuadradas.

No dejaron de mirarse durante la cena. La señorita Turner se dio cuenta, y sonrió con disimulo.

Después de cenar, Garon la llevó de nuevo a la sala de estar y la sentó con cuidado en el sofá; sin embargo, se dio cuenta de que aún estaba inhibida con él a pesar de lo apasionada que se había mostrado antes, y como quería entender por qué se comportaba así, se sentó en el sillón de enfrente y le dijo con voz suave:

—Te pasó algo —frunció el ceño al ver que ella se sobresaltaba, y se inclinó hacia delante—. Sí, te pasó algo cuando eras pequeña... alguien intentó propasarse contigo, te asustó.

Grace se mordió el labio con fuerza, y apartó la mirada.

—¿Cómo lo sabes? —se tensó mientras esperaba a que le respondiera. Era imposible que se hubiera enterado de lo que había sucedido, ¿no?

—He sido agente durante toda mi vida adulta, sé reconocer los signos.

Ella se relajó un poco, pero lo miró ceñuda cuando se dio cuenta de lo que estaba insinuando.

—¿Qué signos?

—Te cubres el cuerpo todo lo que puedes, no te maquillas, te recoges el pelo, mantienes la mirada gacha, y te tensas si se te acerca un hombre... alguien te tocó de forma inapropiada.

Grace consiguió tragar a duras penas, y finalmente admitió con voz cortante:

—Sí.

—No fue un novio, ¿verdad?

—No.

—¿Un pariente?

Ella negó con la cabeza. Le resultaba muy difícil hablar del tema, y a pesar del tiempo que había pasado, era incapaz de contarle la verdad... al menos, toda. No podía soportar recordarlo.

—Fue un desconocido.

—¿Se lo contaste a alguien?

Sí, había acabado haciéndolo, cuando estaba en el hospital.

—Sí.

Garon respiró hondo antes de preguntarle:

—¿Lo atraparon?

—No. Ya se había ido cuando llegó la policía.

—Supongo que tu madre no te llevó a terapia, ¿verdad?

—Para entonces ya hacía mucho que ella se había ido, igual que mi padre. Mi abuela me dijo que no había que hablar de esas cosas con desconocidos.

Garon contuvo las ganas de soltar una imprecación. No era de extrañar que estuviera tan traumatizada, ¿por qué tenían que ocultarse tantos secretos en las poblaciones pequeñas?

—¿Hubo algún otro caso como el tuyo en aquella época?

—Quieres saber si buscaron al hombre que lo hizo, ¿no? Sí, lo buscaron, pero no era conocido en la zona y no dejó ninguna pista. Aunque lo hubiera hecho, mi abuela convenció al jefe de policía de la época de que ocultara el archivo del caso.

—Eso fue una estupidez.

—Sí, porque es posible que ese tipo siga haciendo lo mismo en otro sitio.

—Es lo más probable, si aún está vivo —comentó Garon con frialdad—. Los hombres que abusan de menores nunca se rehabilitan.

La realidad era mucho peor de lo que él sospechaba, pero Grace no hablaba del tema con nadie que no perteneciera a su familia, porque se sentía sucia.

—No fue culpa tuya, Grace —le dijo, al notar lo incómoda que estaba.

—Eso es lo que me dice todo el mundo —le espetó ella con voz cortante—, pero él me dijo que sí que lo era, porque solía llevar pantalones cortos, tops, y...

—¡Por el amor de Dios! ¿Qué clase de hombre normal

se sentiría tentado por una niña, se vista como se vista? —dijo él con indignación.

Grace se sintió mejor al oír aquello. Lo miró en silencio durante unos segundos, y al final admitió:

—Supongo que un hombre normal no se sentiría atraído por una cría.

Garon luchó por intentar calmarse. Le dolía que un hombre adulto hubiera intentado propasarse con una niña, sobre todo si se trataba de Grace.

—¿Alguna vez has hablado del tema con alguien?

—Sólo con el doctor Coltrain.

Eso explicaba la estrecha relación que existía entre ellos; el médico había sido su confidente.

—Apuesto a que le pegó una buena bronca a tu abuela cuando se enteró de que había echado tierra sobre el asunto.

Grace consiguió esbozar una sonrisa.

—Sí, pero ella no se quedó callada ni mucho menos. Le dijo que yo acabaría superándolo.

Garon asintió, y comentó:

—Casi todas las mujeres acaban sobreponiéndose. La terapia ayuda.

—Eso dicen.

—No sales demasiado, ¿verdad?

—No. Ya te dije que no me gusta que me toquen.

Garon frunció los labios al recordar el apasionado beso que habían compartido antes, y comentó:

—Estoy trabajando en eso.

A ella le sorprendió y le encantó su actitud, y se echó a reír. Garon aceptaba sus limitaciones sin enfadarse, sin vacilar, y era la primera vez que sentía que podía confiar en un hombre y dejar que se acercara.

—Eres un hombre muy bueno.

—¿Cómo que «bueno»? ¡Soy extraordinario!

Grace se echó a reír de nuevo, pero antes de que pudiera contestar, el busca de Garon empezó a sonar. Él lo sacó, y cuando lo leyó hizo una mueca.

—Maldición —se levantó de inmediato, y se acercó a la mesa donde había dejado su móvil. Marcó un número, y se lo llevó a la oreja—. Grier —escuchó con expresión muy seria, y asintió—. Sí, claro. ¿Cuándo? De acuerdo, nos vemos allí. Será mejor que llames a Márquez. Bien —cerró el teléfono, y se volvió hacia Grace—. Tengo que irme, el forense va a empezar a hacerle la autopsia a la niña y tengo que estar allí. Hay que recoger las pruebas, y necesito la información que va a darnos la autopsia.

—¿Tienes que ver cómo se la hacen? —le preguntó ella, atónita.

—No me hace ninguna gracia, pero a veces tengo que hacerlo. Recogemos pruebas forenses conforme va realizándose, la cadena de pruebas es muy importante. Si rompemos un eslabón, no podremos condenar a ese malnacido si lo atrapamos.

—Claro —Grace se imaginó el cuerpo de la niña, su cadáver rajado, destrozado, golpeado... tragó para intentar contener las náuseas.

Él se inclinó, y le dio un beso muy dulce en los labios.

—Al menos tú estás íntegra, Grace. Sufrir tocamientos es desagradable, pero lo que le pasó a esa niña fue mucho peor. Tú tuviste suerte, porque sobreviviste.

Que tuvo suerte... Grace estuvo a punto de echarse a reír. Garon no lo habría entendido, pero sabía que la culpa la tenía ella, porque no le había dicho la verdad.

—¿Quieres que te lleve a tu habitación antes de irme?, puede que vuelva bastante tarde.

—No hace falta, la señorita Turner ha encontrado un bastón. Siento que tengas que ver algo tan desagradable.

—He visto cosas peores —le dijo Garon, mientras recordaba cosas que desearía poder olvidar—. Buenas noches.

—Podría irme a mi casa...

Él le lanzó una mirada elocuente, y comentó:

—El coyote y tú no os lleváis demasiado bien. Será mejor que te quedes aquí uno o dos días, hasta que estés lista para volver a la batalla —sonrió de oreja a oreja, le guiñó el ojo, y se fue.

Grace sintió que un hormigueo de excitación la recorría de pies a cabeza. Garon quería tenerla en su casa, en su vida. Los dos sabían que era más que capaz de valérselas por sí misma, pero a él le gustaba que estuviera allí. Se sentía como en una nube. De repente, la vida dejó de ser horrible, y se volvió dulce, excitante, y cargada de esperanza.

Jack Peters, el forense, se dispuso a realizar la autopsia. Era patólogo forense, y se distinguía por prestar gran atención a todos los detalles. La inspectora forense, Alice Mayfield Jones, iba a ayudarlo. Garon ya la conocía, porque habían coincidido en otro caso el año anterior, y sabía que había trabajado durante mucho tiempo como técnica en escenas de crímenes, antes de cursar los estudios que le habían permitido trabajar de inspectora forense.

—Vaya, si es uno de los hermanos Grier —murmuró

ella con sequedad. Llevaba el pelo corto y oscuro recogido bajo un gorro y tenía parte de la cara tapada con una máscara, pero sus brillantes ojos azules eran inolvidables.

–¿A cuántos hermanos Grier conoces, Jones? –le preguntó Garon.

–Tu hermano Cash estuvo trabajando aquí, en la oficina del fiscal. Era mucho más informal que tú.

–Hombre, no critiques a su hermano –le dijo el forense.

–No, me refiero a su aspecto. Llevaba el pelo recogido en una coleta, y tenía un pendiente.

–Ni muerto me pongo un pendiente –comentó Garon.

Cuando Márquez tosió un poco para disimular una risita, Alice lo miró y le dijo:

–¿Tú llevas pendiente, sargento Márquez? Quedaría muy bien con tu pelo. Algo que cuelgue, y que no te moleste...

–Como no te calles, vas a acabar con un pendiente cerrándote los labios –le dijo el forense con tono firme–. ¿Empezamos?

Cuando apartó la sábana que cubría el cuerpo de la niña, Garon tuvo que apretar los dientes para contener una imprecación. Se dio cuenta de que todos compartían sus sentimientos, ya que no quedaba ni rastro de diversión en el ambiente. Aquello era muy serio.

El forense encendió el micrófono y empezó a describir a la pequeña; después de comentar su altura, su peso y su edad, procedió a enumerar con precisión las heridas, y el daño que había causado cada una de ellas. Mientras trabajaba, Jones fue fotografiando el cuerpo en cada una de las etapas de la autopsia, después de llevar la sábana y la bolsa que habían cubierto el cuerpo al laboratorio de criminalística.

Después de que ella fotografiara el rostro de la pequeña, el forense lo cubrió con un trapo y comentó:

—Así es más fácil —había hecho tantas autopsias, que casi nunca le afectaban, pero como tenía una hija de la edad de la víctima, aquel caso le resultaba muy duro.

Cuando hizo la incisión inicial con forma de «Y», Jones le dio unas tijeras para que cortara la caja torácica y pudiera acceder al interior. El daño que había causado el cuchillo del agresor era patente. Los órganos internos de la niña estaban destrozados, desde sus pulmones hasta el hígado y los intestinos. Los cortes se habían hecho con fuerza, como si el atacante hubiera estado furioso.

—¿La apuñaló antes de matarla, o después? —le preguntó Garon al forense.

—Antes. A juzgar por el sangrado, está claro que la torturó. Si las heridas se las hubieran causado estando muerta, no habrían sangrado. El corazón deja de bombear sangre en el momento de la muerte.

—Tendrías que ver más la televisión, Grier —comentó Jones—. Todas estas cosas salen en las series de medicina forense.

—Ni me hables de eso —le dijo Peters con indignación—. El instrumental y el equipamiento que usan en esas series vale millones de dólares, y mira lo que tengo que usar yo —indicó con un gesto las camillas envejecidas, el fregadero viejo, y un microscopio que parecía sujeto con esparadrapo—. Daría cualquier cosa por tener uno de esos ordenadores...

—Al menos te dieron una investigadora excepcional

—dijo Jones—. Además, soy mucho más atractiva que la actriz que hace de asistente del médico forense...

—Cállate mientras aún tienes un empleo —rezongó Peters.

Catalogaron las muestras, y colocaron tejido de debajo de las uñas en una bolsa de pruebas, y exudado de la zona genital en otra.

—Con un poco de suerte, lo atraparemos gracias al ADN —dijo Garon con rigidez.

—Sólo si está en la base de datos —comentó Márquez.

—Es increíble la cantidad de delincuentes sexuales que no están registrados en ninguna base de datos. Lo que se denuncia sólo es la punta del iceberg —apostilló el forense.

—Sí, es verdad —dijo Márquez.

Cuando terminaron por fin, el forense preparó el cuerpo para que fueran a recogerlo los de la funeraria, y comentó:

—Pobrecita, y pobres padres. Espero que el de la funeraria sepa hacer bien su trabajo. Llevaré las muestras al laboratorio, ¿o queréis encargaros vosotros? —les dijo él.

—No, hazlo tú. Márquez recogerá los viales con exudados cuando acabéis con ellos, y los guardará en su comisaría.

—Sí, tendremos mucho cuidado con todo —dijo Márquez.

—Aseguraos de que todo el mundo firme antes de tener acceso a las pruebas.

—Por eso no te preocupes. Si atrapamos al malnacido que hizo esto, no quiero que se nos escape por un problema con la cadena de pruebas —le contestó Márquez.

—¿Cuándo sabrás algo respecto al ADN? —le preguntó Garon al forense.

—Pedidle a Jones que hable con los del laboratorio para que se den prisa, tiene mucha influencia.

—Porque los soborno —apostilló ella—. Al técnico jefe le encantan los profiteroles que hago... como antes trabajábamos juntos, conozco sus debilidades.

Todos se sintieron aliviados al reír un poco, ya que les ayudó a aliviar la tensión que habían sentido durante la autopsia. El humor les ayudaba a soportar los horrores que veían a diario, evitaba que cedieran ante el dolor. Eran los defensores de las víctimas, y tenían que cumplir con su trabajo.

—Mañana tendré el informe redactado, llamad para confirmar que está listo —les dijo Peters—. Pero a juzgar por lo que he visto, la niña murió asfixiada. Las heridas que le hizo el cuchillo habrían acabado matándola, pero no fueron la causa principal de la muerte.

—¿Estás seguro de que la asfixiaron? —le preguntó Márquez.

El forense apartó el trapo con el que había cubierto el rostro de la niña, y le levantó un párpado. El ojo era azul. Probablemente había tenido un tono azul suave, lleno de esperanza...

—¿Veis estas pequeñas hemorragias? —Peters les indicó los pequeños puntos rojos que había en el blanco del ojo. Había más en la piel del rostro—. Son capilares que se han roto por una presión súbita en el cuello. Se trata de hemorragias petequiales, y son uno de los signos que indican que ha habido estrangulación. Por la cantidad de tejido que encontré debajo de las uñas, creo que la niña luchó por su vida, así que el atacante tendrá las manos llenas de arañazos.

Márquez asintió, aunque sabía que era poco probable

que encontraran al tipo antes de que los arañazos se curaran.

—Nosotros usamos técnicas parecidas para reducir a individuos peligrosos, el agarre del brazo o de la carótida —comentó.

—Sí, ya lo sé —dijo el forense—. Presionáis sobre la carótida, para que pierdan la consciencia. De vez en cuando me llega alguna víctima de esa técnica, suelen ser menores que la practican sin supervisión. Si no se hace bien, puede ser mortal.

—No me lo recuerdes —Márquez soltó un suspiro, y comentó—: lo intentamos todo para intentar reducir a los criminales, pero a veces no hay manera, y corremos peligro.

—Espero que encontréis al que asesinó a esta niña —les dijo Peters.

—Tenemos que hacerlo, porque volverá a intentarlo —le contestó Garon.

Grace insistió en volver a casa a la mañana siguiente, porque tenía el tobillo mucho mejor gracias a Garon y apenas cojeaba. Si no trabajaba, no podría pagar los recibos, pero no hizo ningún comentario al respecto porque sabía que él no entendía esa clase de pobreza. Por lo que había oído sobre su hermano Cash, sabía que la familia era muy adinerada.

Garon se sintió aliviado cuando ella le pidió que la llevara a su casa, porque ya había empezado a arrepentirse de lo que había hecho. Se había pasado la noche sin dormir, pensando en lo dulce que era besarla, y estaba muy irritable. No quería correr el riesgo de involucrarse con ella.

Grace se sintió extrañamente decepcionada al ver que él accedía encantado a que se fuera. Supuso que quizá habría besado a cualquier otra que hubiera tenido a mano, o que a lo mejor sentía pena por ella por lo que había adivinado de su pasado, y estaba intentando ayudarla a que se acostumbrara a estar cerca de un hombre.

Estaba muy confundida, así que se metió en el coche sin decir palabra y se limitó a mirar por la ventanilla en silencio durante todo el trayecto.

–No persigas a más coyotes –le dijo él, cuando la dejó delante de su casa.

–¿Es que eres un defensor de la vida salvaje? No les haré daño si no se acercan a mi gato –le contestó ella con indignación.

Garon no pudo evitar echarse a reír.

–Si nos necesitas, llámanos.

–Lo mismo te digo –le dijo ella, con una sonrisa.

Garon se sintió irritado al sentir una oleada de calidez en su interior, y masculló:

–Ni lo sueñes –sin más, alzó una mano en señal de despedida y se marchó de allí.

Grace se sintió entristecida al ver cómo se alejaba. Garon no tendría que haberla tocado nunca, porque las cosas jamás volverían a ser como antes.

Él estaba pensando lo mismo, y por eso llamó por teléfono a Jaqui Jones, la sobrina de la señora Tabor, y le dijo que iría a la fiesta.

Tal y como Cash había predicho, las familias de más solera del pueblo no aparecieron por la fiesta, y sólo asistió gente que no era de la zona. Garon se sintió fuera de lugar, pero se sintió especialmente incómodo con Jaqui, que no dejaba de restregarse contra él a la más mínima oportunidad jadeando casi de deseo. A él no le gustaban las muestras públicas de afecto, y su expresión lo dejó patente.

—Eres un hombre extraño —comentó ella, cuando estaban junto al bufé—. ¿No me encuentras atractiva?

—Sabes que eres muy guapa —Garon esbozó una sonrisa, y añadió—: pero tengo un trabajo conservador, y las invitaciones descaradas me ponen nervioso.

Jaqui enarcó una ceja, y dijo con voz sensual:

—Yo creía que eras un espíritu libre y poco convencional.

—Las apariencias engañan —Garon alzó su copa para brindar con ella.

—No te subestimes... y no creas que voy a darme por vencida, al final siempre consigo lo que quiero.

—¿En serio? —él sonrió de nuevo, y le dijo—: ¿por qué no me presentas a tu tía?

Garon se marchó temprano de la fiesta, a pesar de las protestas de Jaqui.

—Mañana es sábado. No tienes que trabajar, ¿no? —le dijo ella con irritación.

—Tengo que aprovechar los fines de semana para ponerme al día en el rancho —Garon no añadió que en su trabajo tenía que estar disponible los siete días de la semana. Se ocupaba del rancho cuando tenía tiempo, y su capataz se encargaba del día a día.

—Bueno, mientras no pienses ponerte al día con tu

vecina... es una mujer muy vulgar, pero me he enterado de que ha estado en tu casa.

—Su abuela ha muerto, y está pasándolo mal —le contestó él con rigidez.

—Es una perdedora, como la mayoría de la gente de por aquí. La compasión ha acabado con más de un hombre, no te dejes manipular —se le acercó hasta rozarlo cuando salieron al porche principal. Le rodeó el cuello con los brazos, hizo que bajara la cabeza, y lo besó de lleno en la boca.

Garon sintió una ligera excitación, pero no fue lo bastante intensa para que aceptara su invitación descarada. Se apartó de inmediato, y le dijo:

—Te llamaré.

—Si no lo haces, iré a buscarte. Buenas noches.

—Buenas noches.

Mientras se metía en su coche, Garon se dio cuenta de que la respuesta tímida de Grace le resultaba mucho más excitante que la agresión ardiente de aquella gata salvaje. Sintió un poco de pena por la tía de Jaqui, que era una mujer dulce, amable y tímida que parecía ansiosa por agradar a los demás. Estaba claro que el comportamiento escandaloso de su sobrina le había costado algunas amistades, porque ninguna de las familias ricas de la zona había asistido a la fiesta. Era un desaire patente, aunque a Jaqui no parecía haberle afectado; en todo caso, a él no le importaban los asuntos ajenos.

El sábado por la tarde, mientras ponía al día varios archivos, la señorita Turner irrumpió en su despacho de repente y le dijo:

—Voy a estar fuera un par de días. Mi padre vive en Austin, y le ha dado un ataque al corazón. Está en el hospital, tengo que ir a verlo.

—Por supuesto. Llévese el Expedition.

—¿Está seguro?

—Claro que sí, ya sabe dónde está la llave. ¿Necesita que le adelante algo de dinero?

—No, pero gracias.

—¿Puedo ayudarla en algo?

—No, gracias. Volveré en cuanto pueda.

—Llámeme si necesita cualquier cosa —le dijo él con firmeza.

—No va a tener a nadie que le cocine...

—Ya me las arreglaré. Venga, váyase ya. Conduzca con cuidado.

—De acuerdo —le dijo ella, con una sonrisa trémula.

—Llámeme cuando llegue, para contarme cómo va todo.

Al ama de llaves la conmovió que se mostrara tan considerado.

—Cuente con ello, señor Garon.

Garon se acostó bastante tarde, y a la mañana siguiente le costó un poco despertarse. La ausencia de la señorita Turner hizo que la casa le pareciera más vacía que de costumbre. Encontró un mensaje suyo en el contestador, en el que le decía que había llegado bien a Austin y que su padre se mantenía estable.

Preparó unas tostadas y café, y se sentó a desayunar. Se sentía un poco culpable por no haber llamado a Grace para preguntarle cómo estaba, seguro que se sentía herida porque después de dejarla en su casa no se había molestado en ir a ver cómo tenía el tobillo.

El sentimiento de culpa lo irritó, porque no le debía nada a aquella mujer; sin embargo, pasó junto a su casa de camino a San Antonio, y le pareció extraño que su viejo coche no estuviera allí, porque sólo eran las seis de la mañana. Se preguntó donde estaba, pero como no vio nada raro en el exterior de la casa, siguió sin detenerse y no pensó más en el tema.

Grace no vio a Wilbur al llegar a casa, y no tardó en descubrir por qué. Una de las ventanas estaba entreabierta, y era obvio que se había escapado por allí mientras ella estaba en casa de Garon. No había tenido tiempo de buscarlo la mañana en que había regresado a casa, porque había tenido que ir a trabajar a la floristería.

El sábado tuvieron mucho trabajo, y cuando regresó a casa después de pasarse casi todo el día preparando arreglos florales sentada, agarró el bastón que le había dejado la señorita Turner y salió a buscar al animal. Lo encontró muerto; al parecer, el coyote había logrado atraparlo. Le gritó a la alimaña, estuviera donde estuviese, que le ajustaría las cuentas tarde o temprano, y se echó a llorar mientras se imaginaba cómo habían sido los últimos momentos del gato. Intentó controlarse, porque sabía de primera mano lo inútil que era llorar. Las lágrimas no iban a devolverle a Wilbur.

Después de cubrirlo con una vieja funda de almohada y de envolverlo en una sábana raída, lo metió en una caja y lo llevó al veterinario, donde había servicio de entierro de animales y ofrecían la posibilidad de incinerar a las mascotas muertas. Cuando le dieron a elegir entre varias urnas, optó por una sencilla que no era demasiado cara. Le aseguraron que le enviarían las cenizas en breve, y pagó con resignación los gastos. Iba a tener que hacer horas extra, porque apenas le quedaba dinero.

El domingo fue a trabajar unas horas por la mañana a la floristería, y allí se enteró de que Garon había ido a la fiesta de Jaqui Jones. Le dolió que se hubiera olvidado de ella sin más después de estar con la exuberante morena. Al mirarse al espejo, se sintió desmoralizada ante su falta de atractivo. El único vestido pasable que tenía era el negro que había llevado al funeral, y que había pertenecido a su abuela. Sólo tenía vaqueros, sudaderas, y camisetas, casi nunca se maquillaba, y solía llevar el pelo recogido en una coleta.

Se lo soltó de forma impulsiva, y después de cepillárselo, se miró de nuevo en el espejo y se sorprendió de lo distinta que parecía con su melena rubia enmarcándole el rostro. Se pintó los labios con un tono malva suave, y cambió la sudadera por una camiseta negra de manga larga que tenía unas letras japonesas estampadas.

Tenía una buena figura, pero no era demasiado guapa. Tenía la boca demasiado grande, los pómulos demasiado elevados, y su nariz era un poco irregular. Deseó ser más atractiva. Era la primera vez en su vida que le habría gustado ser guapa para atraer a un hombre, pero a él le gustaba la Mata Hari del pueblo.

Dejó a un lado el peine, y salió al porche. Aún no había acabado de podar las rosas, y se estaba muy bien al sol.

Al poco de empezar a podar, oyó que un vehículo se acercaba, y se asombró al ver que se trataba de Garon. Se levantó con las tijeras en las manos, y esperó mientras bajaba del coche y se acercaba.

Él se detuvo de golpe, y sus ojos adquirieron un brillo extraño mientras recorrían su rostro y sus hombros y descendían por su cuerpo.

Grace abrió la boca para preguntarle qué le pasaba, pero antes de que pudiera articular palabra, él la abrazó y empezó a besarla apasionadamente.

CAPÍTULO 8

Garon fue incapaz de controlarse. Al ver a Grace con aquellos vaqueros ajustados y aquella camiseta negra, con el pelo rubio cayéndole a la espalda, perdió la cordura y lo invadió un súbito deseo incontenible. Sentirla en sus brazos, contra su cuerpo alto y poderoso, lo impactó como un potente narcótico.

—Abre la boca, Grace —susurró con voz ronca contra sus labios. La apretó con más fuerza contra sí, y añadió con un tono seductor—: vamos, cielo... hazlo, abre la boca...

Ella lo hizo al intentar hablar, y soltó un jadeo ante la explosión de sensaciones mientras Garon la volvía loca de deseo. Era la primera vez que quería pertenecer a un hombre. Su pecho musculoso estaba apretado contra sus senos, y notaba su respiración jadeante y los latidos de su corazón... o quizás eran los del suyo propio.

Al notar que él iba perdiendo el control, los recuerdos empezaron a salir a la superficie, y empezó a empujarlo para que se apartara. Él obedeció de inmediato, y la contempló claramente sorprendido mientras luchaba por recobrar el aliento.

—Sí, ya lo sé —Grace alzó una mano, y se obligó a esbozar una sonrisa—. Has reaccionado de una forma instintiva que no puedes entender, pero yo tengo la explicación. Le pedí a la señorita Lettie que hiciera un muñeco que se pareciera a ti, y como lo froté con una foto mía, ahora te parezco irresistible.

Garon se echó a reír.

—¡Maldición!

—No suelo usar esos métodos, porque todos los hombres se sienten atraídos por mi increíble belleza —bromeó ella.

Garon respiró hondo. Era una suerte que a Grace se le diera bien neutralizar situaciones potencialmente peligrosas, porque él había perdido el control. No parecía enfadada, pero como no quería asustarla, tenía que tener en cuenta lo que le había sucedido en el pasado. Era una mujer muy inocente para su edad, pero a pesar de la mala experiencia que había sufrido, era obvio que le gustaba estar con él. La idea lo excitó.

—Vaya, y yo que pensaba que era el único hombre de tu vida.

—Perdona que te lo pregunte, pero... ¿qué haces aquí?

—Eh... no lo sé —le contestó él con perplejidad.

—No creo que en tu trabajo sean buenas las pérdidas de memoria...

—¡Soy un agente de primera!

—¡Pues menos mal!

—Tengo que ir a Palo Verde para interrogar a un hombre.

Márquez había localizado a un antiguo policía de la

zona que recordaba el caso de la niña asesinada dos años atrás, y que le había dicho que un vecino de la pequeña había declarado que había visto a un hombre con ella el mismo día del secuestro. Al parecer, la policía lo había tenido en cuenta, pero cuando los inspectores habían ido a hablar con él de nuevo, habían descubierto que se había marchado, y nadie había vuelto a intentar localizarlo porque se habían recibido otras muchas llamadas de gente que decía haber visto algo.

Garon quería hablar con el testigo si seguía viviendo en Palo Verde, porque a lo mejor había recordado algo más con el paso de los años. A lo mejor podría darles alguna pista que los llevara a un posible sospechoso que estuviera relacionado con los dos asesinatos. Estaba convencido de que se trataba de un asesino en serie, porque los casos eran muy parecidos.

—¿Te toca trabajar hoy? —le preguntó a Grace.

—He estado en la floristería esta mañana, pero estoy libre.

—Qué suerte. ¿Quieres venir conmigo?

El rostro de Grace reflejó la alegría que la embargó. Se dijo que Garon no debía de estar interesado en la sobrina de la señora Tabor, si la invitaba a salir.

—Voy a cambiarme de ropa.

—¿Qué tiene de malo lo que llevas puesto? Como ves, hoy no voy trajeado.

Grace se había dado cuenta de lo guapo que estaba. Llevaba unos pantalones de color canela que enfatizaban sus piernas musculosas, una camisa de un tono limón pálido que delineaba los músculos de su pecho y de sus brazos, y una chaqueta ligera.

—¿No vas siempre trajeado cuando estás trabajando?

—Sólo cuando voy a arrestar a alguien y sé que la prensa va a aparecer —bromeó él—. Al FBI le gusta que demos una imagen de profesionalidad a todas horas.

—Vaya.

—Pero como no creo que tenga que arrestar al hombre al que voy a ver, puedo ir más informal.

—Voy a por mi bolso y un jersey.

Garon la esperó junto al coche, y cuando ella volvió y se pusieron en marcha, comentó:

—No he visto al gato por ninguna parte.

Grace se mordió el labio antes de contestar.

—Salió de la casa cuando yo no estaba, y lo encontré... —tragó con dificultad antes de añadir—: está muerto.

—Lo siento —le dijo él con sinceridad, ya que sabía que ella le tenía mucho cariño a su mascota—. Nuestra gata blanca ha tenido una camada. Vive en el granero, nos ayuda a mantener a raya a las ratas. Cuando los gatitos hayan crecido un poco, puedes venir a por uno.

—Gracias —Grace parpadeó para intentar contener las lágrimas.

—De nada, así tendré que alimentar una boca menos.

—¿Cómo está la señorita Turner?

—Tuvo que ir a San Antonio, su padre sufrió un ataque al corazón.

—¡Pobrecita! Es la única familia que le queda, ¿te ha llamado para decirte cómo está?

—Aún no, pero seguro que lo hace.

—¿Por qué tienes que interrogar a ese hombre?

—Creemos que pudo ver al culpable de un caso de asesinato que había quedado archivado, y puede que se acuerde de algo que nos dé una pista útil para el caso en el que estamos trabajando ahora. Si no es así, sólo tendremos las pruebas forenses para intentar localizar al asesino.

—Ese caso que había quedado archivado... es el de la niña a la que asesinaron allí, ¿verdad?

—Eres muy lista.

—Palo Verde es un sitio pequeño, sólo sale en las noticias si pasa algo muy grave. Cuando mencionaste el asesinato que estás investigando, pensé que era muy parecido al que había sucedido allí.

—Márquez ató cabos.

—¿Encontrasteis alguna prueba en la autopsia? —Grace se esforzó por aparentar indiferencia.

—Muchas, incluso restos de ADN. Si logramos encontrar al culpable, no tendremos problemas para demostrar que fue él.

—Si este estado no fuera tan grande...

—Acabaremos encontrándolo tarde o temprano. ¿Has oído hablar del principio de intercambio de Locard?

—No.

—Es una teoría que sustenta la investigación forense de hoy en día. El doctor Edmond Locard era un policía francés que se dio cuenta de que los criminales dejan rastros de su presencia a su paso, y que también se llevan consigo pruebas de los lugares por los que van. Es un intercambio de fibras, pelo, y otros materiales, y analizando esas pruebas, se puede situar al criminal en la escena del crimen.

—Me encantan las series policíacas que dan por la tele, es fascinante la forma en que el más mínimo detalle puede ayudar a resolver un caso.

—Sí, a mí también me gustan, pero gran parte del trabajo policial se limita a la vigilancia, y a interrogar a los testigos y a los familiares de las víctimas. Puede ser bastante aburrido.

—A alguien que trabaja a tiempo parcial para poder ganarse la vida, le resulta muy interesante. ¿Cuánto hace que trabajas en el FBI?

—Desde que tenía veintitrés años.

—Y ahora tienes unos ochenta, así que...

—Oye, que tengo treinta y seis.

—¿Siempre te has dedicado a los homicidios?

—No. Sólo me habían asignado una vez un asesinato múltiple, cuando vivía en el este, pero durante casi toda mi carrera he trabajado en casos de crímenes violentos. Estuve seis años en el equipo de rescate de rehenes, y cuatro en el primer equipo SWAT del FBI en Washington. Después fui a Austin, y ahora estoy en la oficina de San Antonio. Dirijo un equipo que se ocupa de los crímenes violentos.

—Lo del rescate y lo del SWAT... son trabajos peligrosos, he visto cómo operan esos equipos en las películas.

—Sí, son trabajos muy peligrosos.

—Pero tú los elegiste —Grace lo miró pensativa, y al final comentó—: a ti también te pasó algo traumático, ¿verdad?

—Sí —Garon le lanzó una breve mirada, y le dijo con firmeza—: no me gusta hablar del tema.

—No estaba curioseando, pero tú me preguntaste si había hablado con alguien sobre lo que me había pasado.

—Y hablaste de ello conmigo.

—Exacto. Por eso he pensado que no te molestaría hablar de ti mismo.

Garon permaneció en silencio durante unos segundos

mientras recordaba su pasado, la angustia de aquellos años. El dolor seguía desgarrándolo.

Al darse cuenta de que había metido la pata, Grace intentó pensar en algo que pudiera aligerar la tensión palpable que llenaba el ambiente.

—¿Crees en los hombres lobo? —le preguntó de repente.

—¿Qué? —dijo él con incredulidad.

—Vi una película muy realista, y me di cuenta de que conozco al menos a una persona a la que no se le ve el pelo en las noches de luna llena. Las balas normales no les hacen nada, tienen que ser de plata.

—No tengo balas de plata.

—Pues vamos a tener problemas si nos encontramos con uno —comentó ella con sequedad.

—Si ves a un hombre lobo, dímelo. Iré corriendo a casa, fundiré unas cuantas piezas de la cubertería de plata, y me pondré a hacer balas como loco.

—Trato hecho.

Garon empezó a relajarse. A pesar de que era una solterona tímida y traumatizada, era una buena compañía que hacía que olvidara el pasado, y le gustaba estar con ella.

Grace estaba sintiendo algo parecido. Se estremeció de placer al recordar la pasión con la que la había besado antes, y se preguntó por qué no estaba casado. A lo mejor era porque le resultaba difícil mantener una relación estable.

Fueron a la comisaría de Palo Verde para hablar con Gil Mendosa, el jefe de policía. El hombre se mostró un poco avergonzado cuando Garon le dijo que Márquez había estado intentando contactar con él en vano.

—Recibimos unos correos electrónicos que escandalizaron a la señorita Tibbs. Tiene setenta años, y se ocupa del teléfono y del correo. Le dijimos que, si en el encabezado del mensaje no aparecía algo concreto relacionado con un caso, se limitara a borrarlo. Dile a Márquez que lo siento.

—Descuida. Nos interesa saber si le ocultasteis a la prensa algún detalle interesante relacionado con el asesinato de la niña —al ver que el policía miraba de reojo a Grace, añadió—: puedes hablar con confianza.

—De acuerdo. Sí, hubo un detalle que no aireamos: el asesino la estranguló con un lazo rojo.

Garon logró atrapar a Grace antes de que se desplomara.

—¡Por el amor de Dios, siéntate aquí! ¿Qué te pasa?

Grace luchó por respirar. No podía delatarse, no podía...

—Es ese virus estomacal que está pillando todo el mundo —soltó una débil carcajada, y añadió—: ayer empecé a encontrarme mal, y me ha dado bastante fuerte. Es una forma muy drástica de perder peso.

—¿Quieres beber algo? —le preguntó el jefe de policía.

—Un martini estaría bien —comentó.

—Puedes tomar una coca-cola light —Garon fue hacia la máquina expendedora, mientras se sacaba unas monedas del bolsillo—. Si tengo suficiente suelto, claro.

—No le metas un dólar entero, se queda con el cambio —le dijo el jefe de policía.

—¿Dejáis que una máquina robe a la gente en vuestra propia comisaría? —le preguntó Grace.

—Un tipo al que arrestamos el mes pasado logró hacerse con una pistola, y le pegó un tiro a la máquina. Dos meses antes, uno de los agentes golpeó a la máquina anterior con un bate de béisbol —antes de que ella pudiera preguntarle cómo era posible que alguien golpeara accidentalmente a una máquina con un bate, añadió—: no preguntes. Como comprenderéis, no podemos pedir que nos traigan otra máquina más.

—Supongo que tienes razón —le dijo Grace. Cuando Garon le dio una lata de bebida, la abrió de inmediato y tomó un buen trago—. Vaya, me siento mucho mejor. Gracias.

—Tendrías que haberme dicho que no te encontrabas bien —le dijo él.

—Si lo hubiera hecho, no habrías dejado que te acompañara —al ver que él fruncía los labios y la miraba con un extraño brillo en los ojos, no pudo evitar ruborizarse.

Garon se obligó a centrarse en Mendosa, y le contó lo del testigo del que le habían hablado a Márquez.

—Se llama Sheldon, y vivía a dos casas de la víctima. Unos inspectores de homicidios de San Antonio hablaron con él; al parecer, recordaba haber visto al sospechoso.

—Nosotros también tuvimos a un testigo potencial, un tipo llamado Homer Rich, pero nuestro antiguo jefe dijo que era un chalado, y no quiso que lo interrogáramos. Vivía justo al lado de la niña, pero se fue de la zona poco después del asesinato.

—¿Era un sospechoso?

—No. Era un tipo atractivo que se ganaba bien la vida, aunque no sé a qué se dedicaba exactamente. Tenía novia, pero nadie la conocía. No lo consideramos sospechoso; de hecho, participó en la búsqueda cuando la familia se dio cuenta de que la niña había desaparecido, y hasta imprimió folletos con la foto de la pequeña.

Garon se limitó a tomar notas sin hacer ningún comentario, pero sabía que a veces los culpables participaban en las búsquedas e incluso hablaban con la policía sobre el progreso de la investigación. No se lo mencionó a Mendosa porque no quería incomodarlo, el hombre intentaba hacerlo lo mejor posible con los pocos recursos que tenía a su alcance.

—¿Sabes adónde fue Rich?

—No, era un tipo poco sociable —le dijo el policía—. Podríais preguntarle a Ed Reems, era su casero —después de anotar la dirección, le dio la hoja a Garon y añadió—: a Ed le encanta hablar, te dirá todo lo que sepa.

—Gracias.

—De nada. Si necesitas algo, llámame, todos estamos en el mismo equipo cuando se trata de un crimen. Me encantaría resolver aquel caso, no he podido olvidar lo que le pasó a aquella pobre niña. Un agente que trabaja a tiempo parcial y yo nos ocupamos de todo aquí, tenemos que pedirle ayuda al sheriff del condado si surge algún asunto especialmente grave. No tenemos los recursos necesarios para llevar a cabo una investigación adecuada. Espero que atrapéis a ese tipo.

—Todos estamos deseándolo —le dijo Garon—. Los asesinos de menores no le dan pena a nadie, tendrían que estar todos entre rejas.

—Amén. Si necesitas ayuda, llámame.
—Lo haré, gracias.

Grace apuró su bebida justo cuando llegaron a una calle poco transitada situada a las afueras de Palo Verde. Garon aparcó delante de un remolque bastante destartalado, y le dijo:
—Quédate aquí, tardaré poco.
Ella lo siguió con la mirada mientras se dirigía hacia el remolque. Lo vio llamar a la puerta, que se abrió al cabo de unos segundos. Él mostró sus credenciales, y entró en la vivienda.
Grace se preguntó si el casero iba a poder ayudarlo. No había podido controlar su reacción cuando el policía había mencionado el lazo rojo, y tenía miedo de que Garon sospechara algo. No quería que él supiera por qué se había sentido tan afectada... era demasiado pronto.
Al cabo de cinco minutos, lo vio salir con expresión seria.
—¿No estaba en casa? —le preguntó, cuando entró en el coche.
—Sí. Me ha dicho que Rich no le dijo adónde se iba, y que no se llevó de la casa ni el mobiliario ni los electrodomésticos que había comprado. Está claro que tenía mucha prisa por largarse de aquí.
Grace se mordió el labio, y dio voz a lo que ambos estaban pensando.
—Es posible que no fuera un simple testigo... ¿crees que puede ser el asesino?
—Exacto —Garon arrancó el coche—. Voy a dejarte en comisaría, quiero ir a preguntar a algunas casas.

—¿No puedo ayudarte?

—No tienes credenciales —le dijo él, con una sonrisa amable—. Le pediré a Mendosa que me eche una mano. Con un poco de suerte, puede que encontremos algo.

Cuatro horas más tarde, aún no habían encontrado a ningún posible testigo.

—Me gustaría enviar a un equipo forense a la casa donde vivía Rich, puede que allí haya algo —le dijo Garon a Mendosa—. Se pueden encontrar restos de sangre, aunque hayan limpiado con desinfectante y con lejía.

—Hablaré con el casero, y con los inquilinos actuales. ¿Te va bien esta misma semana?

—Perfecto. Te agradezco tu ayuda.

—Lo mismo digo. A nadie le gusta que un criminal se escape.

—Por supuesto.

A Grace la fascinó el hecho de que un criminal no pudiera borrar por completo las manchas de sangre, y en el camino de regreso no dejó de preguntarle sobre los patrones de las salpicaduras de sangre, los protocolos que se seguían en la escena de un crimen, y lo que el laboratorio del FBI podía hacer con un simple cabello humano.

—Parece sacado de Star Trek —comentó, asombrada.

Garon soltó una carcajada.

—Sí, es verdad. Nuestras herramientas de última generación nos ayudan muchísimo a la hora de resolver un crimen.

—Si no fuera por lo sangriento que es, me parece que me gustaría ser policía.

Garon no pudo imaginársela en la escena de un crimen, aunque por otro lado, había ahuyentado a un coyote armada con una rama. Estaba claro que tenía agallas, y la admiraba por ello, pero se preguntaba qué secretos escondía.

—Gracias por invitarme a que te acompañara —le dijo, cuando Garon se detuvo frente a su casa—. Lo he pasado muy bien.
—Yo también. Eres una compañía muy agradable —comentó él, mientras la acompañaba hasta la puerta.
—Como la señorita Turner está fuera, vas a tener que prepararte la cena tú mismo —tras un instante, añadió—: puedes venir a cenar aquí si quieres, tengo carne y patatas.
Garon vaciló por un segundo. Tenía hambre, y no le apetecía intentar cocinar.
—Debes de estar cansada —comentó.
—Qué va. Además, me encanta cocinar.
—Vale, ¿a qué hora? —le preguntó él, con una sonrisa.
—¿A las siete?
—Aquí estaré.
Cuando se fue, Grace se apresuró a entrar para empezar a preparar la cena. Se sentía como una niña esperando un regalo. Nunca había disfrutado de la compañía de un hombre... era un buen comienzo.

Permanecieron sentados en la cocina durante mucho rato después de cenar, hablando de un montón de cosas, y se dieron cuenta de que estaban de acuerdo en muchos temas; de hecho, tenían ideas parecidas en política y en religión, que se decía que eran las dos cuestiones más controvertidas del mundo.

–El café está muy bueno –comentó él, cuando apuró una segunda taza.

–Es descafeinado.

–Da igual –Garon le echó un vistazo a su reloj, y comentó–: lo siento, pero tengo que irme. Mañana tengo que ir muy temprano a recoger a un agente al aeropuerto, va a hacer una inspección de varios días en la oficina.

–¿Una inspección?

Garon esbozó una sonrisa.

–Así se aseguran de que somos eficientes.

–Si quieres, te escribo una recomendación –le dijo ella, en tono de broma.

–Me temo que con eso no bastaría –cuando salieron al porche, alzó la vista hacia el cielo–. La luna tiene un halo, así que me parece que va a llover.

–Eres un tipo de ciudad, ¿cómo sabes esas cosas?

Él la miró sonriente, y comentó:

–Me crié en un rancho, en el oeste de Texas. Había un vaquero de unos ochenta años que había trabajado con los rangers, y que podía predecir el tiempo que iba a hacer. Solía pasarme horas escuchando sus historias de cómo había atrapado a un montón de atracadores de bancos. Supongo que por eso me hice agente de la ley. Tal y como él lo contaba, parecía que era una causa sagrada, y en ciertos aspectos, supongo que es así. Somos la voz de las víctimas que ya no pueden hablar.

–¿Crees que vas a atrapar a ese asesino? –le preguntó ella con voz suave.

—Espero que sí —Garon se le acercó un poco más antes de añadir—: no es ningún principiante y está claro que es bastante listo, pero dejó pruebas que van a condenarlo si logramos encontrarlo.

—Mi abuelo decía que la mayoría de los criminales son idiotas. Me contó que una vez arrestó a un tipo que dejó su tarjeta de visita en el bolsillo del hombre al que acababa de asesinar, y que un atracador se equivocó de puerta al salir de un banco, tropezó con un perro, y se quedó inconsciente al golpear contra el suelo.

Garon se echó a reír.

—Nosotros también tenemos casos así, pero hay criminales que no son tan fáciles de atrapar.

—Lo conseguirás —le dijo ella, con una fe ciega.

Garon se acercó aún más, la tomó de los brazos, y la apretó contra su cuerpo.

—Eres buena para mi ego, Grace... pero me parece que yo no soy demasiado bueno para ti.

Ella le rozó con los dedos uno de los botones de la chaqueta sin mirarlo a los ojos, y le dijo con voz queda:

—Quieres decir que no quieres nada permanente, ¿verdad? No pasa nada, a mí tampoco me interesa.

—Algún día querrás tener hijos...

Ella inhaló con fuerza, y admitió:

—No... no puedo.

—¿Qué?

Le dolía decirlo, pero ya casi eran amigos, y Garon tenía que saberlo por si acababan teniendo una relación. Se obligó a mirarlo a los ojos, y le dijo:

—Tuve un... accidente a los doce años. Sufrí varios cortes, sobre todo en el vientre, así que no puedo tener hijos.

Garon lo sintió muchísimo por ella, porque estaba seguro de que Grace habría querido tener una familia si se hubiera casado. Sintió un tremendo vacío en su interior al pensar en ello, pero no alcanzó a entender por qué.

—Lo siento —le dijo.

—Sí, yo también, porque me encantan los niños —lo miró con expresión penetrante antes de añadir—: tú puedes tenerlos, si llegas a casarte algún día.

—No voy a casarme —le dijo él con voz cortante.

Grace estaba convencida de que le había pasado algo horrible, algo de lo que se negaba a hablar. Los dos tenían secretos, pero estaba segura de que los suyos eran más terribles que los de Garon.

—Lo tendré en cuenta —le dijo. Para intentar aligerar un poco el ambiente, comentó—: pero tú estás al final de mi lista de posibles maridos, al final de todo.

Él enarcó una ceja, y contestó:

—Por mí, perfecto.

—Puedo conseguir al hombre que quiera, me enteré gracias a la tele. Hay un perfume nuevo que hace que los hombres se tiren en paracaídas con ramos de rosas y anillos de diamantes, sólo tengo que ponerme unas gotas detrás de las orejas.

—¿Y qué pasa si atrapas al hombre equivocado?

—Eso es imposible, el tipo del anuncio es guapísimo.

—No te tocará el tipo que sale por la tele.

—¿Cómo lo sabes? A lo mejor hacen un concurso, y lo ofrecen como premio —Grace soltó una carcajada—. ¿No te sientes decepcionado?

—No. No quiero que un hombre me regale rosas y anillos.

Ella se echó a reír.

—¡Lo digo por lo de estar al final de mi lista!

Garon frunció los labios, se le acercó un poco más, y murmuró mientras se inclinaba hacia ella:

—Cielo, si quisiera ser el primero de tu lista, no necesitaría rosas para convencerte —le colocó una mano en la nuca, y fue acercándola más y más—. Sólo necesitaría esto —susurró, antes de besarla.

CAPÍTULO 9

Grace soltó un pequeño suspiro tembloroso al amoldarse contra él. Había empezado a familiarizarse con el sabor de Garon, con el contacto de su cuerpo, y ya no le resultaba amenazador. Le encantaba tenerlo cerca.

Él era consciente de lo que pasaba, y sabía que tenía que ser cauto. Grace no era una persona experimentada, pero él sí, y era capaz de estar con una mujer sin involucrarse emocionalmente. Había muchas mujeres que no querían ataduras ni complicaciones, pero Grace querría acabar casándose.

La idea le horrorizó, y levantó la cabeza. Al verla radiante de felicidad, con los ojos brillantes y sonriente, se sintió como un sinvergüenza. No tendría que haberla tocado, pero su inocencia lo atraía.

Le acarició la mejilla con la punta de los dedos, y le dijo:

—El inspector va a hacernos sudar mañana, así que voy a tomarme la tarde libre para ir a comprar. ¿Quieres venir?

—¡Sí!

Garon soltó una carcajada al verla tan entusiasmada, y decidió dejarse llevar. Le gustaba estar con ella, y no tenía por qué empezar a preocuparse por el futuro de momento.

La besó con suavidad, y susurró:

—Hasta mañana. Buenas noches.

—Buenas noches. Me lo he pasado muy bien.

—Yo también —admitió él, con una sonrisa.

Grace entró en la casa con la cabeza en las nubes. La vida era maravillosamente dulce.

El lunes por la mañana, Grace fue al pueblo bastante temprano para comprar algo de ropa. Tenía un poco de dinero en el banco para emergencias, y quería ponerse algo bonito para salir con Garon. Se detuvo en la cafetería para pedirle consejo a Barbara, que le dijo que fuera al pequeño centro comercial que había delante del instituto, donde había una tienda de ropa de segunda mano que tenía un género precioso, casi nuevo, y muy bien de precio.

Grace salió del establecimiento con dos bolsas llenas de ropa, y con un abrigo de cachemira con cuello de piel colgado del brazo. Se sentía increíblemente feliz.

—Sabes que me alegro por ti, Grace —le dijo Barbara, cuando fue a enseñarle lo que había comprado—. Pero ten cuidado con ese hombre, no es de los que se casan. Y aunque ni él mismo se dé cuenta, tampoco es de los que encajan en un pueblo.

—Eso decían de su hermano, y míralo ahora —le contestó Grace, con una sonrisa.

Barbara permaneció seria.

—Sólo te pido que... vayas despacio. ¿De acuerdo?

—Te preocupas demasiado —Grace le dio un abrazo, y susurró—: ¡nunca me había sentido tan feliz!

Barbara se mordió el labio con preocupación, pero le devolvió el abrazo.

—Disfruta de tu felicidad, pero tendrá que vérselas conmigo si te hace daño, te lo juro.

—Soy una mujer adulta.

—Sí, ya lo sé.

Barbara la miró con preocupación. Garon Grier era maduro y experimentado, y Grace era una inocente que ya había sufrido demasiado a manos de un hombre, y que no se merecía que otro acabara de destrozarla. Sabía que no podía evitar aquella relación que sin duda acabaría en desastre, y que lo único que podía hacer era esperar y apoyar a Grace cuando su mundo se derrumbara.

Grace se puso unos vaqueros bordados, una camisa blanca de manga larga a juego y una chaqueta, y se dejó el pelo suelto porque sabía que a Garon le gustaba así. Al mirarse en el espejo, se sintió satisfecha con su aspecto.

Le parecía que estaba en un sueño, no hacía más que recordar la ternura con la que la había besado. Estaba enamorándose, y estaba convencida de que Garon también sentía algo por ella. Un sentimiento tan profundo y maravilloso tenía que ser algo compartido.

Cuando él llegó a la una en punto, salió a recibirlo a la carrera, radiante de alegría. Llevaba una de las furgonetas del rancho, porque la señorita Turner se había llevado el Expedition a Austin.

Garon bajó del vehículo, y ni siquiera intentó contener el impulso de abrir los brazos. Grace le hacía sentir joven, lleno de esperanza y de optimismo. Hacía que se sintiera como el hombre que había sido en el pasado, antes de que la tragedia lo destrozara.

Ella lo abrazó con fuerza, y le pareció un milagro ser capaz de disfrutar del contacto de un hombre, poder dejar que la tocara y la besara. Alzó la cabeza para decírselo, pero él la besó con ternura y lo abrazó mientras abría los labios. Sintió que volaba... la felicidad la inundó con la fuerza de un río que acababa de romper la presa que lo retenía.

Garon se obligó a apartarla al cabo de unos segundos. El deseo de llevarla hasta la cama más cercana era avasallador, pero no podía hacerlo. Era demasiado pronto. La miró sonriente, y le preguntó:

—¿Estás lista?

—Sí, voy a cerrar la puerta —le contestó ella. Sus ojos grises brillaban de felicidad.

Él la siguió con la mirada, y se dio cuenta de que parecía costarle un poco subir los escalones del porche. También notó que tardaba más de lo necesario en cerrar la puerta, y le pareció un poco extraño.

Grace intuyó la pregunta antes de verla en sus ojos. El corazón le latía a un ritmo un poco errático, pero como no quería que él se diera cuenta, se obligó a sonreír y comentó:

—¿Ves lo que has hecho?, me has dejado sin aliento.

Garon dejó a un lado sus dudas, y esbozó una sonrisa arrogante.

Grace entró en la tienda de comestibles sonriente y radiante. El viejo Jack Hadley, que regentaba el establecimiento desde los tiempos del abuelo de Grace, la miró con una sonrisa benevolente y le dijo:

—Me alegro de verla, señorita Grace. Ya veo que viene bien acompañada.

El hombre le guiñó el ojo a Garon, que se sintió incómodo de inmediato. Le dio una hoja de papel, y se limitó a decir:

—Aquí tiene una lista de lo que necesito.

—Voy a tener que pedir estas semillas, supongo que las tendré la semana que viene. ¿Le va bien?

—Sí.

—Con lo demás no hay ningún problema. ¡Jake! —cuando el adolescente que lo ayudaba llegó corriendo desde la trastienda, le dijo—: lleva estas cosas al coche del señor Grier.

—Ahora mismo —el chico miró a Grace con una sonrisa, y se ruborizó al comentar—: está muy guapa.

—Gracias, Jake —le contestó ella, con una pequeña sonrisa impersonal.

Garon se acercó a ella de inmediato y fulminó con la mirada al muchacho, que agarró un saco de pienso y salió a toda velocidad.

A Grace le sorprendió la reacción de Garon, y se quedó mirándolo con asombro. Él se dio cuenta, y la contempló con un brillo ardiente en los ojos hasta que ella se ruborizó y apartó la mirada.

Cuando él le tomó la mano con firmeza y le dio un ligero apretón, como enfatizando lo que acababa de decirle con sus ojos oscuros, Grace sintió una alegría que la dejó sin aliento. Le devolvió el apretón, y al sentir que él entrelazaba sus dedos con los suyos con una lentitud muy sensual, tuvo que morderse el labio para contener un gemido de placer.

—No te olvides del fertilizante, Jake —le dijo el señor Hadley a su ayudante.

Su voz rompió el hechizo, y Grace retrocedió un paso y soltó una pequeña carcajada para intentar disimular la tensión que aún los atenazaba.

Garon no dijo nada, pero le resultó difícil ocultar lo que sentía. Grace empezaba a afectarle de verdad, y apenas podía creer que se hubiera sentido celoso de un adolescente. Se preguntó qué demonios le estaba pasando.

A lo largo de los días siguientes, Garon fue a visitarla en varias ocasiones. Una vez fue a comer a su casa, y una tarde estuvieron viendo unas películas que había alquilado. La señorita Turner le llamó, y le dijo que su padre se había recuperado y que regresaría a casa en una semana.

Aquella noche estaban viendo una película de misterio, pero Garon era incapaz de prestar atención a la tele, porque era más que consciente del cuerpo de Grace junto al suyo. Se había puesto una blusa azul bastante recatada y una falda larga, se había dejado el pelo suelto, y olía ligeramente a rosas.

—Vas a perderte lo mejor —le dijo ella, al mirarlo con una sonrisa temblorosa.

Garon se volvió hacia ella en el sofá, y tiró de su brazo hasta que entendió el mensaje y se le acercó un poco más. Él llevaba una camisa de manga larga y unos vaqueros, y los dos se habían quitado los zapatos. La atrajo más y más hasta que la puso sobre su regazo, y la instó a que apoyara la cabeza en su brazo.

La miró a los ojos, y le dijo con voz suave:

—Las relaciones no deben estancarse, Grace. O avanzamos, o dejamos de vernos. Soy demasiado mayor para conformarme con una relación platónica.

Grace sintió que le daba un vuelco el corazón al darse cuenta de que estaba interesado en tener una relación duradera... ¡Garon quería tenerla a su lado!

Alzó una mano, y trazó sus labios poco a poco.

—No quiero dejar de verte —susurró. Estaba un poco nerviosa por lo que él estaba pidiéndole, pero le amaba y sentía curiosidad por lo que sentía cuando él la tocaba, cuando la besaba y la abrazaba. Quería descubrirlo todo, quería borrar los terribles recuerdos de su mente y reemplazarlos con las caricias tiernas de un hombre al que pudiera confiarle su inocencia.

Al verla sonreír, Garon respiró hondo y susurró:

—¡Al fin! Creía que iba a volverme loco esperando a que llegáramos a este punto.

Grace quiso preguntarle a qué se refería, pero no tuvo tiempo de articular ni una palabra, porque él empezó a besarla. Las veces anteriores se había mostrado cuidadoso y un poco vacilante, pero en esa ocasión parecía que quería devorarla. Su pasión la asustó un poco, y no pudo evitar tensarse.

Él se echó hacia atrás de inmediato, y la miró a los ojos.

—Jamás te haría daño, Grace —le dijo, con voz ronca.

Ella empezó a relajarse de nuevo.

—Ya lo sé, pero es que...

Al recordar que había tenido una mala experiencia de

niña, Garon sonrió y trazó sus labios con la punta de un dedo.

—Todo va a salir bien, confía en mí. Puedo darte placer... todo el que puedas soportar —se inclinó hacia ella de nuevo, y en esa ocasión empezó a excitarla de forma deliberada con un beso largo y sensual.

Al sentir que él deslizaba las manos por sus costados hasta dejarlas a escasa distancia de sus senos, Grace notó algo inesperado. Era como si Garon hubiera encendido una fiebre ardiente en su interior, como si le hubiera arrebatado el control de su cuerpo. Anhelaba experimentar sus caricias, su ternura... lo deseaba.

Él enmarcó su rostro entre las manos, y la miró a los ojos durante unos largos segundos. Sus enormes ojos grises lo dejaron sin aliento, aquella mujer lo enloquecía de deseo. Se dio cuenta de que seguramente ella no era consciente de hasta qué punto le afectaba, porque teniendo en cuenta lo que le había pasado, debía de resultarle muy difícil asimilar que se sentía atraída por un hombre. Se sintió furioso ante la idea de que cualquier otro pudiera aprovecharse de su interés, de que alguien la presionara y le hiciera daño al no entender lo que había sufrido de niña. No soportaba la idea de que algún malnacido se aprovechara de ella y la destrozara al dejarla tirada.

—¿En qué estás pensando? —le preguntó Grace con curiosidad.

—En lo guapa que eres.

Ella soltó una carcajada llena de incredulidad.

—¿Quién, yo?

—Sí, tú —le contestó, muy serio.

La besó muy lentamente, la atrajo hacia su cuerpo

con ternura mientras sus labios seguían insistiendo hasta que ella abrió la boca. Sintió un deseo descarnado ante aquel tímido gesto de aceptación, pero consiguió controlarse y siguió mostrándose tierno para no asustarla.

Cuando el beso fue ganando intensidad, sintió que ella se tensaba un poco, pero no tardó en relajarse. Bajó la mano por su espalda, y la movió con suavidad contra su propio cuerpo hasta que la prueba tangible de su deseo presionó contra el vientre de Grace.

Se apartó un poco y la miró a los ojos, que reflejaban una profunda fascinación.

—¿No tienes miedo? —le preguntó con suavidad.

Grace fue incapaz de articular ni una sola palabra, pero consiguió negar con la cabeza. Se sentía laxa, tenía el cuerpo dolorido de deseo, y algo empezó a palpitar en lo más profundo de su cuerpo.

Garon notó su reacción. No se mostraba reacia... al contrario, se le acercó más y soltó un pequeño jadeo al sentir la calidez y el poder de su cuerpo excitado. Mientras inclinaba la cabeza para besarla de nuevo, se dijo que era como hundirse en un fuego que lo consumía por completo. Rozó sus labios con los suyos, y cuando la penetró con la lengua, ella se aferró a sus brazos con tanta fuerza, que le clavó las uñas. Empezó a saborearla con sensualidad, a deslizar la lengua contra la suya, y oyó que soltaba un gemido de placer.

En ese momento, se dio cuenta de que no podía detenerse. Hacía demasiado tiempo que no estaba con una mujer, y se moría de deseo por ella.

Se levantó del sofá, la tomó en sus brazos, y volvió a besarla. La llevó por el pasillo, y al ver un dormitorio con una cama de matrimonio, entró y cerró la puerta a su espalda con el pie. Cuando la tumbó en la cama, la miró con los ojos oscurecidos de deseo y vaciló por un instante.

Sin embargo, Grace estaba tan excitada como él. Tenía casi veinticinco años, y jamás había tenido un amante. Deseaba a Garon, quería ser una mujer completa con aquel hombre al que amaba con todo su corazón. Se dijo que él no estaba con ella por una simple cuestión de deseo físico... había dejado claro que quería tener una relación con ella, eso debía de querer decir que estaba pensando en el matrimonio. Abrió los brazos hacia él.

Garon notó su aceptación sin necesidad de palabras, y sintió que un torrente de deseo le corría por las venas. Se sentó a su lado, pero ella posó una mano en su pecho, lo miró con inquietud, y susurró:

—La luz.

Garon frunció el ceño, pero entonces recordó el accidente que había tenido de niña.

—No me importa que tengas cicatrices, Grace. Yo también tengo unas cuantas.

Ella se mordió el labio, mientras intentaba encontrar la forma adecuada de explicárselo.

—¿Por favor?

Garon soltó un suspiro de resignación. Quería mirarla, pero su inocencia iba a ser el mayor problema. Esbozó una sonrisa, apagó la luz, y la abrazó con ternura.

Grace se sintió enfebrecida al sentir el contacto de su cuerpo, y saboreó aquel banquete para los sentidos. No sabía que su propio cuerpo tuviera tantas zonas erógenas, que un hombre pudiera darle tanto placer con las manos y la boca. Gimió cuando Garon empezó a besarle los pechos, y abrió las piernas para dejar que se colocara entre ellas. La maravilló lo bien que encajaban sin la barrera de la ropa, y se estremeció una y otra vez al sentir su cuerpo cálido, duro y sensual contra el suyo.

Cuando la tocó entre las piernas, se tensó de inmediato al recordar el horror y el dolor. Él notó su reacción, y le preguntó con suavidad:

—¿Te he hecho daño?

Grace se obligó a apartar a un lado las imágenes desagradables. Aquello formaba parte del pasado, y tenía que vivir el presente.

—No, claro que no me has hecho daño. ¡No te pares!

Garon soltó una pequeña carcajada, y empezó a acariciarla de nuevo.

—No voy a pararme —susurró contra su cuello—. Muévete conmigo, Grace... sí, así... con más fuerza...

Grace sintió que su mano la acariciaba y la exploraba, pero de repente algo sustituyó a sus dedos, algo húmedo y duro... se arqueó jadeante cuando aquella íntima invasión produjo una oleada de placer avasallador, y creyó que iba a desmayarse. Soltó una exclamación mientras apretaba a Garon contra sí, y se estremeció de pies a cabeza.

—Te gusta, ¿verdad? —murmuró él contra su boca—. Vamos a intentar otra cosa...

Grace se estremeció una y otra vez mientras el placer se acrecentaba. Soltó un pequeño sonido gutural y abrió las piernas todo lo que pudo, mientras hundía las uñas en las caderas de Garon.

—Por favor... —susurró, con voz entrecortada.

Él le mordisqueó los labios mientras movía las caderas a un ritmo rápido y fuerte.

—¿Te gusta así?

—¡Sí!

Garon la tomó de la nuca con una mano mientras la besaba con pasión, y colocó la otra bajo sus caderas para alzarla contra sus fuertes embestidas.

—¡Voy a... morir! —jadeó ella contra su boca hambrienta.

—A lo mejor... de placer —consiguió decir él, con voz ronca—. ¡Dios! ¡Grace...! ¡Grace, levanta las caderas! ¡Levántalas con fuerza! —se estremeció jadeante mientras el ritmo se aceleraba más y más—. Ahora, cielo... ahora, ahora, ahora...

Grace no dejó de moverse mientras lo aferraba con fuerza, y se estremeció cuando el placer fue incrementándose hasta que pensó que iba a perder la consciencia. Cuando llegó a un punto insoportablemente ardiente y dulce, la vorágine en la que estaba sumida ganó aún más fuerza. No veía nada, no podía oír ni pensar, apenas podía respirar mientras el ritmo se aceleraba. Oyó que Garon susurraba algo, pero fue incapaz de comprenderlo. Su cuerpo la condujo hasta un clímax volcánico que hizo que se arqueara bruscamente mientras gritaba de placer.

Él le aferró las caderas, y las apretó contra las suyas mientras su propio clímax lo golpeaba de lleno.

—Grace... —gimió, con voz profunda y ronca, al dar la última embestida.

Permanecieron abrazados el uno al otro en la oscuridad, sudorosos y sin aliento, y se estremecieron de satisfacción.

Al cabo de unos segundos interminables, Garon se apartó y deslizó la mano por su cuello, fue bajando por sus senos hasta llegar a su estómago, y trazó con los dedos las pequeñas cicatrices que sobresalían ligeramente.

—Tengo muchas cicatrices —susurró ella.

—Yo también. No me importa —le rozó los labios con los suyos, y susurró—: nunca había sentido algo tan increíble —la abrazó con ternura, y al cabo de un rato le preguntó—: eras virgen, ¿verdad?

Grace contuvo el aliento, y vaciló por un instante.

—Bueno, sí —consiguió decir al fin. Técnicamente, era la verdad.

—Lo siento, no tendría que haber perdido el control.

—Yo también lo he perdido.

—No es lo mismo —se apartó de ella mientras soltaba un largo suspiro, y masculló—: ¡maldición!

—¿No... no te ha gustado? —le preguntó ella, cada vez más preocupada.

Garon se volvió, y la miró en la oscuridad.

—No es eso, Grace. Me he aprovechado de ti.

—¡Eso no es verdad!

Él posó una mano sobre su vientre con suavidad, y le preguntó:

—¿Estás segura de que no puedes quedarte embarazada?

—Sí —le dijo ella con convicción. Los médicos se lo habían dicho.

Garon no contestó. No tenía que preocuparse por la posible complicación de un bebé, pero a pesar de todo, se sentía culpable.

—Me alegro de que haya sido contigo —le dijo ella, cuando el silencio se volvió insoportable.

Aquello no le ayudó a sentirse mejor. Se dijo que al menos no le había hecho daño, pero le había arrebatado algo que quizá quería reservar para un posible marido. Grace era muy tradicional.

—No estabas pensando en ella, ¿verdad? —Grace se sintió horrorizada.

Garon pensó por un segundo que se refería al pasado, pero entonces se dio cuenta de que no sabía nada sobre él.

—¿Te refieres a Jaqui? ¡Por Dios, claro que no!

Grace se relajó de inmediato.

—Vale.

Garon respiró hondo, y le dijo:

—Tengo que irme.

—¿Ahora mismo?

Él se inclinó, y la besó con ternura en la frente.

—Vivimos en una población pequeña, y no quiero que la gente empiece a chismorrear si alguien ve mi coche en tu puerta durante toda la noche.

—Gracias por ser tan considerado —le dijo ella, con una sonrisa.

Garon no contestó, y se sintió como un canalla mientras se vestía en la oscuridad. Grace había sido generosa, cálida y tierna, y su generosidad hizo que se sintiera aún más culpable, porque no podía ofrecerle nada.

—Grace, tienes claro que no tengo intención de casarme, ¿verdad?

Ella sintió que se le caía el alma a los pies, pero intentó disimular el dolor que sentía.

—Sí —le dijo al cabo de un segundo, con voz firme. A pesar de que su mundo estaba derrumbándose, se negó a revelar lo que sentía—. Sí, lo tengo claro.

Garon oyó el dolor que se reflejaba en su voz, y se dio cuenta de que sólo estaba empeorando las cosas.

—Vendré mañana al salir del trabajo, para que podamos hablar.

—De acuerdo.

—Buenas noches, Grace.

—Buenas noches —le dijo ella con resignación.

A pesar de lo mucho que deseaba quedarse, hablar con ella y darle una explicación, Garon fue incapaz de hacerlo. Las relaciones le daban miedo, no tendría que haber permitido que aquello sucediera.

Se fue sin más, pero el recuerdo del placer que habían compartido lo atormentó durante todo el día. Sabía que había empezado algo que no podía terminar, y no pudo dejar de pensar en ella mientras trabajaba.

Grace enterró el rostro en la almohada cuando Garon se fue, y lloró como si se le hubiera roto el corazón. Había sido una tonta. Garon no quería casarse con ella, había querido saciar un deseo físico y ella se le había entregado en bandeja de plata. Soltó un sonoro gemido. Le había dado todo lo que tenía, pero a él no le bastaba.

Se sentía como una idiota. Garon estaba acostumbrado a mujeres que no querían ataduras, que no tenían nada que ver con una solterona que nunca salía con nadie. Era un amante experimentado que había vivido durante años en grandes ciudades, en las que el sexo era algo intrascendente, mientras que ella se había pasado la vida medio aislada y muy protegida por culpa de su pasado, y no sabía casi nada sobre las relaciones adultas. Claro que no quería casarse con ella... ¿por qué iba a hacerlo, si estaba dispuesta a entregarse sin que hubiera un anillo de por medio?

Maldijo la debilidad que tenía por él. Si no hubiera cedido con tanta facilidad, si le hubiera hecho esperar un poco, quizá habría acabado enamorándose de ella, pero lo había estropeado todo. Sin duda pensaba que era como todas las demás, las que tomaba sin problemas y dejaba a un lado cuando se hartaba. La consideraba igual que Jaqui, que se había burlado de ella y le había dicho que él jamás la vería como a una mujer de verdad.

Fue a bañarse, para desprenderse de su aroma masculino. Lo único positivo de aquella experiencia era que se había dado cuenta de que podía ser una mujer completa, que el pasado no la había destruido del todo. Si pensaba en ello con madurez, a lo mejor podría olvidar que el hombre al que amaba con todo su corazón sólo deseaba una satisfacción pasajera.

Garon llegó a casa de Grace a las siete de la tarde, y a pesar de que estaba decidida a no volver a dirigirle la palabra, fue corriendo a abrirle.

Él la observó, y al ver que parecía cansada, supuso que no había podido conciliar el sueño, igual que él. Había pasado el día como alelado.

Cuando ella abrió la puerta un poco más, como si estuviera sonámbula, Garon entró y cerró a su espalda. Sin decir palabra, la levantó en brazos y la besó como si llevara un año sin verla. Cuando ella gimió y empezó a devolverle el beso, la llevó por el pasillo hacia el dormitorio.

Aquella vez fue incluso mejor, más intensa que la primera. La besó por todas las partes a plena luz del día, mientras le susurraba cosas excitantes y sensuales que hicieron que ella se ruborizara.

Cuando estuvo medio enloquecida, la llevó al éxtasis

y se sumergió con ella en un mar de sensaciones. Grace gritó mientras las oleadas de placer la sacudían hasta dejarla temblorosa, y él la abrazó con fuerza mientras luchaba por recuperar el aliento.

—Iba a invitarte a cenar —le dijo, con una pequeña carcajada.

Grace sonrió, y le dio un beso en el hombro. Su corazón latía desbocado, pero esperaba que él no se diera cuenta.

—Es cada vez mejor —susurró.

Él la acercó aún más contra su cuerpo, y al cabo de un minuto confesó:

—Hoy no he podido trabajar, porque no dejaba de pensar en lo de anoche. Creía que no sería tan increíble como recordaba, pero ha sido incluso mejor —la apartó, y la contempló con actitud posesiva. Al acariciarle con ternura los senos, notó el rastro casi imperceptible de unas pequeñas cicatrices alrededor de los pezones. Cuando bajó la mano hasta su estómago, frunció el ceño al notar que las cicatrices que tenía allí eran extrañamente uniformes. Había visto a víctimas de accidentes, así que sabía el daño que podía causar el vidrio, pero aquellas marcas no parecían concordar.

Grace malinterpretó su escrutinio, y comentó:

—Ya sé que son horribles.

Él se quedó atónito, y la miró a los ojos.

—No estaba pensando eso. ¿Estuviste mucho tiempo en el hospital?

—Unas dos semanas.

Garon le tomó la mano, se la llevó a su propio pecho, al comienzo de la caja torácica, y la apretó contra el vello que le cubría los músculos.

—¿Lo notas? Me hirieron con un machete hace unos años, cuando intentábamos salvar a unos rehenes —al ver su expresión, soltó una carcajada—. Fue en el extranjero. Me pasé varios días en el hospital. Como ves, los dos tenemos cicatrices.

Grace sonrió, y se sintió mucho menos acomplejada. Alzó una mano, y le acarició la cara. Era un día atemporal en el que podía amar y ser amada, en el que podía sentirse como una mujer normal. Se sintió esperanzada de nuevo al darse cuenta de que Garon parecía incapaz de resistirse a la atracción que sentía por ella. Eso significaba que le importaba un poco, ¿no?

La mirada de aquellos ojos grises le llegó al alma. Garon sabía que no debía dejar que se encariñara con él, pero le encantaba cómo lo miraba y la tímida ternura de sus caricias, lo apasionada que era. A pesar del trauma de su pasado, se había iniciado en las relaciones íntimas con facilidad. Le habría gustado pensar que era por su habilidad en la cama, ya que sabía cómo complacerla.

—¿Quieres que salgamos a comer mañana?

—¿Al mediodía?

—Sí. Después tengo que pasarme por algunas tiendas, porque el inspector nos ha puesto una gran puntuación y mi superior me ha dado el día libre.

—Me encantaría —le dijo ella, con una sonrisa.

—A mí también —Garon le dio un beso, y se levantó de la cama.

Grace contempló con admiración su cuerpo musculoso mientras empezaba a vestirse, y al cabo de un momento, se levantó también para hacer lo propio.

—¿Quieres que te prepare algo de comer?

—No. Tengo que hacer algunas llamadas, y me quedan algunos informes por revisar. Te llamaré por la mañana.

—Vale —Grace no quiso insistir en que se quedara, porque se sentía querida y con eso le bastaba. Después de acompañarlo hasta la puerta, se preparó un plato de sopa sin dejar de sonreír como si le hubiera tocado la lotería.

Entraron en la cafetería de Barbara agarrados de la mano. Los otros clientes sonrieron a Grace con benevolencia, y se fijaron en el hombre que la acompañaba. Como era el hermano del jefe de policía, supusieron que debía de ser un buen tipo. Garon se sintió un poco incómodo al notar el peso de sus miradas, pero la gente dejó de prestarles atención en cuanto se sentaron.

Grace estaba radiante de felicidad, y él no pudo evitar darse cuenta de lo preciosa que estaba cuando lo miraba sonriente.

Se sentía orgullosa de la ropa que había comprado en la tienda que le había recomendado Barbara. Llevaba un vestido de lana azul claro precioso, que enfatizaba los reflejos azules de sus ojos grises. Se había esmerado en hacerse un peinado que la favoreciera, y Garon le había dicho que estaba muy guapa.

Salieron de la cafetería agarrados de la mano, y mientras iban por la calle, Grace fue saludando sonriente a los conocidos con los que se cruzaban; sin embargo, Garon seguía incómodo con las miradas de la gente y empezó a acobardarse, sobre todo cuando el propietario de la tienda de comestibles hizo algunos comentarios sobre los dos en tono de broma. No fue nada malintencionado, pero no le hizo ninguna gracia, y no la tomó de la mano cuando salieron de la tienda. Las bromitas y las miradas estaban irritándolo cada vez más. Le gustaba acostarse con Grace, pero no pensaba casarse con ella.

Al final, tomó una decisión que no le gustó nada: no iba a volver a verla a solas. Grace lo consideraba un posible marido, pero él no quería tener una relación a largo plazo con ella. Se había metido en aquel problema él solito, no tendría que haber seguido viéndola sabiendo lo que sentía por él. No podía ofrecerle nada, ya que no pensaba casarse con ella, pero al ver su sonrisa radiante cuando se despidieron en el porche de su casa, fue incapaz de decirle a la cara que no quería volver a verla. Comentó que iba a estar bastante ocupado durante las dos semanas siguientes, y que ya la llamaría. Era la primera vez que le decía una mentira.

CAPÍTULO 10

Grace siguió trabajando en sus dos empleos durante las dos semanas siguientes. No llamó por teléfono a Garon, que tampoco se puso en contacto con ella. Aún seguía radiante por el recuerdo de lo que había sucedido, y por las noches anhelaba tenerlo a su lado. Él le había enseñado que el sexo no era sinónimo de dolor y de miedo, le había dado un placer increíble. Era un amante concienzudo y detallista, y cada vez que pensaba en la pasión que habían compartido, deseaba con todas sus fuerzas volver a experimentarla; sin embargo, los días fueron pasando, y se convirtieron en semanas. Se había enterado de que habían enviado fuera del estado al equipo que dirigía, y que había pasado mucho tiempo fuera. Casi nunca veía su coche al pasar cerca de su casa cuando iba a trabajar, y él seguía sin llamar. Era obvio que la señorita Turner había regresado hacía tiempo, pero ella tampoco la había llamado por teléfono.

Grace se habría quedado destrozada si se hubiera enterado de que Garon le había prohibido al ama de llaves que lo hiciera, que le había dicho que se habían peleado y que no quería que contactara con ella hasta que las cosas se calmaran.

Pero las bromas bienintencionadas que tenía que soportar en el pueblo le resultaban más duras que la ausencia de Garon. Todo el mundo se había quedado encantado al verla por fin con un hombre y radiante de felicidad, porque algunos de los que tenían más edad recordaban lo que le había sucedido. Nadie hablaba del tema, por supuesto, pero todos deseaban que le fuera bien con Garon.

El problema era que no estaba con él, que no había vuelto a verle el pelo, así que cada vez que alguien le preguntaba por qué no la acompañaba a ninguno de los eventos sociales del pueblo, ella contestaba que estaba trabajando muy duro en un caso. Quizás fuera así, aunque no estaba segura.

Garon seguía investigando el caso del asesino en serie. Desde que había dejado de ver a Grace siempre estaba malhumorado e impaciente, porque sabía que ella iba a sufrir mucho al darse cuenta de que él había dado por terminada su breve relación. Lo extraño era que no parecía haberlo entendido aún. Según Cash, ella se limitaba a decir que no se les veía juntos por el pueblo porque estaba trabajando muy duro en un caso.

Estaba claro que no había captado el mensaje, así que iba a tener que hacer algo drástico para que lo entendiera de una vez. Algo que le doliera. Ojalá hubiera captado su indirecta y lo hubiera olvidado de una vez por todas. Se sintió culpable, porque sabía que le había dado a entender que quería tener una relación seria con ella. Era una mujer inocente, y la había seducido. Había disfrutado muchísimo de sus encuentros, y recordar lo que habían compartido le afectaba profundamente.

Sin embargo, el recuerdo del sufrimiento que se sentía al perder a un ser querido era más fuerte que el deseo que sentía por ella. A pesar de que ya habían pasado diez años, la angustia que lo había desgarrado seguía muy vívida en su mente. No podría soportar volver a pasar por lo mismo, era mejor vivir en el pasado que arriesgar el corazón por segunda vez. Grace era muy dulce, y la apreciaba, pero no era como las mujeres que solían atraerle. Le gustaban las mujeres agresivas, seguras de sí mismas y poderosas, como Jaqui. Una mujer tímida y sumisa incapaz de estar a su altura a nivel intelectual no encajaría en su mundo.

Había permitido que Grace lo desviara de su camino temporalmente, pero tenía que poner punto y final a las fantasías que ella aún pudiera albergar. Tenía que conseguir que entendiera que no la quería en su vida. No le gustaba la idea de hacerle daño, pero tendría que haberse dado cuenta de que no estaba interesado en casarse. Estaba soltero a los treinta y seis años, Grace tendría que haber supuesto que si no estaba casado era porque no quería.

—¿Te pasa algo? —le preguntó uno de sus compañeros.

—No, estaba pensando en un caso —le contestó él, con una sonrisa forzada.

—¿Ha habido suerte en Palo Verde?

Garon sintió una punzada de dolor al recordar el día en que había ido allí con Grace.

—No demasiada, pero el jefe de policía está entrevistándose con gente de la zona. A lo mejor encuentra a algún testigo.

—Ojalá.

Garon se puso a trabajar, y se prometió que aquel fin de semana iba a hablar con Grace, y que le iba a dejar claro que no estaba interesado en ella.

Grace se dio cuenta de que Garon estaba evitándola, y no entendía su actitud. Creía que estaba tan volcado en la relación como ella, y estaba convencida de que lo había satisfecho en la cama, pero se había marchado sin más y no se había molestado en llamarla. Era imposible que estuviera tan ocupado... no, no estaba agobiado de trabajo. Estaba intentando deshacerse de ella sin tener que soportar una confrontación.

Tendría que haberse dado cuenta de que un hombre como él no se interesaría en serio por una solterona de pueblo que ni siquiera tenía una licenciatura. Si hubiera querido tener una relación seria con ella, no habría ido a la fiesta que se había celebrado en casa de la tía de Jaqui. Era obvio que se sentía atraído por aquella mujer, ya que era como él... sofisticada, y centrada en su carrera; además, seguro que no estaba interesada en casarse, y probablemente ni siquiera quería tener hijos.

¡Hijos...! Se llevó las manos al vientre, y sintió una angustia avasalladora. Se preguntó si Garon había dejado de interesarse en ella porque le había dicho que no podía tener hijos. Se mordió el labio mientras se le llenaban los ojos de lágrimas, y se dijo que ésa era la explicación. Era probable que él hubiera empezado a pensar en formar una familia, pero como ella no podía darle hijos, no quería volver a verla. Claro, por eso estaba evitándola... no quería lastimarla, pero era estéril. Sí, seguro que por eso no había vuelto a ponerse en contacto con ella.

Se sentó en su sofá, y se echó a llorar. La vida la había estafado. Primero con su infancia de pesadilla, y después al dejarla siendo una mujer incompleta. Iba a tener que acostumbrarse a estar sola, porque eso era lo que la esperaba. Ningún hombre querría casarse con una mujer que no podía tener hijos, tendría que haberse dado cuenta antes.

Al cabo de un rato, se secó los ojos y fue a prepararse un café descafeinado. Estaba a punto de acabar su proyecto de costura, así que iba a tener que concentrarse en eso, y dejarse de ilusiones vanas. Acabaría superando lo de Garon, podía superar cualquier cosa. Había demostrado que era capaz de sobrevivir a una tragedia, sólo tenía que animarse y dejar de perder el tiempo en lamentaciones.

En el periódico de San Antonio publicaron otro artículo sobre la niña a la que habían asesinado recientemente, y Grace lo leyó con el corazón en un puño. La pequeña sólo tenía diez años, tenía el pelo largo y rubio, y los ojos claros. Ella ya llevaba el pelo largo de pequeña, y también tenía los ojos claros. Se estremeció al recordar que alguien había mencionado que la víctima de Palo Verde también era rubia.

La policía creía que el asesino había actuado tres veces en Texas: en Palo Verde, en Del Rio, y en las afueras de San Antonio. Elegía a sus víctimas con cuidado, no dejaba pruebas en la escena del crimen, era metódico e inteligente. Según el artículo, había enviado una nota al periódico en la que afirmaba que había cometido doce asesinatos en tres estados, y había retado a la policía a que lo atrapara. El hombre sabía que los especialistas en comportamiento del FBI habían realizado un perfil suyo, y en la nota comentaba que no les serviría de nada, porque era más inteligente que ellos; además, prometía que habría más víctimas... muchas más.

Grace dejó a un lado el periódico, y tomó una decisión muy dolorosa. No sabía si Garon se había dado cuenta de que el asesino se centraba en un tipo determinado de niñas, ni si conocía un dato sobre el criminal que no se había hecho público. Tenía que contárselo, y tenía que hablarle de un caso del que quizás sólo se acordaban unas cuantas personas de Jacobsville. Era posible que la información que podía darle le ayudara a encontrar al asesino. Ya llevaba demasiado tiempo oculta entre las sombras, no podía permitir que se perdiera ni una sola vida más.

Intentó llamarlo por teléfono, pero como saltó el contestador automático, fue a su casa. Eran las siete de la tarde, y al ver su coche en el camino de entrada, supuso que debía de estar allí.

Subió poco a poco los escalones del porche, y llamó a la puerta. Al cabo de unos segundos, oyó el sonido de pasos que se acercaban seguidos de una imprecación ahogada, y la puerta se abrió.

Era Garon, pero no se trataba del hombre que se había mostrado tan apasionado con ella, sino de un extraño frío e indiferente que la miró con algo parecido al odio.

—Perdona que venga sin avisar, pero tengo que hablar contigo.

—No captas las indirectas, ¿verdad? —le dijo él, con voz gélida—. He intentado hacerlo por las buenas, pero como eres muy persistente, voy a tener que dejarte las cosas claras. No quiero volver a verte. No quiero saber nada de ti. No me llames, y no vuelvas por aquí.

Grace lo miró boquiabierta. Sus palabras la golpearon con una fuerza brutal.

—¿Qué...?

—Quieres algo permanente, pero yo no. No quiero tener una relación a largo plazo, sobre todo con alguien como tú.

—¿Alguien como yo? —le preguntó ella, atónita.

—Eres una solterona de pueblo con pocas aptitudes y una educación mínima —le dijo él con firmeza. Se sintió mal por hablarle así, pero se obligó a seguir—. Lo único que tenemos en común es la atracción física, y eso es muy efímero. Lo que te conviene es un vaquero que quiera a una mujercita hogareña que le cuide la casa.

—Entiendo.

Garon se sintió como un canalla, así que se mostró más brusco de lo que habría sido en otras circunstancias.

—Necesitabas ayuda, así que hice lo que pude por ti, pero habría hecho lo mismo por cualquiera. Esperabas más de lo que podía darte, y estoy harto de que la gente chismorree sobre nosotros. Se acabó. No quiero volver a verte, Grace. Lárgate de aquí.

Ni siquiera fue capaz de contestarle. Sentía que se le estaba rompiendo el corazón, y sabía que se había quedado muy pálida. Dio media vuelta, bajó los escalones, se metió en su coche, y se fue.

Garon soltó imprecaciones hasta que se quedó sin aliento. Había conseguido que Grace se fuera, pero iba a tener que encontrar la forma de vivir con la culpa que sentía por cómo la había tratado.

Grace siguió con sus tareas habituales durante la semana siguiente, aunque se sentía entumecida. Se sintió aliviada al ver que Garon no aparecía en ninguno de los sitios donde trabajaba, porque no quería volver a verlo en su vida, pero de pronto, le dio la impresión de que se lo encontraba en todas partes. El viernes fue al banco, y se lo encontró en la fila de al lado. La miró ceñudo, como si pensara que lo había seguido, pero ella se limitó a ignorarlo.

Al día siguiente, el estanque artificial local abrió las puertas al público. Se trataba de un estanque con percas y bremas donde la gente podía alquilar aparejos de pesca, y después pagaba según el peso de sus capturas. Estaba muy animada, porque solía participar en los concursos de pesca que se celebraban en verano. Ya casi era primavera, y como hacía muy buen día, se había puesto unos vaqueros y un top con una camisa gris de franela. De pequeña solía ir de pesca con su abuelo, que le había enseñado todo lo que sabía sobre aquel deporte.

Esperaba poder distraerse y dejar de pensar en Garon, porque le dolía mucho recordar todo lo que le había dicho, pero se detuvo en seco al verlo con una caña de pescar en la orilla del estanque, vestido con vaqueros y camisa.

Él se volvió, y la miró con furia. Después de tirar la caña al suelo, fue hacia ella con paso decidido, y Grace retrocedió intimidada al ver la expresión de su rostro.

—Te dejé claro que no me interesas, Grace —masculló. Alzó un poco más la voz al añadir—: ¡seguirme no va a servirte de nada! ¿Es que no lo entiendes?, ¡no me interesas!

Uno de los pescadores, que era cliente habitual de la cafetería de Barbara, se volvió y lo miró sorprendido, y después contempló con expresión compasiva a Grace, que se había ruborizado y se sentía mortificada.

Ella se apresuró a marcharse de allí, mientras el corazón le martilleaba en el pecho. Garon era un animal, ¿cómo se atrevía a avergonzarla así? ¿Acaso creía que no tenía orgullo, y que iba a seguirlo como si fuera un ave rapaz? Masculló una imprecación mientras iba hacia su coche, y después de dejar sus cosas en el asiento trasero, regresó a su casa.

Como no tenía que trabajar, se dedicó a terminar su pequeño proyecto de costura, y envió un paquete que contenía sus esperanzas de cara al futuro. Acabó de podar los rosales, plantó varios más que había pedido por correo, y limpió la casa. Estaba tan exhausta, que se durmió enseguida, pero soñó con Garon y con lo que nunca podría llegar a tener con él.

El lunes por la mañana fue a trabajar a la floristería, y se pasó el día preparando los arreglos florales para dos entierros. Al menos conseguía quitarse a Garon de la cabeza mientras estaba atareada... ojalá pudiera olvidarse de él por completo.

Hacía mucho que Garon había solicitado que prepararan un perfil del asesino para acortar la lista de posibles sospechosos, en la que aparecían todos los individuos que habían estado encarcelados por crímenes contra menores. Varios inspectores estaban yendo puerta a puerta en el barrio de la niña, para intentar averiguar si alguien había visto algo sospechoso antes o después del secuestro. Garon aún no tenía una buena red de informadores en San Antonio, porque aún llevaba poco tiempo allí, pero uno de sus compañeros le echó una mano y estaba atento por si le llegaba alguna información útil.

De momento, el ADN que habían encontrado debajo de las uñas de la niña no concordaba con el de ninguno de los sospechosos. Estaban comprobando largas listas de delincuentes sexuales que habían cumplido sus penas o que estaban en libertad condicional, pero de momento no habían descubierto nada. Y la investigación en el barrio de la víctima tampoco estaba dando resultados.

—Las casas están muy juntas, ¿cómo es posible que nadie viera a un desconocido deambulando en medio de la oscuridad? —dijo Márquez con irritación.

—Sheldon lo vio, pero no pudo darnos una buena descripción —comentó Garon—. Según él, era un tipo de mediana edad y calvo que cojeaba... hoy he visto a seis personas que encajaban con ese perfil.

Márquez se sentó en el borde del escritorio de Garon, y le dijo:

—Le pedí a uno de los patrulleros que hablara con sus informadores, uno de ellos estuvo en la cárcel por violar a una menor. Es probable que el asesino se jactara de haber cometido el crimen.

—Quiero atrapar a ese tipo —masculló Garon.

—Yo también, pero si lo que decía en la nota que envió al periódico era cierto, lleva doce años actuando.

—Una niña por año, y en ningún caso hubo testigos que pudieran dar una buena descripción. El ADN que encontramos en este último caso no está registrado en el VICAP, y lo más probable es que alguien robara las pruebas del caso de Del Rio.

—A lo mejor nunca lo han encerrado —dijo Márquez—. Es listo, y lo sabe. Quiere hacernos quedar como tontos.

—A lo mejor aparece en algún informe escrito que no llegó a introducirse en la base de datos. Necesitamos más información sobre la niña, tenemos que saber cómo habría reaccionado ante un desconocido.

—¿Te refieres a si se habría resistido, o si era una niña que hacía lo que le decían?

—Exacto. Y tenemos que investigar los otros casos, necesitamos información sobre las otras víctimas para intentar averiguar por qué las elige. Hemos estado trabajando duro, pero todos tenemos otras obligaciones. Todo el mundo está haciendo más horas que un reloj, pero necesitamos más información.

—Bueno, todas eran niñas, y ninguna tenía más de doce años —dijo Márquez.

—Exacto. Tenía que poder observarlas antes de secuestrarlas, así que lo más seguro es que tuviera acceso a ellas de algún modo. A lo mejor trabaja con niños.

—Puede que sea maestro, o un voluntario en actividades extraescolares.

—A lo mejor colabora en una iglesia —dijo Garon.

—O es fotógrafo de anuarios.

—Es un asesino organizado. Se llevó el arma homicida, en este caso un lazo rojo, a la escena del crimen, y no dejó nada que pudiera incriminarlo... excepto el ADN que quedó debajo de las uñas de la niña.

—Debió de pasarlo por alto —comentó Márquez.

—A lo mejor está confiándose, y empieza a ser un

poco descuidado. Cree que somos estúpidos, que no vamos a atraparlo, así que está relajándose un poco. Es una pena que no haya ningún testigo, avanzaríamos mucho si supiéramos algo sobre él.

–No suelen aparecer pistas tan claras, aunque sabemos que ha asesinado a doce niñas gracias a la nota que envió al periódico –Márquez dudó por un instante antes de decir–: ¿puedo preguntarte algo?

–Claro. Dispara.

–Ya no sales con Grace, ¿verdad?

–Eso es personal –le espetó Garon con firmeza.

–Sí, ya lo sé, pero es como una hermana para mí. No ha tenido una vida nada fácil.

–Grace quiere un marido, pero yo no quiero una esposa –le dijo Garon con voz gélida–. Seguir saliendo con ella habría sido una estupidez, y una crueldad.

–Ya veo. Bueno, intentaré averiguar algo más sobre las víctimas.

–El problema que tiene el VICAP es que los departamentos de policía no se molestan en enviar información sobre los asesinatos sin resolver de sus jurisdicciones. Es posible que existan muchos más casos similares, pero no lo sabemos porque no están en la base de datos.

–La mayoría de los asesinatos ocurrieron en Texas y en Oklahoma, sólo se han encontrado otros dos parecidos en Louisiana. Cada estado tiene organizaciones para los policías jubilados con páginas web, podríamos colgar la información para ver si alguien sabe algo. Es posible que algún policía jubilado recuerde algún caso en el que apareció un lazo rojo.

–Buena idea. Podemos intentarlo –dijo Garon.

–Me pondré manos a la obra.

Garon se preguntó si Grace había estado llorando en el hombro de Márquez. Se conocían desde siempre, y a lo mejor el inspector sentía algo por ella; en cualquier caso, estaba harto de encontrársela «por accidente» en el pueblo. Esperaba que a Grace le hubieran quedado las cosas claras de una vez por todas en el estanque.

El viernes siguiente, la Orquesta Sinfónica de San Antonio daba un concierto en el Auditorio del instituto de Jacobsville, y Garon invitó a Jaqui a que lo acompañara. Ella se puso un atrevido vestido corto que enfatizaba su figura, y se pegó a él como una lapa. Garon no sentía ningún interés por ella, pero no quería que lo vieran sin acompañante en el pueblo.

En cuanto entraron en el auditorio, Grace llegó sola con el vestido azul de lana que se había puesto la última vez que había salido con él. Se detuvo de golpe al verlos y los miró con expresión de sorpresa, pero Garon estaba convencido de que estaba fingiendo. Seguro que lo había seguido hasta allí. La miró con furia, y le dijo:

—¿Otra vez? ¿Por qué demonios no dejas de seguirme a todas partes?, ¿qué hace falta para que te convenzas de que no me interesas?

Grace tragó con dificultad, y sintió el peso de las miradas de la gente. Había ahorrado para poder comprar una entrada, pero la velada había quedado arruinada. Se sonrojó y retrocedió un paso, porque sintió un poco de miedo al ver la actitud hostil de Garon.

—No sé si sabes que el acoso es ilegal, Grace —le espetó él—. ¡Puedo denunciarte!

Se sintió tan avergonzada, que se marchó de inmediato del auditorio. El corazón le palpitaba a un ritmo errático y, al salir a la calle, tuvo que pararse para poder recobrar el aliento. En ese momento, se dio cuenta de que estaba temblando. Se echó a llorar, y se apresuró a ir hacia su coche para regresar a casa. Fue la noche más larga de su vida, y no logró conciliar el sueño.

No estaba acosando a Garon. Le gustaría encontrar la forma de hacérselo entender, para que dejara de acusarla de forma tan injusta, pero no se le ocurría nada. Estaba claro que no podía llamarlo por teléfono ni enviarle una carta, porque seguro que la denunciaba por acoso. Su vida era un desastre, y aquélla era la gota que colmaba el vaso.

Empezó a adelgazar, y palideció de forma visible. El estrés que le había provocado el rechazo de Garon le impedía dormir, y le causó otros problemas de salud que no le contó a nadie. A pesar de que tenía miedo de volver a encontrarse con Garon, siguió yendo a trabajar.

Al lunes siguiente fue temprano a la cafetería, y empezó a limpiar la cocina y a preparar el menú del día. Le encantaba cocinar, era una de las pocas cosas que se le daban muy bien. Barbara le pagaba un buen sueldo, y a pesar de que era un empleo a jornada parcial, le permitía pagar casi todas las facturas. Sumado a lo que ganaba en la floristería, le bastaba para salir adelante.

—Voy a abrir, ¿estás lista? —le preguntó Barbara.

—¡Lista! —le contestó con una sonrisa.

Fue un día ajetreado. Había sesión del tribunal superior, y como Jacobsville era el centro administrativo del condado de Jacobs, era un hervidero de actividad. Barbara les tomaba nota a los clientes y le pasaba el pedido a Grace, que preparaba la comida y la sacaba. Normalmente contaban con la ayuda de otra chica, pero ese día no había ido porque estaba enferma.

Grace recibió un pedido para llevar sin nombre de un par de bocadillos y unas patatas fritas. Después de prepararlo todo, lo envolvió y lo metió en una bolsa. Salió y se acercó a Barbara, que estaba en el mostrador, y le dijo:

—Este pedido no tiene nombre.

—Ah, sí. Es para Garon Grier.

Grace sintió que le daba un vuelco el corazón. Antes de que pudiera articular palabra, lo vio junto a la puerta, con Jaqui del brazo. Fue hacia él para darle la bolsa de comida, pero se puso furioso en cuanto la vio.

—¡Por el amor de Dios, otra vez no! ¿Es que tienes un radar?, ¡siempre acabas apareciendo! ¿Cómo demonios te has enterado de que iba a venir aquí?, ¿le has pedido a alguien que me espíe, para no perderte la oportunidad de fastidiarme el día?

—No lo entiendes... —Grace intentó razonar con él, a pesar del miedo que empezaba a sentir al verlo tan violento.

—¡No, eres tú la que no lo entiende! —Garon se le acercó más, y le espetó—: eres muy dura de mollera, Grace. ¡No quiero volver a verte! ¿Cuántas veces voy a tener que repetírtelo para que lo entiendas?

Grace retrocedió rápidamente con el rostro rígido y las manos temblorosas. La violencia la aterraba, y la actitud de Garon le daba miedo.

Barbara se apresuró a ir hacia ella. Le pasó un brazo por los hombros, y le dijo con voz suave:

—No pasa nada, cielo. Yo me ocupo de esto, vete a la cocina. ¿De acuerdo?

—De acuerdo —consiguió contestar, con voz trémula. Le dio la bolsa de comida y fue hacia la parte posterior de la cafetería con los ojos llenos de lágrimas.

—Éste es tu pedido —le dijo Barbara a Garon con voz gélida, mientras todas las miradas se centraban en ella—. Grace iba a dártela, porque es su trabajo. ¡Es mi cocinera!

Garon sintió que el alma se le caía a los pies. No sabía que Grace trabajaba allí, no se lo había dicho.

La mujer le dio la bolsa, y lo fulminó con la mirada.

—Invita la casa. Todo el mundo sabe que estás martirizando a Grace porque no soportas ni que te mire, pero no voy a permitir que la maltrates en mi establecimiento. Me reservo el derecho de admisión, así que no quiero que vuelvas por aquí. ¡Fuera!

Cuando los clientes empezaron a aplaudir con entusiasmo, Garon miró a su alrededor y no vio ningún rostro cordial; al parecer, se había enemistado con el pueblo entero porque no quería casarse con la solterona de la zona, pero como sabía que discutir era inútil, se encogió de hombros, dejó la bolsa de comida en una mesa, agarró a Jaqui del brazo, y se fue.

—No pasa nada, la comida de este sitio es asquerosa —dijo ella, por encima del hombro.

—No es lo único asqueroso que hay por aquí —le espetó Barbara, con una sonrisa cargada de desprecio.

Jaqui hizo ademán de responder, pero Barbara le cerró la puerta en las narices. Sonrió de oreja a oreja cuando los clientes la ovacionaron, y fue a la cocina para tranquilizar a Grace.

—Ya está, cielo —le dijo, mientras le secaba los ojos con

una servilleta de papel–. Ese tipo se ha ido. Estás a salvo, nadie va a hacerte daño aquí.

Grace sollozó contra su hombro. Barbara había sido como una madre para ella, y acababa de ahuyentar al enemigo como una tigresa defendiendo a su cría, entre los aplausos del público. A pesar del dolor que sentía, Grace fue capaz de encontrar el lado divertido de la situación, y no pudo evitar echarse a reír.

–¿Lo ves?, no es tan horrible –le dijo Barbara, sonriente–. Tienes que ser firme, no puedes dejar que la gente te avasalle... sobre todo ese estirado del FBI. Vas a pasarte la vida llorando si no te endureces un poco.

Grace se secó los ojos con la servilleta, y comentó:

–Sí, supongo que tienes razón. No suelo ser tan blandengue, pero es que últimamente no me encuentro muy bien, y me siento cansada –se llevó las manos al estómago, y añadió–: han sido unas semanas bastante duras.

–Tienes que tomarte unos días de descanso. Sé que tienes algo de dinero ahorrado, y yo puedo ayudarte si quieres. Ve a Victoria, a pasar unos días con tu primo. Nos las arreglaremos sin ti durante unas semanas.

–Es una cobardía huir del enemigo –le dijo Grace.

–No, no lo es cuando el enemigo está persiguiéndote por todo el pueblo, y diciendo que eres tú la culpable –al ver que la miraba sorprendida, añadió–: en Jacobsville se sabe todo. Ese tipo lleva varias semanas haciéndote la vida imposible, pero va a dejar de hacerlo... aunque él no lo sepa aún. Deseará no haber venido a vivir a esta zona, te lo aseguro.

–Su hermano es muy amable.

–Sí, pero no es él quien está acosándote. Le diré a Rick que vaya a verte.

—Es un chico muy agradable —comentó Grace, con una sonrisa.

—Aunque no lo parí, es mi niño. Le gustas.

Grace no contestó. Sabía que le gustaba a Márquez, pero a pesar de que le caía muy bien, no lo amaba.

—A lo mejor, algún día... —añadió Barbara—. Pero por ahora, ve a casa y prepara tu equipaje. ¿De acuerdo?

—De acuerdo —le contestó Grace, antes de abrazarla.

CAPÍTULO 11

Grace preparó ropa para una semana. Su primo se había mostrado encantado cuando le había llamado para preguntarle si podía ir a visitarlo horas después del incidente con Garon. Se sentía aliviada de poder alejarse de su violento vecino durante unos días, porque ni siquiera soportaba mirar hacia su casa cuando pasaba por delante de camino al trabajo. Su comportamiento le había roto el corazón. Le había dado razones para creer que sentía lo mismo que ella, la había seducido a pesar de que sabía que era muy inocente, y después se había comportado como si sólo hubieran sido unas cuantas citas sin importancia. Estaba claro que no le daba ninguna importancia al sexo, mientras que para ella lo que habían compartido había sido trascendental.

Se puso camino de Victoria. El coche funcionaba muy bien gracias al mecánico de Garon, era una de las pocas cosas positivas que había tenido su trágica relación. Estaba decidida a intentar blindar su corazón mientras estaba fuera, porque no quería que ningún otro hombre consiguiera afectarla como Garon. No tendría que haber confiado en él.

Garon vio desde su porche que el coche de Grace se alejaba por la carretera. Aún seguía indignado por lo que había pasado en la cafetería, ¿cómo demonios iba a saber que ella trabajaba allí? Nunca le había hablado de sus empleos. Jaqui se había mostrado furiosa cuando los habían echado del establecimiento, y no había dejado de quejarse de los paletos estrechos de miras, del hecho de que esperaran campanas de boda por el mero hecho de mirar a alguien. No había parado de refunfuñar durante los diez minutos que había durado el trayecto hasta la casa de su tía.

Nadie parecía darse cuenta de que Grace estaba acosándolo. La víctima no era la solterona mimada de la zona, sino él, pero se sentía un poco mal al recordar cómo había retrocedido temblorosa mientras él le dejaba las cosas claras. No era un hombre dado a herir a las mujeres; de hecho, no recordaba haber tratado a ninguna como había tratado a Grace. Le había parecido justificado en su momento, pero...

Había enviado a uno de los vaqueros del rancho a la tienda a buscar suministros, y le habían dicho que ya no tenían la marca de pienso que él usaba y que era mejor que en adelante fuera a comprar a San Antonio. Pero eso no había sido todo: cuando se había puesto en contacto con los Ballenger para que se encargaran de algunas de sus reses, le habían dicho que estaban al completo y le habían recomendado un cebadero de otro condado; cuando había enviado a uno de sus hombres con unos documentos, ni uno solo de los empleados que trabajaban en el bufete de Blake Kemp se había dignado a echarles un vistazo.

—¿Se puede saber por qué demonios todo el mundo me odia de repente? —le preguntó con indignación a la señorita Turner.

—Realmente no tiene ni idea, ¿verdad? —le dijo ella con sequedad.

—Parece ser que Grace tiene muchos incondicionales, y me consideran el enemigo público número uno porque me niego a casarme con ella —le espetó él con sarcasmo.

El ama de llaves lo miró con desaprobación, y le contestó:

—Como no es de por aquí, no sabe cómo fue la infancia de Grace, pero todos nosotros la hemos visto crecer. Siempre ha sido una muchacha solitaria, nunca iba a las fiestas. Fue sola a su graduación, porque su abuela no se tomó la molestia de acompañarla y su primo de Victoria estaba enfermo. Jamás tuvo ni una sola cita —al ver que él fruncía el ceño como si le pareciera inconcebible, añadió—: cuando la vieron paseando de la mano con un hombre que parecía interesado en ella, es normal que a todos les llamara la atención. Como conocen su pasado, se alegraron de que por fin fuera feliz.

—Ya sé que tuvo una mala experiencia con un hombre de niña, ella misma me lo contó —le dijo Garon con impaciencia.

La señorita Turner vaciló por un instante.

—¿Una... mala experiencia?

—Sí, el tipo la tocó de forma inapropiada, o algo así.

Estoy investigando un caso en el que violaron y asesinaron a una niña, la pobre lo pasó mucho peor —comentó con indignación—. Es comprensible que el incidente afectara a Grace, pero no fue nada en comparación con lo que sufrió esta niña. La destrozaron, y la tiraron como si fuera un zapato usado.

Ella lo miró como si se hubiera vuelto loco, y tardó unos segundos en contestar.

—Supongo que lo entendería si perteneciera a este lugar. No se preocupe, nadie intentará juntarlo con Grace de nuevo —dio media vuelta, y fue hacia la cocina visiblemente tensa.

Garon se llevó otra sorpresa cuando se reunió con el grupo de trabajo. Márquez se sentó a cierta distancia de él, no le saludó, y ni siquiera le miró mientras revisaban la información que tenían, y planteaban sugerencias sobre lo que podían hacer para que la investigación avanzara. Márquez propuso hacerlo público, y ofrecer un número de teléfono al que la gente pudiera llamar para dar información. A todos les pareció una buena idea, y decidieron ponerla en práctica.

Al ver que Márquez se marchaba sin decirle ni una sola palabra, Garon lo siguió hasta el aparcamiento y le preguntó:

—¿Te pasa algo?

Márquez se volvió, y lo miró con una expresión gélida.

—No, pero tengo otras investigaciones pendientes. Te avisaré si encuentro alguna información útil.

Garon se dio cuenta de lo que pasaba. Márquez era el

hijo adoptivo de Barbara, y debía de haberse enterado de lo que había pasado con Grace.

—No lo entiendes...

Márquez fue hacia él con paso decidido. No diferían demasiado en cuanto a altura, pero Márquez tenía unos ocho años menos y bastante menos autocontrol.

—Grace ya ha tenido que soportar más que bastante a lo largo de su vida, no se merecía que la acosaras —le dijo con sequedad.

—¡Era ella la que me acosaba a mí! —le contestó Garon con indignación.

—Y una mierda. Grace es la persona más respetuosa que conozco, no tiene nada que ver con esa ramera con la que sales ahora —era obvio que se refería a Jaqui—. ¿Sabes que Grace ha tenido que marcharse?

—¿Qué?

—Estaba tan afectada, que mamá tuvo que llevarla a su casa el lunes. No dejaba de temblar, se encontraba fatal. ¿Por qué la avergonzaste en público? ¡Podrías haberle dicho lo que pensabas en privado, para que la gente no empezara a cotillear sobre ella otra vez!

—Me la encontraba en todas partes, aunque le había dejado claro que no quería volver a salir con ella.

—En una población de menos de dos mil habitantes no es fácil evitar a un vecino, aunque mucha gente va a evitarte a partir de ahora. Incluyéndome a mí.

—Estás enamorado de ella —le dijo Garon.

Márquez se sonrojó, pero le dijo con firmeza:

—Sí, llevo media vida queriéndola. Me casaría con ella de inmediato si me aceptara, porque es dulce, considerada, y buena. Tiene una empatía que hace que uno se sienta cómodo sincerándose con ella. Es la primera en ofrecer consuelo cuando alguien fallece, lleva comida y comparte lo poco que tiene... —se detuvo de golpe, y apretó los labios con fuerza—. ¿Por qué demonios te cuento todo esto? Grace ha tenido mucha suerte al escapar de ti antes de que fuera demasiado tarde, ¡no ha hecho nada tan horrible como para merecerte!

Dio media vuelta, y fue hacia su coche sin añadir nada más.

Grace apreciaba mucho a su primo. Le hacía compañía, le había dado una alegría al ama de llaves al decirle que durante esos días ya cocinaba ella, plantó flores para él, le leía libros, y pasaba los días ociosa, disfrutando del respiro que le daba olvidarse de sus propios problemas.

Sin embargo, no podía quitarse de la cabeza lo de los asesinatos. No había podido decirle a Garon lo que opinaba sobre el parecido de las víctimas, pero como sabía que aquella información podía ayudar a salvar vidas, tenía que hablar con alguien.

Llamó a Márquez, que fue a verla una tarde. Llevaba unos vaqueros y una sudadera, y a pesar de que parecía un poco tenso y taciturno, se mostró muy amable.

Lo invitó a entrar, y cuando su primo se fue a dormir después de cenar, le dijo:

—¿Por qué no salimos al porche?, allí podremos hablar.

Se sentaron en el viejo balancín. Se oía el canto de los grillos, y el ladrido esporádico de algún perro en la distancia. Hacía fresco, pero no demasiado, y las estrellas brillaban en el cielo despejado.

—Me encantan las noches de primavera, son tan apacibles...

—Siento que no puedas disfrutarlas en tu propia casa —comentó él.

Ella lo miró, y al ver su expresión de indignación, le dijo:

—Barbara te lo contó, ¿verdad?

—Sí. Me dieron ganas de darle un buen puñetazo a ese tipo.

—A mí también, pero no habría servido de nada —le dijo ella con resignación—. Es una de esas personas que no necesitan a nadie. Tendría que haberme dado cuenta.

—No te culpes. Yo también lo juzgué mal.

Grace recorrió con un dedo la cadena que sujetaba el balancín.

—Supongo que es verdad que parecía que estaba siguiéndolo a todas partes, no conseguí que entendiera que sólo estaba haciendo mis actividades cotidianas.

—En fin, eso ya es agua pasada. ¿Por qué querías que viniera? —Márquez sonrió, y añadió—: ¿te has dado cuenta por fin de que te vuelvo loca, y quieres darme un anillo de diamantes?

Ella se quedó mirándolo boquiabierta, y se echó a reír.

—¡No seas tonto!

—Bueno, tenía que intentarlo. Venga, tengo que ocuparme de un camello que ha estado pasando droga en la zona, no puedo quedarme mucho tiempo.

Grace sonrió al recordar que Márquez siempre solía meterse en líos en el colegio. Normalmente no era nada grave, pero nunca había sido un chico tranquilo.

Se puso seria de repente al pensar en el tema del que quería hablarle, y le dijo:

—Se trata de la niña a la que asesinaron.

—Dime.

—Me he acordado de algo. Intenté decírselo a Garon, pero pensó que había ido a su casa porque no me había llamado.

—Sí, ya me enteré de eso.

Grace respiró hondo antes de decirle:

—Todas las niñas eran rubias.

—Eh... sí, es verdad.

—Y tenían los ojos claros.

Él asintió.

—Y... había un lazo rojo —al ver que él se tensaba de inmediato, Grace bajó la mirada y le dijo—: Rick, tú estabas fuera cuando me pasó, pero seguro que alguien te lo contó.

—Sólo sé que un delincuente sexual te traumatizó —vaciló por un instante antes de añadir—: tenía miedo de incomodarte si te preguntaba sobre el tema.

Ella lo miró, y esbozó una sonrisa.

—Gracias.

—Soy una persona bastante reservada, así que te entiendo.

Grace aferró con fuerza la cadena del balancín.

—Muy pocas personas saben la verdad, porque el tema se silenció. Mi abuela se puso como loca. Mi madre se enteró por ella de lo que había pasado, y se suicidó aquella misma noche.

—¿Tu madre...? ¿Por qué?

—¿Quién sabe? Mi abuela me dijo que seguramente se sentía culpable por haberme dejado tirada, y a merced de una mujer amargada que se emborrachaba casi cada noche.

—No sabía que la señora Collier bebía —admitió Márquez, claramente sorprendido.

—Recobró la sobriedad cuando tuvo que venir a verme al hospital. Yo estaba... muy mal. Si has visto el cuerpo de la última víctima, puedes imaginarte el aspecto que tenía.

—Dios del Cielo...

—Tuve suerte —le dijo Grace. Sentía un gran alivio al contarlo por fin, después de tantos años de silencio—. El tipo se puso nervioso, y no conseguía estrangularme con el lazo rojo. Entonces empezaron a oírse las sirenas de los coches patrulla, y me apuñaló una y otra vez con una navaja. Me dolía muchísimo, pero a pesar de que sólo tenía doce años, me di cuenta de que tenía que hacerme la muerta o acabaría conmigo de verdad. Contuve el aliento mientras rezaba, y él huyó. Alguien le había visto acarreándome por un campo de noche, y avisó a la policía. No sé quién fue, pero me salvó la vida. Al parecer, no es tan fácil estrangular a alguien, aunque sea un menor.

—No, no lo es —Márquez estaba muy tenso, y luchaba por controlar la furia que sentía—. Hace falta aplicar una presión firme durante cierto tiempo. Ir retorciendo una cuerda con un palo a modo de garrote es más fácil que usar las manos, pero se tardan uno o dos minutos en matar a una persona.

—Lo que más recuerdo son sus manos —confesó ella—. Eran huesudas y pálidas, de aspecto débil. Conseguí verlas apenas por debajo de la venda con la que me había cubierto los ojos, me parece que en una tenía cortes... no se parecían en nada a las de mi abuelo, que era ayudante del sheriff y trabajaba con caballos. Sus manos eran fuertes y morenas.

—Te llevaron al médico —comentó él, al ver que no seguía.

Grace respiró hondo para intentar tranquilizarse.

—El doctor Coltrain acababa de conseguir su licencia —esbozó una sonrisa, y comentó—: fui uno de sus primeros pacientes. Aprendí unas cuantas palabrotas cuando me examinó, era muy elocuente.

—Sigue siéndolo.

—Tuvieron que operarme, y me dieron un montón de puntos. Perdí un ovario, el bazo, y hasta el apéndice. Me dijeron que sería un milagro que pudiera llega a tener un hijo... como si después de lo que pasó pudieran quedarme ganas de casarme y darle a un hombre poder sobre mí.

Grace intentó no recordar lo reconfortada que se había sentido cuando Garon la abrazaba en la oscuridad. Él se había alejado de ella al saber que no podía tener hijos, pero teniendo en cuenta la forma en que la había tratado, era una suerte que fuera incapaz de quedarse embarazada.

—Un periodista se enteró de algo, y como le picó la curiosidad, vino a husmear. Mi abuela llamó a Chet Blake, el jefe de policía, que le dijo al periodista que me había atacado un loco y me había quedado amnésica. El hombre debió de creérselo, porque no volvió a aparecer por aquí, pero mi abuela tuvo miedo de que el secuestrador decidiera regresar a rematarme si se enteraba por la prensa de que había sobrevivido; aunque estuve con los ojos vendados todo el tiempo, era posible que creyera que podía identificarlo. Así que Chet escondió el informe, y le dijo a la prensa local que me había herido levemente un enfermo mental, y que no me acordaba de nada porque tenía amnesia. Todo el mundo respaldó la mentira, y en el periódico publicaron que una menor había sido atacada por un enfermo mental que había escapado de un sanatorio, que lo habían atrapado y habían vuelto a encerrarlo, y que la menor tenía amnesia pero estaba bien. Los periódicos más grandes no prestaron atención a la historia, y el asunto quedó zanjado. Si el secuestrador estaba pendiente de lo que yo le decía a la policía y leyó nuestro periódico, debió de sentirse a salvo —Grace lo miró, y añadió—: me aterraba que volviera a hacerle lo mismo a otra niña... está haciéndolo, ¿verdad? Sigue en libertad, y es un asesino. No quería que mi protección le costara la vida a otras personas, pero nadie me escuchaba; además, yo misma sólo era una niña. He tenido que vivir con esa carga en la conciencia desde entonces.

—¿No digas tonterías!

Grace soltó un profundo suspiro, y apretó las manos con fuerza en su regazo mientras los recuerdos resurgían.

—Me siento culpable por no haber contado la verdad.

—Eras una niña, no tenías ni voz ni voto.

—Pero ahora soy una mujer adulta, Rick. Sería incapaz de identificarlo en una rueda de reconocimiento, pero recordaría su voz. Podrías revisar el archivo de mi caso, para ver las pruebas que guardaron. Sé que tomaron exudados, y se quedaron con mi ropa interior —Grace tragó con fuerza, porque no quería acordarse del resto—. A lo mejor encuentras algo útil.

—Si Chet escondió el archivo, ¿cómo vamos a encontrarlo?

—Estoy segura de que lo conseguirás. Quiero que vayas a El Paso para hablar con él, dile que necesitáis esa información. Intentaré recordar de qué hablaba el secuestrador, o cualquier otro detalle que pueda ayudar a identificarlo. Estuve tres días encerrada en aquel sitio.

Márquez tardó unos segundos en contestar.

—¿De qué serviría abrir ese archivo al cabo de doce años? En la última víctima encontramos restos de ADN, y tenemos algunas pistas. Si abren ese archivo, alguien acabará hablando más de la cuenta, y cualquier dato que se filtre podría ponerte en peligro. Correrías el riesgo de que ese criminal intentara matarte para silenciarte.

—Sí, ya lo sé, pero ha matado a un montón de niñas. A lo mejor alguna se habría salvado si yo hubiera...

—No digas eso —le dijo él con firmeza. La tomó de las manos, y añadió—: los delincuentes sexuales están en todas partes, ¡ni siquiera podrías evitar un secuestro si estuvieras viviendo en la misma ciudad que ese criminal! El tema ha tenido mucha repercusión mediática y los padres saben que tienen que tener cuidado, pero ese tipo es muy listo y no le importará que la gente esté prevenida.

—Puede que no. Creo que a lo mejor fui su primera víctima, porque el último día estaba muy nervioso. Me acuchilló con una navaja, pero yo había ganado un montón de peso aquel año, y la grasa del estómago me salvó. Me dio por muerta, le entró el pánico, y huyó. Afortunadamente, me encontraron a tiempo —Grace fijó la mirada en la oscuridad de la noche—. Me secuestró en mi propia cama, mientras mi abuela dormía en el cuarto de al lado. Si no hubiera estado borracha, a lo mejor lo habría oído. Me odió durante el resto de su vida, porque todo el mundo se enteró de que no había cerrado bien por culpa de la borrachera. Fingía ser un pilar moral de la sociedad, pero quedó al descubierto cuando me secuestraron.

—Tendrían que haberla acusado de negligencia criminal.

—Está muerta... todos están muertos menos yo, Rick —le dijo ella con tristeza—. Ya no importa, lo principal es atrapar a ese criminal. Tienes que conseguir que Blake te diga dónde está el archivo. Puede que encuentres alguna pista útil, sobre todo si realmente fui su primera víctima. A lo mejor la inexperiencia le hizo cometer un error que os ayude a encontrarlo.

—Eres una mujer increíble —le dijo él, con una sonrisa.

Grace se apoyó en su hombro. Era la primera vez que lo tocaba por voluntad propia, pero se sentía a gusto con él. Era un hombre muy dulce.

—Ojalá pudiera darte lo que quieres, Rick. Eres el hombre más bueno que conozco —le dijo con sinceridad.

Él sintió una punzada de dolor. Se le partía el corazón al tenerla acurrucada a su lado, al ver la confianza que depositaba en él. Quería abrazarla y besarla hasta que gimiera de placer, quería que lo amara, pero sabía que no sucedería jamás. La amaba, pero ella no sentía lo mismo. Sólo era su amiga, y tenía que conformarse.

La rodeó con el brazo poco a poco, de forma vacilante, pero se relajó al ver que no protestaba. El corazón se le aceleró, pero se limitó a abrazarla de forma platónica, para reconfortarla.

—Eres la mujer más increíble que conozco.

Ella suspiró, y se relajó contra su hombro. Era un interludio más dulce que la miel... por lo menos confiaba en él y lo apreciaba. A lo mejor algún día cambiaba de opinión, y se daba cuenta de que era un buen partido para ella. Tendría que ser paciente, y procurar no presionarla.

Márquez impulsó con suavidad el balancín. La noche era apacible, y todo estaba en calma.

A lo largo de los días siguientes, Garon intentó no pensar en Grace. La banda que atracaba bancos con armas automáticas volvió a las andadas, y en esa ocasión hirieron a un guardia y a un cliente. Se reunió con su equipo para darles las órdenes pertinentes, y encomendó a cuatro de sus hombres la vigilancia de varios bancos. También siguió coordinando al grupo de trabajo que investigaba el caso del asesino en serie, organizó todos sus casos y encomendó varias misiones a sus hombres, escoltó por la ciudad a varios dignatarios, y se puso al día con el papeleo.

A pesar de todo el trabajo que tenía, aún sentía remordimientos por la forma en que había tratado a Grace. Se dijo que no tendría que haber sido tan cruel, porque en muchos aspectos aún era como una niña. No estaba acostumbrada a que alguien le hiciera daño de forma deliberada, y a lo mejor Márquez tenía razón y se la había encontrado en tantos sitios por pura casualidad.

Una tarde, dos semanas después de que ella se marchara, su hermano Cash lo llamó para pedirle que fuera a verlo a comisaría.

—¿Por qué querías que nos viéramos aquí?, podría haber ido a tu casa —le dijo con una sonrisa, al entrar en su despacho.

Cash permaneció muy serio. Fue a cerrar la puerta, y se sentó detrás de su escritorio.

—Márquez fue a El Paso para hablar con Chet Blake, nuestro primo —le dijo. Tenía las manos entrelazadas sobre una carpeta—. Hubo un intento de asesinato en Jacobsville hace doce años. La víctima era una niña... el caso es idéntico al que estáis investigando. Chet escondió el archivo, por miedo a que el tipo volviera para rematar a la niña si se enteraba de que había sobrevivido.

—¿Estás diciéndome que tenemos una testigo?

—Sí. Fue un caso muy trágico, la secuestró en su propio dormitorio, la llevó a una cabaña abandonada que hay cerca del pueblo, y la tuvo allí durante tres días. Nadie sabe lo que le hizo, porque ella se negó a contarlo. Sufrió heridas muy graves, y pasó semanas en el hospital. Intentaron localizar al culpable, pero no hubo forma. Parecía haberse desvanecido.

—¿Cuántos años tenía la niña?

—Doce. Era rubia y tenía los ojos claros, igual que las demás.

—¿Por qué demonios no informaron al FBI?, ¡esa información podría haber salvado vidas, sobre todo si había una testigo que podía identificarlo!

—Tuvo los ojos vendados durante todo el tiempo, sólo pudo oír su voz.

—Aun así, ocultarlo...

—Jacobsville es una población pequeña, y la familia de la niña tenía influencia. Ya conoces a Chet, no le gustan las confrontaciones. Le dijeron lo que tenía que hacer, y cedió... a pesar de que no le hizo ninguna gracia.

Garon soltó un sonoro suspiro.

—En fin, ¿qué hay en el archivo? ¿Se menciona un lazo rojo?

—Sí —Cash empujó la carpeta hacia él por encima del escritorio, y lo observó con una expresión extraña.

Garon abrió la carpeta y observó las fotografías de la escena del crimen y de la víctima, mientras se preguntaba a qué se debía la extraña actitud de su hermano. La niña estaba un poco gordita, era algo bastante típico cuando se estaba a punto de llegar a la adolescencia. Estaba cubierta de sangre... tenía el pelo enmarañado, y tanto el top como los pantalones cortos que llevaba estaban desgarrados. Tenía las piernas y los pies desnudos manchados de arena. Las fotos siguientes se las habían tomado desnuda en el hospital. Tenía múltiples puñaladas en el estómago, los brazos y las piernas cubiertos de magulladuras, un ojo morado, el labio roto, y sangre alrededor de los pequeños pezones.

Los daños que le habían causado coincidían con los de la niña de la autopsia, pero la pobre víctima que aparecía en las fotos había sobrevivido. Después de observar las imágenes con atención, agarró el informe policial para ver el nombre de la pequeña.

Su exclamación ahogada resonó en el silencio del despacho, y tuvo la impresión de que se le paraba el corazón. La niña se llamaba Grace, Grace Carver.

Los recuerdos se agolparon en su mente... Grace tímida y temerosa al tenerlo cerca; Grace permitiendo que la tomara en brazos y mirándolo con cautela; Grace aferrándose a él, Grace en sus brazos, en la cama, amándolo; Grace tomándolo de la mano, radiante de felicidad... Grace retrocediendo asustada en la cafetería de Barbara...

Las piezas del rompecabezas encajaron de golpe. Grace era tan inocente porque la habían secuestrado de niña, porque la habían atacado y había estado a punto de morir a manos de un homicida. Y él le había restado importancia al trauma que había sufrido... y aún peor, la había seducido y después la había dejado a un lado como si fuera un pañuelo usado.

Se cubrió la cara con las manos mientras intentaba justificar lo que le había hecho a aquella pobre alma torturada, el daño que le había causado porque se había asustado al darse cuenta de que se le estaba acercando demasiado. Por el amor de Dios, ¿qué era lo que había hecho?

Cash no era ciego. Había oído los rumores sobre Garon y Grace, que habían arreciado cuando ella se había visto obligada a irse a casa de su primo. Como no tenía una relación estrecha con su hermano, no le había preguntado nada, pero al hombre que tenía delante en ese momento se le había quitado la arrogancia de golpe.

Garon se reclinó en la silla. Tenía la mirada perdida, y estaba muy pálido. La conmoción que sentía era palpable. Intentó asimilar sus propias acciones... no le extrañaba que la gente de la zona lo repudiara por cómo se había portado con Grace. Los miembros más eminentes del pueblo sabían lo que le había pasado de niña, y se habían alegrado muchísimo al ver que había encontrado a alguien que podía curar sus heridas emocionales, que podía darle un poco de felicidad. No habían cotilleado por malicia, ni estaban urdiendo planes para casarlos; simplemente, se sentían felices porque parecía que Grace iba a poder tener un futuro lleno de amor que iba a borrar el dolor del pasado.

Y en vez de eso, había recibido un nuevo golpe despiadado de manos del destino... de manos de él.

Garon respiró hondo para intentar recuperar la compostura.

—Márquez quería decírtelo él mismo —le dijo Cash, al cabo de un rato—. Pero cuando se enteró de todos los detalles del caso, no quise que estuviera cerca de ti.

—¿Él no sabía lo que pasó?

—Grace no se lo contó a nadie. Chet se lo explicó todo a Márquez, y le dio la carpeta con la información. Hasta la fecha, nadie sabe lo que ese animal le hizo durante los tres días que la tuvo secuestrada.

Garon recordó a la niña de la autopsia, las heridas que habían mutilado su cuerpo... Grace podría haber muerto, pero no había sido así; la habían traumatizado psicológica y sexualmente, y la habían dado por muerta. Era una pesadilla. Jamás se había considerado un monstruo, hasta ese momento.

Se obligó a superar el entumecimiento que le había paralizado hasta el cerebro, y le preguntó a su hermano:

—¿Encontraron alguna prueba?

—Sí. Apostaría lo que fuera a que el ADN concordará con el que encontramos en la última víctima.

—ADN —Garon se quedó mirando a su hermano mientras la verdad le rompía el corazón en mil pedazos—. ADN —rechinó los dientes. ¡Aquel hijo de puta había violado a Grace...!

Se levantó de golpe, lleno de rabia y de repugnancia por su propio comportamiento.

Cash lo interceptó antes de que llegara a la puerta.

—Siéntate, Garon.

—¡Y un cuerno!

—¡Te he dicho que te sientes! —lo sentó de un empujón, y le dijo con firmeza—: recuerda quién eres, y a qué te dedicas. No puedes salir de aquí como un loco, ni siquiera tienes un sospechoso. ¿Qué vas a hacer, tomarles muestras de ADN a todos los habitantes de Jacobs y de Tarrant?

Visto así, parecía absurdo, pero Garon no estaba pensando con claridad. Estaba furioso, y quería destrozar a alguien. Quería encontrar a aquel criminal, y estrangularlo poco a poco con sus propias manos. Jamás había sentido una furia así, al menos desde que había perdido a la mujer a la que amaba...

Se dio cuenta de que llevaba demasiado tiempo viviendo en el pasado. Lo había utilizado para evitar lazos emocionales, para no volver a tener una relación. Había elegido estar solo, pero Grace había pagado el precio de su huida. La había destrozado para salvarse a sí mismo, y no iba a perdonarlo...

Miró a Cash mientras asimilaba lo sucedido. Grace había emergido de la pesadilla de su vida, se había acercado a él con los brazos abiertos, llena de esperanza, y él la había pisoteado, la había vapuleado verbal y emocionalmente. La había asustado tanto en la cafetería, que había retrocedido acobardada y temblorosa. La había destrozado, a pesar de que su único crimen había sido querer amarlo.

Cerró los ojos al sentir un dolor desgarrador. Grace había enviado a Márquez a El Paso para que sacara a la luz la experiencia más horrible de su vida, y lo había hecho para intentar evitar que otra niña más sufriera lo que ella había vivido. Estaba dispuesta a correr el riesgo de que el asesino regresara para acabar con ella de una vez por todas.

De repente, se dio cuenta de que Grace era la única persona con vida que podía identificar al asesino, por lo que sacar su caso a la luz podía costarle la vida.

CAPÍTULO 12

El trayecto hasta Victoria se le hizo interminable. Era sábado, y todo el mundo quería disfrutar de aquel agradable día primaveral. No solían molestarle los atascos, pero estaba impaciente por llegar a su destino. No sabía cómo iba a ingeniárselas, pero estaba decidido a convencer a Grace de que regresara a casa.

Había llamado a Márquez al móvil, pero no le había contestado; seguramente, seguía furioso con él y no quería ni dirigirle la palabra. Como era obvio que el inspector estaba enamorado de Grace, era comprensible que estuviera enfadado por lo mal que se había portado con ella.

Se había puesto una chaqueta ligera, aunque como era un día soleado, lo más probable era que acabara quitándosela. El todoterreno que tenía delante llevaba una canoa en el portaequipajes, y por una de las ventanillas traseras asomaban varias cañas de pescar. Al recordar su reacción exagerada cuando había visto a Grace en el estanque artificial, se sintió avergonzado.

El primo de Grace vivía a cierta distancia de la carretera principal, en un bosque de pecanes. Una carretera de tierra llevaba hasta la casa, que era una construcción blanca sencilla de una sola planta. Tenía dos chimeneas, y un porche delantero muy grande donde había mecedoras, un asiento y un balancín en tonos verdes. A un lado había un estanque enorme con embarcadero, y se quedó sin aliento al ver que Grace estaba allí. Llevaba unos pantalones que le llegaban por la rodilla y una camiseta roja, y estaba observando algo que había en un cubo.

Después de aparcar, bajó del todoterreno y fue hacia el estanque. Las gafas de sol que llevaba ocultaban la aprensión que brillaba en sus ojos oscuros. Eran un accesorio personal, pero cuando estaba en el equipo de rescate de rehenes, todo el mundo copiaba las gafas que llevaba el jefe. Habían sido buenos tiempos, en los que había trabajado codo con codo junto a un grupo de expertos. A pesar de que en ese momento estaba al mando de un equipo de la unidad de crímenes, el trabajo era menos emocionante. Quizá algún día le compensara el hecho de que también era menos estresante.

Grace se incorporó al verlo llegar, y alzó la barbilla. Estaba descalza y sin maquillar, llevaba el pelo recogido en una trenza, no llevaba gafas de sol, y estaba muy seria. Tenía una larga caña de pescar con un corcho, un señuelo, y un anzuelo. Recordaba a la perfección el último encuentro que habían tenido, cuando la había humillado delante de todo el mundo en la cafetería de Barbara.

–Vaya, vaya, si es el príncipe de las tinieblas –le dijo con frialdad. Sus ojos grises reflejaban el dolor, la indignación y el enfado de las últimas semanas–. Dudo que puedas avergonzarme aún más, ¿acaso has venido a por mi alma?

Garon se detuvo ante ella, y se dio cuenta de que era imposible pactar una tregua. Se metió las manos en los bolsillos, y le echó un vistazo a su sencilla y anticuada caña de pescar.

–Si quieres pescar algo, te iría mejor un carrete.

Grace se acercó al borde del embarcadero, y sacó una ristra de cuatro lubinas. Cada una debía de pesar entre dos y tres kilos. Al verlo claramente sorprendido, lo fulminó con la mirada y le espetó:

–He ganado el concurso de pesca de Jacobsville durante dos años consecutivos, por eso suelo ir siempre que puedo al estanque artificial en primavera; por desgracia, no he podido practicar desde que tú decidiste que estaba acosándote.

Garon sintió que se ruborizaba. Era cierto que la había acusado de seguirlo cuando la había visto en el estanque, y estaba claro que se había equivocado... al menos, en esa ocasión.

–¿Qué haces aquí?

Garon intentó encontrar las palabras adecuadas, y se preguntó si estaba consiguiendo disimular lo incómodo que se sentía.

No, no estaba consiguiéndolo. Grace ladeó la cabeza, y lo observó con atención durante unos segundos; finalmente, comentó con voz gélida:

–Entiendo. Alguien te ha contado la verdad sobre mi pasado, ¿verdad?

–Algo así –admitió él, muy tenso.

Ella apartó la mirada, fue hacia su nevera portátil, la

abrió y colocó el pescado encima del hielo, y volvió a cerrarla.

—Enviaste a Márquez a El Paso —le dijo él, sin andarse por las ramas.

Grace se volvió hacia él, y comentó:

—Sé cosas sobre el asesino que vosotros ignoráis. Intenté contártelo, pero a ti se te metió en la cabeza que había ido a tu casa por... otros asuntos, y no me dejaste ni abrir la boca.

Garon se tensó aún más.

—Mira, Grace...

—¡Me he pasado la vida evitando a los hombres! —le espetó ella, hecha una furia—. Jamás he acosado a nadie, y desde luego, no te he seguido como si fuera un perrito. ¿De verdad crees que tengo tan poco orgullo y amor propio?, ¿crees que me rebajaría a ir detrás de un tipo que me ha dicho que no quiere saber nada de mí?

Garon se dio cuenta de que tenía razón, pero aquella súbita inspiración llegaba un poco tarde. Grace estaba furiosa, pero a él no le gustaba estar a la defensiva. Inhaló hondo para intentar controlar su genio, se metió las manos en los bolsillos, y la miró ceñudo.

—¿Qué es lo que sabes del asesino?

—Que le gustan las niñas rubias de ojos claros —Grace intentó aparentar calma—. Me dijo que había estado observándome en el colegio, sabía que vivía con mi abuela y que ella se emborrachaba antes de dormir. Le pareció gracioso poder sacarme de mi propia casa por la ventana de mi habitación, en medio de la noche. También me dijo que había soñado con coleccionar niñas rubias de mi edad con el pelo largo, y que nos pondría un lazo rojo a cada una para que todo el mundo supiera que le pertenecíamos. Me parece que a eso se le llama la «firma» del asesino, ¿verdad?

—Me licencié en justicia criminal, de los perfiles se ocupa la Unidad de Ciencias del Comportamiento de Quantico.

—Si hay una víctima en San Antonio y hubo dos más en Del Rio y Palo Verde con un año más o menos de diferencia, tenían rasgos parecidos, y las mataron con métodos similares, estáis buscando a un asesino en serie.

—Podrías ponerlo por escrito y enviárselo al teniente de Márquez, aún no cree que se trate de un crimen en serie.

—O puede que el FBI no le caiga bien, y esté intentando evitar que os apropiéis de su caso —le dijo ella con fingida dulzura.

—Los casos criminales no son propiedad de nadie.

Grace agarró la nevera y la caña, y se limitó a decir:

—Genial.

Al darse cuenta de que iba a marcharse sin más, Garon le espetó con brusquedad:

—Vi el archivo de tu caso, y las fotos.

Sus palabras la detuvieron en seco. Se tensó de forma visible, pero no se volvió a mirarlo.

Garon se acercó a ella, hizo que girara, y contempló su cara pálida y tensa.

—Me dijiste que las cicatrices eran por un accidente.

Ella apartó la mirada.

—Era lo que mi abuela quería que dijera. Creía que estaba siendo anticuada, pero a los dieciséis años un compañero del instituto me invitó a salir, y le conté un poco de lo que había pasado. Fuimos a un restaurante de comida rápida, y al darme cuenta de que estaba mirándome de forma muy rara, le pregunté qué le pasaba. Me dijo que quería saber todo lo que me había hecho el secuestrador, lo que sentí, y si disfruté.

La exclamación ahogada de Garon fue más que elocuente.

—Exacto —añadió ella, al ver la expresión de su rostro—. No todos los desequilibrados están en la cárcel, o van al psiquiatra. Me sentí fatal, y no dejé que me llevara de vuelta a casa. Llamé a Barbara, y Rick vino a recogerme. Estaba furioso, quería darle una paliza al chico, pero lo convencí de que no lo hiciera. No habría quedado bien en su historial.

Así que por eso Márquez se mostraba tan protector con ella, habían compartido muchas cosas. A Garon le molestó mucho la idea.

—Después de aquello, no volví a salir. Mi vida social se limitaba a preparar las conservas después de la cosecha con Barbara y Rick. ¿Qué quieres saber sobre lo que pasó? —le dijo, sin andarse con rodeos.

—Cualquier cosa que recuerdes —Garon fue incapaz de sostenerle la mirada, y agachó un poco la cabeza.

—No me gusta recordar, aún tengo pesadillas.

Él recordó la que había tenido en su casa, y se sintió aún más culpable al saber la verdad.

—Cash me dijo que, según Chet, estuviste secuestrada durante tres días, y que nunca has contado lo que pasó.

—Sí, es verdad. No se lo he contado a nadie, ni siquiera a Chet cuando me rescataron —lo miró con una expresión inescrutable, y añadió—: no esperes que lo identifique en una rueda de reconocimiento, porque estuve con los ojos vendados todo el tiempo.

—Habló contigo, ¿verdad?

Grace tragó saliva, y luchó por controlar las náuseas.
—Sí.
—Recuerdas su voz.
—Me dijo que me parecía a su madrastra, que tenía una foto de ella de niña.
—¿Qué?
—Me dijo que se hacía pis en la cama, y que ella le obligaba a llevar vestidos y un lazo rojo en el pelo. Que lo mandó así al colegio el primer día de clase, y el maestro le dijo que volviera a su casa mientras los demás niños se reían de él. Me puso el lazo en el pelo, pero más tarde, después de intentar estrangularme sin éxito, me lo colocó alrededor del cuello —Grace tragó con dificultad. Le resultaba muy duro recordar aquello—. Pero el lazo era demasiado corto. Tenía las manos blancas, muy blancas, y no pudo tensarlo lo bastante para matarme. Me dijo que ella tenía la culpa de que las manos no le funcionaran bien. Estaba furioso. Sacó una navaja, y me apuñaló una y otra vez...
—Ya está, no lo fuerces —le dijo él con voz suave.
Grace estaba temblando de pies a cabeza, y tuvo que luchar para poder recobrar la compostura.
Él la observó con preocupación. No la tocó, porque sabía que ella relacionaría el contacto con lo que le había pasado, y dejó que se tranquilizara sola. Sacó su Blackberry, y empezó a introducir notas. De repente, recordó que había estado a punto de desmayarse en la comisaría de Palo Verde, cuando el jefe de policía había mencionado el lazo rojo.
—A la niña de Palo Verde la estrangularon con un lazo rojo —murmuró.
—Sí —dijo ella, al cabo de unos segundos—. Fue enton-

ces cuando empecé a sospechar que era el mismo individuo, cuando el jefe de policía mencionó que había usado un lazo rojo –lo miró muy pálida, y añadió–: en los periódicos no mencionaron ese detalle en ninguno de los asesinatos.

–Siempre mantenemos algún dato al margen de la prensa, para asegurarnos de que no está tomándonos el pelo algún lunático que quiere hacerse famoso. Has dicho que mencionó a su madrastra, ¿te acuerdas de algo más?

–Sí. Tenía un ordenador, le oí teclear muy a menudo.

Como aquel detalle podía resultar útil, Garon lo anotó. Si el hombre seguía usando ordenadores, a lo mejor podían encontrar la forma de rastrearlo. Si se trataba de un pedófilo, debía de entrar en las páginas web de pornografía, y el FBI tenía expertos en cibernética capaces de localizar a los que accedían a material obsceno en el que aparecían menores.

–Dijo que le encantaban las niñas –añadió ella con ironía.

–Tres víctimas en tres años. Puede que en total haya once, una por año desde que te secuestró a ti. Pero tú sobreviviste... ¿por qué?

Grace se encogió de hombros.

–La policía llegó antes de lo que esperaba. Me ató las muñecas y los tobillos con cinta adhesiva, me llevó a un campo y allí intentó estrangularme, pero no lo consiguió ni con las manos ni con el lazo. Tenía los dedos delgados, paliduchos, débiles y fríos. Al final me puso cinta adhesiva alrededor de la boca y la nariz, abrió la navaja, y empezó a acuchillarme. Me dolía muchísimo, y había sangre por todas partes... intenté gritar, pero sólo conseguí soltar un sonido ahogado. Se asustó cuando empecé a darle patadas, pero sabía que acabaría conmigo si seguía resistiéndome, así que contuve el aliento y me hice la muerta. Las sirenas de los coches patrulla se oían más cerca. Vaciló brevemente, como si quisiera asegurarse de que estaba muerta, pero no tuvo tiempo y huyó corriendo. Como seguía con la nariz y la boca medio tapadas, no podría haber avisado a la policía, así que fue una suerte que me vieran. Jamás olvidaré el alivio que sentí cuando me quitaron la cinta adhesiva y pude respirar profundamente, aunque me dolió mucho, porque una de las cuchilladas me había perforado el pulmón.

Garon se obligó a concentrarse en los detalles, sin pararse a pensar en lo aterrada que debía de haberse sentido.

–Cinta adhesiva... como no pudo estrangularte, intentó asfixiarte. Era la primera vez que intentaba matar a alguien, no sabía lo difícil que es estrangular a una persona con las manos.

–Yo pensé lo mismo. Mi abuela habló con el jefe Blake, y lo convenció de que echara tierra sobre el asunto para que los periodistas no se enteraran de nada. Acabaron enterándose de que había pasado algo, pero publicaron que me había atacado un enfermo mental, que no me acordaba de nada porque tenía amnesia, y que mi médico había dicho que no iba a recobrar la memoria. Así, si el secuestrador leía el artículo en el periódico, no tendría miedo de que yo lo delatara. Yo tenía miedo de que volviera a hacer lo mismo con otra niña, pero no conseguí que mi abuela cambiara de opinión y me prohibió que volviera a hablar del asunto. Durante todos estos años, he vivido con ese sentimiento de culpa. Si lo hubieran perseguido, a lo mejor todas esas niñas estarían vivas.

—Tardaron veinte años en capturar al asesino de Green River en el estado de Washington —le dijo Garon—. Tenían pistas y un testigo, pero les costó mucho atraparlo. Ted Bundy asesinó a adolescentes durante años, y tampoco pudieron pillarlo. Aunque le hubieras contado todo lo que sabías a la policía, seguramente seguiría matando. Los asesinos en serie, sobre todos los organizados, son inteligentes y astutos. Es difícil localizarlos, a pesar de las herramientas modernas que tenemos.

—Puede que tengas razón.

—Tendrías que volver a casa.

Grace recordó cómo la había avergonzado, y lo fulminó con la mirada.

—Mi primo Bob me ha dicho que puedo quedarme en el cuarto de huéspedes todo el tiempo que quiera. Cuando el papeleo del testamento de mi abuela quede listo, pondré la casa a la venta.

Garon no se esperaba aquello, y se sintió fatal.

—Tus amigos te echarán de menos.

—Victoria no está demasiado lejos, pueden venir a visitarme.

—Grace, ningún asesino olvida a su primera víctima. Sabe quién eres, y puede localizarte. Si tu nombre se relaciona con el asesino por alguna razón, y empieza a temer que recuperes la memoria, puede decidir hacer algo al respecto. Encontramos ADN en la última víctima, pero se lo ocultamos a la prensa. Cree que eres la única que podría identificarlo, así que quizá decida venir a zanjar el asunto de una vez por todas.

—Quieres decir que puede venir a matarme, ¿no? —le dijo ella, con mucha calma.

—Exacto —le contestó él, con voz tensa.

—Vaya, por fin algo positivo.

—No digas eso. La vida tiene cosas buenas, a lo mejor te casas algún día.

Ella lo miró a los ojos sin pestañear, y le dijo:

—¿Para qué?, no puedo tener hijos.

Garon sintió como si acabara de darle una patada en el estómago.

—Hay muchos matrimonios sin hijos.

Ella soltó una carcajada carente de humor, y le dijo con frialdad:

—¿En serio? Tú te sentías atraído por mí al principio, te gustaba estar conmigo y que saliéramos juntos. Pero cuando te enteraste de que no podía tener hijos, de repente me convertí en una aventura pasajera de usar y tirar.

A Garon le dejó atónito que creyera que la había dejado por eso.

—Eso no es verdad —le dijo con firmeza.

—Claro —se volvió de nuevo, y volvió a agarrar la nevera. Tenía el estómago revuelto, y se sentía muy débil. El insomnio debía de estar afectándola más de lo que pensaba—. Si ya has acabado con las preguntas, será mejor que te vayas —le dijo con calma—. Me espera un día muy ajetreado, mi primo me ha pedido que cepille a su gato.

—Piensa al menos en lo que te he dicho —Garon se devanó los sesos intentando encontrar la forma de convencerla—. Tus rosales empiezan a florecer. Los bichos van a comérselos si no los fumigas, y no saldrá ni un tallo decente si no les pones fertilizante.

Ella lo fulminó con la mirada, y le dijo con sequedad:
—Puedo trasplantarlos y traerlos aquí.
—No les gustaría estar aquí.
—¿Cómo lo sabes?, ¿es que hablas con ellos?
Él la miró con ojos chispeantes.
—Cuando creo que alguien puede oírme, no. Trabajo en el FBI, me trasladarían a la Antártida si supieran que hablo con unos rosales.
—El FBI no tiene una oficina en la Antártida.
—Tiene por todo el mundo, a lo mejor los mandamases deciden abrir una en un sitio frío y lejano si me pillan hablando con una planta.

Grace frotó una mancha rojiza de barro que tenía en los pantalones, y comentó:
—De hecho, se han realizado algunos estudios científicos sobre el efecto de la voz sobre las plantas, en los que se ha utilizado por ejemplo música clásica y rock, y se ha descubierto que reaccionan de forma favorable. Está claro que sienten sensaciones, y si uno tiene en cuenta la estructura de una simple hoja, no es de extrañar —siguió frotando la mancha sin darse apenas cuenta, y añadió—: hay células que protegen la hoja de la invasión de parásitos...

A Garon le sorprendió que supiera tanto de botánica, y comentó:
—Creía que habías dejado de estudiar después de graduarte en el instituto.
—Y yo creía que eras lo bastante inteligente como para saber que no hay que dejarse guiar por las apariencias.
—Vuelve a casa, Grace.
—¡No!

—Dame una sola buena razón.

—¡Porque tú vives al lado!

—Haré que levanten una cerca, para que no tengas que verme.

Grace estuvo a punto de soltar una carcajada, pero se contuvo.

—Tu primo es bastante mayor y está enfermo, ¿verdad? —añadió él.

—Sí.

—¿Qué pasa si ese animal viene a buscarte aquí?

Ella respiró hondo, y admitió:

—No lo sé.

—Tengo una pistola muy grande —Garon se apartó la chaqueta para mostrársela—. Si va a buscarte a tu casa, le pegaré un tiro.

Grace quería regresar, pero no acababa de decidirse. No soportaba mirar a Garon, le dolía demasiado. Se había lanzado de cabeza al sueño de tener un futuro a su lado, y él le había dado esperanzas antes de sacarla de su vida con crueldad. La gente iba a sentir lástima por ella otra vez, así que tendría que esforzarse por convencer a todo el mundo de que no le afectaba que no estuviera interesado en ella; además, tendría que verlo con Jaqui.

El dolor y la aprensión que la atenazaban eran casi palpables. Garon era consciente del daño que le había hecho, y sabía que no tenía forma de compensarla, pero al menos podía protegerla, y estaba decidido a hacerlo. Era obvio que el asesino se sentiría intrigado por la niña que había sobrevivido, sobre todo teniendo en cuenta que las víctimas de los tres últimos años eran de Texas. Era innegable que Grace estaba en peligro.

Ella era consciente de que la situación era difícil. Algunas personas de Jacobsville sabían lo que le había pasado, y como nadie conocía la identidad del asesino, podía ir tan tranquilo de un lado a otro, ir a tomar un café a la cafetería de Barbara, y limitarse a escuchar lo que decía la gente. Estaba claro que no llamaba la atención. Recordaba su voz, y le parecía un hombre instruido; además, a juzgar por sus manos, no realizaba un trabajo manual duro. Las tenía llenas de cicatrices, y llevaba unos guantes de cuero.

—Tenía cicatrices en las manos —le dijo a Garon.

Él lo anotó en su PDA.

—Hasta el más mínimo detalle puede ayudarnos a atraparlo. Eres la única testigo, Grace. Puedes salvar vidas.

—Sí, supongo que sí.

—La señorita Turner te echa de menos.

—¿En serio?

—Seguro que le encantaría tenerte de vuelta.

—Puede.

—Si los rosales tienen sentimientos, los tuyos deben de estar pasándolo mal —añadió él, muy serio—. Seguro que tienen el corazón roto. Empezarán a llorar, y quien los oiga irá al hospital para que le revisen la cabeza.

Grace no pudo contener una carcajada, pero se apresuró a sofocarla.

—Incluso te prestaré una furgoneta con conductor incluido, para que puedas ir a buscar fertilizante y pesticidas para tus rosas.

—Barbara tiene una furgoneta.

Claro, y Márquez estaría encantado de llevarla adonde ella quisiera. Garon sintió una extraña sensación ante la mera idea.

—¿Y bien?

Grace dejó de frotarse la mancha de barro, que aún seguía allí; lo más probable era que no consiguiera eliminarla.

—Iré a casa, si me prometes que me darás un horario de tu rutina diaria, para no arriesgarme a coincidir contigo en algún sitio.

—Déjalo ya, estoy convencido de que fue una coincidencia. Mi reacción fue exagerada.

—No puedo creerlo, ¿estás disculpándote? —Grace fingió sorpresa con teatralidad.

—Nunca me disculpo, a menos que el director me llame en persona y me ordene que lo haga.

—Lo suponía.

—¿Cuándo?

—¿Cuándo qué? —le preguntó ella, desconcertada.

—¿Cuándo vas a volver?

—Eh... supongo que mañana.

—Perfecto. De camino a casa, me pararé a darle la noticia a tus rosas.

—Qué amable.

—Tengo un montón de virtudes.

—Pues las mantienes bien escondidas —Grace le lanzó una sonrisa burlona.

—No tiene sentido malgastarlas en una mujer a la que le encantaría contratar a un matón para que acabara conmigo.

—Por desgracia, mi salario no me permite ese gasto.

—¿Por qué no te inscribes en la universidad y te sacas una licenciatura?, así ganarías más.

—¿Por qué no te vas a tu casa y dejas de intentar controlar mi vida? No necesito asesoramiento laboral.

—Tu coche es un cacharro, y llevas ropa de tiendas de segunda mano —refunfuñó él.

Grace se sonrojó.

—¿Cómo sabes dónde compro mi ropa?

Garon se dio cuenta de que tendría que haberse mordido la lengua.

—¡Venga, suéltalo ya! —Grace se llevó las manos a las caderas.

—Te pones el condenado vestido azul de lana para ir a todas partes. Y si no, te pones los mismos vaqueros con diferentes sudaderas. No hace falta ser un genio para darse cuenta de lo que pasa.

—A ti no te incumbe cómo me vista —le dijo ella con dulzura—. Ten por seguro que no volverán a verte en público conmigo.

—Qué alivio.

—Seguro que tu amiguita Jaqui puede permitirse comprar en Saks, o en Neiman Marcus. No es de las que llevan ropa barata.

Garon se tragó una respuesta cortante, porque ya le había dañado demasiado la autoestima.

—No oculta sus encantos, le gustan los hombres.

—Tiene suerte, no sufrió un trauma de niña —le dijo ella, con una sonrisa gélida.

Garon se ruborizó, y dio media vuelta para marcharse.

—Nos vemos.

—Procuraré no tener que verte, te lo aseguro —le dijo ella con voz tersa.

Cuando se fue, Grace entró en la casa para guardar el pescado y recoger sus cosas. A lo mejor era una necia por dejar que él la convenciera, pero sabía que si se quedaba allí iba a poner en peligro a su primo. No quería que nadie resultara herido si el asesino iba a por ella, y era cierto que podía dar información que ayudara a meterlo entre rejas.

La casa estaba vacía y fría. Puso la calefacción, porque había habido un cambio inesperado de tiempo y la temperatura había bajado bastante. Después de recorrer las habitaciones para comprobar que todo estaba en orden, fue al jardín trasero para echarles un vistazo a los rosales que tanto habían preocupado a Garon.

Los capullos ya habían empezado a brotar, en los árboles habían empezado a surgir hojas de mil tonos de verde distintos entre las que penetraba la luz del sol, y soplaba una brisa fresca y vigorizante. De forma impulsiva, alzó los brazos y empezó a bailar en círculos, mientras reía extasiada por estar de nuevo en su casa. Su casa. Nunca había tenido nada propio, pero por fin tenía al menos un lugar donde vivir que le pertenecía, y sólo tenía que procurar ganar lo suficiente para los gastos típicos y algún que otro vestido nuevo; en todo caso, tenía tiempo de sobra.

Garon fue a verla, y a asegurarse de que la casa estaba bien protegida. Al oírla reír, fue hacia el jardín trasero y la vio dando vueltas como una niña feliz, bailando bajo la brisa con los ojos cerrados y el rostro alzado hacia el sol, con el pelo suelto cayéndole a la espalda.

Algo lo golpeó de lleno en el pecho mientras la observaba. Era preciosa, cariñosa, bondadosa, y dulce. Había sido suya durante dos días maravillosos en los que el placer había adquirido un aura mágica que nunca había experimentado antes, pero la había herido, la había dejado tirada como si fuera un trapo usado, la había devaluado y menospreciado. Grace no volvería a abrir los brazos hacia él, no volvería a abrazarlo en la oscuridad. Jamás volvería a confiar en él.

Fue una de las revelaciones más dolorosas que había tenido en toda su vida. Hasta ese momento no se había dado cuenta de lo afortunado que habría sido de haberla tenido en su vida, no había comprendido lo que sentía por ella. Desde luego, no era el momento más oportuno.

Dio media vuelta y se fue sin revelar su presencia, porque sabía que en cuanto lo viera la alegría de Grace se desvanecería de golpe. Ella ya había sufrido demasiado, y lamentaba haber sido tan duro. A lo mejor conseguiría ganarse su perdón si se esforzaba al máximo, y tendría que conformarse con eso.

Al día siguiente, Grace fue a trabajar tanto a la floristería como a la cafetería. Todo el mundo se mostró encantado de verla, y se enteró de que cuando se había ido a casa de su primo la gente se había puesto en contra de Garon; al parecer, había tenido que ir a comprar a San Antonio, porque las tiendas de la zona le cerraban las puertas por la forma en que la había tratado. A pesar de que sabía que se lo tenía merecido, no podía evitar sentir lástima por él. Era un hombre al que le costaba hacer amigos, y que no parecía encajar en ningún sitio. A lo mejor había empezado a sentirse culpable, y por eso la había convencido de que volviera a casa... o quizá quería seguir comprando el pienso en Jacobsville, en vez de tener que perder media hora en coche para ir a buscarlo a otro sitio.

Se sentía llena de energía al llegar a casa, pero conforme fueron pasando los días, se incrementaron las náuseas y la debilidad que había empezado a sentir al marcharse de Jacobsville. Se dijo que debía de tratarse de un virus, porque casi nunca enfermaba; en todo caso, no tenía dinero para ir al médico, porque su seguro no cubría chequeos rutinarios ni los medicamentos que pudieran recetarle. Iba a tener que esperar a que se le pasara, seguro que en poco tiempo se sentía mejor.

Sin embargo, no fue así. Una tarde, mientras abonaba los rosales, empezó a marearse. Sintió náuseas, y una extraña debilidad. Soltó una exclamación ahogada mientras se desplomaba. Lo último que vio fue el cielo azul volviéndose negro...

CAPÍTULO 13

Garon salió temprano de trabajar, y llegó a su casa a primera hora de la tarde. Había estado trabajando en el atraco a un banco con casi todos los agentes de su oficina. La banda a la que querían atrapar desde hacía tiempo había asaltado uno de los bancos que había mantenido vigilados. Los cuatro atracadores llevaban ropa de camuflaje, y tenían armas de asalto. Después de un tiroteo en el que habían resultado heridas dos personas, habían escapado en un coche bastante viejo, pero habían conseguido despistar a la policía; minutos después, se habían metido en el aparcamiento de un restaurante, y habían cambiado el coche por un todoterreno.

Un policía fuera de servicio había visto a cuatro hombres armados bajando de un coche a toda prisa con bolsas de dinero; al parecer, habían intentado poner en marcha un todoterreno con una llave que no había funcionado, y entonces habían hecho un puente y se habían ido a toda prisa.

La central le había enviado un mensaje de texto a Garon con el nombre y la ubicación del agente; al parecer, el hombre no había querido arriesgarse a provocar un tiroteo en un aparcamiento donde había gente, pero había informado de inmediato. Los refuerzos habían llegado en cuestión de minutos, y los agentes no habían tardado en encontrar un todoterreno idéntico al que habían robado los atracadores. Al comprobar la matrícula, habían descubierto que estaba registrado a nombre de un atracador que había recibido la condicional varias semanas atrás. Estaba claro que las prisas habían hecho que los ladrones se confundieran de vehículo, y se habían dejado en el aparcamiento el todoterreno en el que planeaban huir. Cuando el propietario había llegado a casa, había encontrado a varios agentes del FBI esperándolo. Le habían arrestado, y él lo había confesado todo y les había dado los nombres de sus cómplices a cambio de una pequeña reducción de condena.

El FBI tenía prioridad en los crímenes federales como los atracos a bancos, pero incluso en casos de otros delitos graves, la policía local solía alegrarse de entregarles a los criminales, ya que los cargos federales eran más severos y las condenas más largas.

Garon se sentía satisfecho por la rápida resolución del caso, y por el hecho de que no había habido ningún herido grave en el tiroteo. Habían atrapado a los ladrones al cabo de unas dos horas del atraco, gracias a un buen trabajo policial y a la mirada aguzada de un agente fuera de servicio, y habían podido recuperar todo el dinero que se habían llevado del banco. Era fantástico tener el caso resuelto. Se trataba de unos ladrones experimentados y peligrosos, pero al menos iban a estar unos años alejados de las calles.

Cuando había ido a dejar varias pruebas en el laboratorio criminalístico, el agente especial al mando le había dicho que ya podía irse a casa. Era bastante pronto, pero al fin y al cabo, era sábado; además, en el rancho siempre había trabajo por hacer.

Mientras pasaba por delante de la casa de Grace con el coche, miró hacia el porche y vio algo que parecía un montón de ropa en el suelo, cerca de los escalones. Le pareció extraño, y decidió ir a echar una ojeada.

Cuando estuvo más cerca, se dio cuenta de que no era ropa. Grace estaba tirada en el suelo, inconsciente.

Salió del coche a toda prisa, echó a correr hacia ella, se arrodilló a su lado y comprobó su pulso. El corazón le latía a un ritmo un poco extraño, pero empezó a recuperarse al cabo de unos segundos. Abrió los ojos, y tragó con fuerza. Estaba muy pálida.

—¿Qué te ha pasado? —le preguntó con preocupación.

—No lo sé —le dijo ella con voz ronca. Tragó de nuevo para contener las náuseas, y añadió—: de repente, todo oscureció. Nunca me desmayo, ni siquiera hace calor. No puede ser una insolación...

—Los Coltrain tienen una clínica que abre los sábados, ¿verdad?

—Sí, pero no necesito ir al médico. Debe de ser un virus, o algo así.

Garon no estaba convencido de eso, así que la tomó en brazos sin darle tiempo a protestar. Mientras la llevaba hacia el coche, se dio cuenta de que parecía pesar un poco más que antes.

—No quiero ir al médico —protestó ella.

Garon la sujetó contra la cadera mientras abría la puerta, y la sentó en el asiento del pasajero.

—Estate quieta —le dijo con firmeza, mientras empezaba a ponerle el cinturón de seguridad. Al pasárselo por encima, le rozó el estómago con la mano... y se quedó inmóvil.

La miró ceñudo, y posó la mano con curiosidad sobre su vientre ligeramente abultado.

—¿Qué haces? —le preguntó ella, mientras intentaba aclararse las ideas. Aún estaba un poco mareada—. No puede ser apendicitis, porque no tengo apéndice. Quedó dañado cuando me apuñalaron, igual que un ovario... —Grace enmudeció al ver la extraña expresión de su rostro. Garon tenía los ojos muy brillantes, y había empalidecido—. Estás asustándome, ¿qué pasa?

Tras acariciarle el vientre con ternura por un instante, acabó de ponerle el cinturón de seguridad y cerró la puerta. Su rostro estaba tenso, y su expresión era inescrutable. No dijo ni una palabra, porque era incapaz. Se había quedado conmocionado.

—Necesito mi bolso, está en la mesa del vestíbulo. Si estás empeñado en llevarme al médico, al menos cierra la puerta. La llave está puesta.

Garon estaba demasiado aturdido para discutir. Fue a por el bolso, cerró la puerta, guardó la llave, y le dio el bolso antes de ponerse al volante. Condujo como si estuviera sonámbulo, con el corazón martilleándole en el pecho. Se preguntó cómo era posible que Grace no se hubiera dado cuenta de lo que pasaba, y la miró al preguntarle con voz ronca:

—¿Comes bien últimamente?

Ella se sintió un poco incómoda, y se volvió a mirar por la ventanilla.

—Tengo el estómago un poco revuelto, lo único que parece sentarme bien son los batidos.

Era increíble, realmente no se había dado cuenta. Garon contuvo el aliento mientras las posibilidades se le arremolinaban en la cabeza. Durante los últimos años había sido un hombre incompleto, había evitado a las mujeres y las complicaciones, y apenas había salido con nadie; sin embargo, el destino acababa de meterlo de lleno en aquella situación complicada e inesperada, y se sentía como si le hubiera tocado la lotería. El problema radicaba en que no sabía cómo lidiar con la situación.

Contempló por un segundo el perfil de Grace. No era guapa, pero adoraba su calidez y su empatía. Hacía tanto que no tenía una razón para vivir... pero por fin tenía algo que hacía que la vida mereciera la pena, por fin volvía a tener esperanza.

—Estás muy raro —comentó ella, mientras se acercaban a la clínica que los Coltrain compartían con el doctor Drew Morris.

—¿Ah, sí?

—Vamos a tener que esperar una eternidad, medio condado debe de estar en la sala de espera —dijo, al ver la cantidad de coches que había en el aparcamiento—. Será mejor que me lleves de vuelta a casa, ya hablaré con el doctor Coltrain la semana que viene.

—Ni hablar —Garon aparcó, y sacó el móvil.

Grace empezó a protestar al darse cuenta de que hablaba con la recepcionista, pero él alzó una mano para indicarle que se callara.

—¿La puerta lateral? Sí, de acuerdo. Enseguida vamos.

Llevó el coche hasta uno de los laterales del edificio, y después de aparcar, sacó a Grace y la llevó en brazos hacia la puerta.

—No estoy grave —protestó ella, muy sonrojada.

—No he dicho que lo estés.

—¡Le has dicho que estoy inconsciente!

—Ha sido una mentirijilla de nada. Si no quieres que nos quedemos aquí hasta las tantas, será mejor que cierres los ojos.

Grace estuvo a punto de seguir protestando, pero al ver que la puerta lateral se abría, se apresuró a cerrar los ojos; al fin y al cabo, no quería pasar la noche en la sala de espera.

—Colóquela aquí —le dijo una enfermera a Garon.

Grace sintió que la colocaban con cuidado en una camilla.

—El doctor viene ahora mismo —dijo la enfermera, antes de salir de la habitación.

El doctor Coltrain llegó antes de que Garon pudiera articular palabra, y miró a Grace con expresión de preocupación antes de empezar a auscultarla con su estetoscopio.

—Estoy bien, sólo ha sido un desmayo —le dijo ella, en voz baja.

Él frunció el ceño al oír los latidos de su corazón. Le pidió que tosiera, volvió a auscultarla, y se colocó el estetoscopio al cuello.

—¿Qué estabas haciendo antes de desmayarte?

—Sólo estaba caminando...

Sin decir ni una palabra, Garon le agarró la mano al médico, y la colocó sobre el vientre de Grace mientras lo miraba con una expresión elocuente.

Coltrain se quedó de piedra al notar el ligero abultamiento, y contuvo el aliento.

—¿Análisis? —sugirió Garon con expresión solemne.

Coltrain se quedó mirándolo boquiabierto. Grace era la única que no sabía lo que pasaba.

El médico salió al pasillo para llamar a la enfermera, y le dijo algo en voz baja.

—Ahora mismo, doctor —le dijo ella, antes de alejarse de nuevo.

Coltrain se fue para ocuparse de una llamada, y la mujer regresó y le sacó sangre a Grace.

—No es una úlcera, no tengo problemas estomacales —le dijo a Garon, cuando la enfermera se fue—. Y ni se te ocurra decirle al doctor Coltrain que sí que los tengo, porque no pienso dejar que me hagan un tránsito gastrointestinal.

Garon no contestó. Se acercó a la ventana, se metió las manos en los bolsillos, y miró hacia fuera. Tanto su mundo como el de Grace estaban a punto de cambiar para siempre, y no sabía qué decir ni qué hacer. Iba a ser un golpe muy fuerte para ella.

Coltrain regresó al cabo de diez minutos con expresión sombría, y visiblemente tenso. Cerró la puerta, y se sentó en su taburete con ruedas.

—Tenemos que tomar algunas decisiones —le dijo a Grace.

Garon se acercó a ellos sin apartar la mirada de Grace, que parecía perpleja.

—¿Tengo cáncer? —dijo ella, horrorizada.

Coltrain le tomó la mano, y la sujetó con firmeza.

—Estás embarazada, Grace.

Ella se quedó mirándolo durante unos segundos, y finalmente dijo con voz estrangulada:

—No puedo tener hijos... ¡usted mismo me lo dijo!

El médico respiró hondo, consciente de lo callado que estaba Garon.

—Dije que no era probable, porque sólo tenías un ovario, pero no que fuera imposible.

Grace se llevó las manos al vientre, y notó su firmeza y la mayor amplitud de su cintura. Estaba embarazada, tenía una pequeña vida en su interior. Se sintió radiante, llena de felicidad.

—No puedes tenerlo —le dijo Coltrain—. Estás de poco más de un mes, podemos interrumpir el embarazo. Te mandaré a San Antonio...

—¡No!

La palabra salió de dos bocas al mismo tiempo. Grace y Garon se miraron sorprendidos.

—¿Qué...? —empezó a decir Coltrain.

—No va a matar a mi hijo —le dijo Grace.

—Grace, es demasiado arriesgado —le dijo él con suavidad—. En Jacobsville hay gente bastante conservadora, con ideas anticuadas sobre las madres solteras. ¿Cómo te sentirías teniendo un hijo ilegítimo, aunque no existiera ningún peligro?

—Mi hijo no va a ser ilegítimo —le dijo Garon con voz cortante—. El lunes a primera hora conseguiré un certificado, podemos casarnos en el juzgado el jueves por la mañana. Si necesitamos análisis, puede hacerme uno ahora mismo, el de Grace ya lo tiene.

Ella se sintió como si estuviera cayendo en un abismo.

—Garon, tú no quieres casarte conmigo —sabía que era cierto, por mucho que le doliese.

Él se apoyó en la camilla, y los miró en silencio durante unos segundos.

—No quiero que lo que voy a contaros salga de esta habitación —les dijo con voz suave—. Ni siquiera mis hermanos lo saben —soltó un profundo suspiro, y sus ojos oscuros parecieron fijos en el pasado—. Conocí a Annalee dos años después de que me graduara en la academia del FBI, al poco tiempo de que me destinaran a la oficina de Atlanta. Era una empleada civil, estaba licenciada en tecnologías informáticas. Nos ayudaba con las comprobaciones de antecedentes. Era una mujer fuerte, independiente, e inteligente, y ya en la primera cita los dos supimos que estaríamos juntos para siempre.

Grace sintió que se le rompía el corazón al oír aquello.

—Nos casamos al cabo de dos meses. Yo solía trabajar hasta tarde y a veces me enviaban a misiones en el extranjero, pero ella se acostumbró; además, su propio trabajo la mantenía ocupada. Nos las arreglábamos bien, la relación se afianzó y éramos felices. Cuando se quedó embarazada, pasamos horas recorriendo centros comerciales, eligiendo los muebles y los juguetes... —tuvo que detenerse hasta recobrar la compostura—. Cuando estaba de cinco meses, empezó a cansarse con frecuencia. Al principio pensamos que se debía al embarazo, pero empezó a tener otros síntomas. El ginecólogo le hizo unas pruebas, y nos mandó de inmediato a un oncólogo.

Coltrain se tensó visiblemente. Al ver su reacción, Garon le dijo:

—Le diagnosticó un linfoma de Hodgkin.

—Uno de los cánceres más agresivos —comentó el médico.

—Sí. Ella se negó a recibir tratamiento, no quiso arriesgar la vida del bebé ni para salvar la suya propia. Pero el cáncer estaba bastante avanzado –volvió a sentir la angustia, la sensación gélida en la boca del estómago–. Los perdí a los dos –añadió sin inflexión alguna en la voz, mientras luchaba por no ceder ante el dolor–. Eso fue hace diez años, y entonces decidí que no volvería a correr ese riesgo, que viviría por y para mi trabajo. Y eso hice. Me presenté voluntario para el equipo de rescate de rehenes, y durante seis años estuve en multitud de misiones peligrosas donde había vidas en peligro. Después entré en una de las unidades de los SWAT, y cuando me di cuenta de que ya no estaba en una forma física óptima, pedí que me trasladaran a una de las oficinas de Texas. Me enviaron a Austin, y después a San Antonio, para que encabezara una brigada en la división de crímenes violentos. Pero no estaba vivo del todo –miró a Grace con un extraño brillo en los ojos, y añadió–: quiero tener este niño, Grace. No sabes cuánto lo deseo.

Coltrain se dio cuenta de que estaba perdiendo terreno, y la miró con preocupación.

–Todo irá bien, no voy a renunciar a mi bebé –le dijo ella, con voz ligeramente ronca. Colocó las manos sobre su vientre en un gesto protector, y sonrió extasiada–. Será mi mundo entero.

Coltrain no pudo seguir protestando al verla tan feliz, y después de lo que les había contado Garon, lo entendía un poco mejor y sentía cierta compasión por él. No hacía falta ser adivino para saber que era el padre del bebé, pero el embarazo iba a ser más peligroso para Grace de lo que ella creía.

–Tengo que hablar con tu futuro marido.

–No –le dijo ella, con un tono de voz ligeramente

beligerante–. Tiene que respetar el secreto profesional, no le doy permiso para que lo quebrante.

Coltrain estaba preocupado, pero sabía que no podía revelar los secretos de Grace. Estaba claro por qué no quería que Garon se enterara, pero no por ello dejaba de ser arriesgado; sin embargo, no podía traicionar su confianza después de todo lo que había sufrido. Era obvio lo mucho que deseaba tener aquel niño, y que estaba dispuesta a enfrentarse a cualquier posible interferencia.

–De acuerdo, haré todo lo que pueda por ayudarte.

Garon acababa de revivir la época más dolorosa de su vida, y apenas escuchaba aquella conversación que en todo caso carecía de sentido para él.

Miró a Grace con una expresión inescrutable, y ella le dijo con preocupación:

–Siento esta complicación, no sabía que...

–No es una complicación, Grace. Es un niño –le contestó él con voz suave.

–Pero... no quieres casarte conmigo.

–No, no quiero –le dijo él con sinceridad–, pero sólo será por ocho meses. Cuando el niño nazca, tomaremos las decisiones que hagan falta.

Aquello significaba que no estaba listo para un «felices para siempre», pero Grace supuso que era comprensible. Había sido descuidada, y él iba a pagar las consecuencias. Al menos quería tener el niño, y no iba a intentar obligarla a que se deshiciera de él. Garon ya había perdido a un hijo, y ella iba a asegurarse de que no le volviera a suceder.

Garon la llevó a su casa, y entró con ella.

–Prepara algo de ropa, Grace. Te quedarás en mi casa hasta que nos casemos.

—Pero, acabo de llegar...

—¿Tengo que recordarte el peligro que corres?

Por un segundo, pensó que se refería al otro, pero se sintió aliviada al darse cuenta de que hablaba del asesino.

—Lo más seguro es que aún crea que tengo amnesia.

—Ha seguido impune durante doce años, y si es el asesino en serie que creemos, ha cometido once asesinatos. No es estúpido, seguro que vivía en la zona en aquella época.

Grace no se había planteado esa posibilidad. Contuvo el aliento, y se sentó en el brazo del viejo sillón de su abuelo.

—¿Eso crees?

—La mayoría de los asesinos en serie eligen a su primera víctima en un radio bastante reducido de donde viven.

Grace se mordió el labio, mientras intentaba recordar todo lo posible.

—Había dos inquilinos de alquiler que vivían cerca. Uno estaba casado, pero su mujer estaba en el este, visitando a su familia. El otro era mayor, y estaba en silla de ruedas.

—No tenía por qué estar demasiado cerca. A lo mejor tenía alguna relación con la escuela o con la iglesia, que le permitía estar cerca de menores.

—Podría ser cualquiera, me lo he preguntado durante todos estos años.

—Lo atraparemos, te lo prometo —le dijo él con convicción—. Pero ahora te vienes a casa conmigo, no pienso dejarte aquí sola.

Era obvio que hablaba muy en serio. Al menos se preocupaba un poco por ella. Estaba claro que quería a aquel bebé, aunque no la quisiera a ella. Grace se levantó, y fue a preparar una bolsa con sus cosas.

La señorita Turner se mostró entusiasmada al saber que iba a celebrarse una boda en la que iba a hacer de testigo, y que además Grace iba a tener un hijo. No pareció escandalizarla que lo hubieran concebido antes de casarse, y empezó a elegir telas para hacerle ropita.

El día de la boda, Grace colocó encima de la cama el vestido azul de lana, que era el único decente que tenía. Garon entró en el cuarto tras llamar a la puerta con un toquecito de rigor, y colocó una caja enorme justo encima del vestido.

—¿Qué es eso? —le preguntó ella.

—Ábrelo.

Al levantar la tapa, Grace se quedó atónita al ver que se trataba de un vestido blanco acompañado de un pequeño sombrero y de un velo. Incluso había un pequeño ramo de flores de tela.

—No pienso casarme contigo vestida con ese condenado vestido azul.

Grace acarició la seda. Sabía lo cara que era, porque había comprado para su proyecto secreto, del que Garon aún no sabía nada.

—Es precioso.

—Barbara me dio tus medidas.

Garon no le dijo que había tenido que disculparse profusamente para que le dejara volver a entrar en la cafetería, pero en cuanto le había explicado que iba a casarse con Grace y que iban a tener un hijo, la mujer había accedido a ir de compras con él.

—Gracias —le dijo ella con timidez.

—Tu amiga Judy, la dueña de la floristería, te ha preparado un ramo de verdad. Barbara y la señorita Turner harán de testigos.

—¿Y Rick?

Garon se tensó de inmediato.

—Mañana tiene que trabajar, no ha conseguido que le den el día libre.

Aquello no era exactamente verdad. El joven inspector le había dicho que se negaba a verla arruinando su vida, se había puesto furioso al enterarse de que iban a casarse. Él lo entendía, pero Grace estaba embarazada de su hijo y no podía dejarla plantada.

—Ya veo —Grace sabía lo que Rick sentía por ella, y lamentaba no poder corresponderle. Se dijo que quizá era mejor que no pudiera asistir a la boda.

—Me voy a ir ya al juzgado, la señorita Turner te llevará.

—De acuerdo.

Garon no le había preguntado si quería casarse por la iglesia, ni se había ofrecido a preparar una ceremonia más elaborada, con damas de honor y padrinos. Seguramente, había tenido una boda así con su primera esposa. Pero ella no se había quejado, porque sabía que él aún no había olvidado a la mujer a la que había perdido. Le bastaba con que le diera un apellido a su hijo. De todas formas, jamás había esperado que quisiera tenerla a su lado para siempre. Nadie lo había hecho.

La jueza, Anna Banes, llevaba veinte años casada. Conocía a Grace y a su familia, y era consciente de lo que le había pasado de pequeña. Pronunció un corto pero emotivo discurso, mientras Barbara y la señorita Turner flanqueaban a los novios.

Grace se quedó atónita al ver que Garon le había comprado un anillo, una sortija ancha de oro ribeteada en platino con un motivo en forma de hoja de vid, pero no se sorprendió al darse cuenta de que no había comprado ninguno para sí mismo.

Cuando la jueza los declaró marido y mujer, él se limitó a darle un beso en la mejilla. Aunque había pasado mucho tiempo, aún recordaba la felicidad que había sentido en su primera boda. Le tenía aprecio a Grace y quería al niño que habían engendrado juntos, pero no podía dejar atrás el pasado.

Los invitó a comer a todos en la cafetería de Barbara, que sacó en persona el magnífico pastel que había preparado para la ocasión. Grace se echó a llorar ante aquel detalle tan considerado y la abrazó con fuerza, porque para ella era como de su familia.

Mientras regresaban a casa, a Garon le sonó el busca; después de leer el mensaje de texto, aceleró un poco más y le dijo:

—Tengo que ir a la oficina, tenemos otra pista.

—¿En el caso del asesino?

—Sí. Lo siento, pero no tengo un horario fijo.

—Mi abuelo era ayudante del sheriff, y tenía que estar disponible a todas horas por si había alguna emergencia. La abuela se enfadaba mucho, y a mí me parecía una actitud egoísta. Gracias a lo que hacía, salvaba vidas.

Garon la miró con una sonrisa.

—Eso es lo bueno que tiene este trabajo.

—Tengo un montón de cosas con las que entretenerme, incluyendo mis trabajos.

—Puedes dejarlos y quedarte en casa si quieres. Tengo un buen salario, y el rancho da buenos beneficios.

Grace jugueteó con el precioso ramo de seda. Había lanzado el de verdad, y Barbara lo había atrapado.

—Me encanta trabajar, no me gusta demasiado hacer de ama de casa.

Aquello lo tomó por sorpresa, porque que él supiera, apenas había hecho otra cosa aparte de cuidar a su abuela.

Grace se dio cuenta de que la miraba con curiosidad, pero no le dio ninguna explicación. Cuando aparcaron delante de la casa, él se bajó y fue a ayudarla a salir. Cuando la tomó en brazos y la llevó hacia la casa, Grace se dio cuenta de que el Expedition estaba junto al porche. La señorita Turner había vuelto con él, así que era obvio que se les había adelantado... de hecho, en ese momento abrió la puerta, y los miró con una enorme sonrisa.

Garon se echó a reír mientras entraba con Grace en la casa. Cuando la soltó con cuidado, le dio un beso cariñoso y le dijo:

—Descansa un poco.

—¿Vas a pararte en mi casa para decirles a las rosas dónde estoy?

Él le dio un toquecito en la nariz con un dedo, y comentó:

—Volveré en cuanto pueda.

—Vale.

Se fue de inmediato, y la señorita Turner la condujo

hacia el dormitorio para que se cambiara de ropa y descansara.

Cuando entró en su despacho, Garon se detuvo de golpe al ver a Márquez sentado en una de las sillas.

—Vale, me pasé un poco con lo que te dije. Al menos, no has dejado tirada a Grace.

Garon enarcó las cejas, y le preguntó:

—¿Es que lo sabes todo?

—Casi. Mi madre y yo nos lo contamos todo. He hablado con un inspector de Oklahoma, y me ha dicho que encontraron un lazo rojo en el caso de la niña que asesinaron allí hace cuatro años. No difundieron la información, por si acaso.

—Tiene que ser el mismo tipo.

—Sí. Supongo que ha actuado en otros sitios a lo largo de los años. Tenemos su ADN, pero no hemos encontrado ninguna correspondencia en la base de datos. Tenía la esperanza de que tuviera un historial, y antecedentes penales.

—Es demasiado bueno —comentó Garon.

—Uno de los inspectores de más edad de Oklahoma me ha dicho que hubo un testigo, y que afirmó que había visto cómo secuestraban a la niña.

Garon frunció el ceño, y comentó:

—Nosotros mismos hablamos con Sheldon, el testigo de San Antonio, y el jefe de policía de Palo Verde comentó que un vecino de la víctima, un tal Rich, había visto cómo se la llevaban. Al parecer, se fue de la ciudad justo después del asesinato.

—Entonces, tenemos tres testigos en tres crímenes...

—¡Eso es! Creo que intenta meterse en el caso... Dios, ¿te acuerdas de que Sheldon llevaba guantes porque tenía cicatrices en las manos? Grace sólo pudo verle las manos al secuestrador, y me dijo que eran muy pálidas y que tenían cicatrices. ¡Seguro que es nuestro hombre!

—¡Vamos! —exclamó Márquez.

Los dos se apresuraron a ir hacia la puerta. Por primera vez, la situación parecía favorable.

CAPÍTULO 14

Garon y Márquez fueron de inmediato a casa de Sheldon. Estaban casi seguros de que era el asesino, y quizá podrían resolver el caso si conseguían ponerlo bajo custodia por cualquier pretexto e interrogarlo. Había que planear la estrategia con cuidado, porque era un tipo muy listo y no confesaría por las buenas.

Garon llamó a uno de sus hombres para que comprobara si tenía un historial delictivo, pero resultó que no había nada.

–No tenemos ninguna causa probable que nos permita arrestarle –le dijo a Márquez.

–Ya se nos ocurrirá algo.

–Con la suerte que tenemos, tendrá fotos de las víctimas esparcidas por toda la mesa y no podremos tocarle ni un pelo sin una orden de registro. Tendríamos que habérsela pedido al juez antes de venir.

–Ninguno nos la daría sin una causa probable. Tendríamos que detallar todo lo que esperamos encontrar, y aun así, no podríamos tocar lo que no estuviera especificado en la orden.

—Sí, ya lo sé —Garon apenas podía contener su furia mientras recordaba lo que le había pasado a Grace. Estaba deseando atrapar al hombre que la había secuestrado, y ponerlo entre rejas.

—Podríamos llevar a cabo un registro consentido —le dijo Márquez, con una sonrisa. Al ver la mirada sarcástica que le lanzó Garon, añadió—: ¡venga, es fácil! Tú vas a la puerta trasera, y yo a la delantera. Grito «¡toc, toc!», y tú me contestas: «¡adelante!».

—Sí, y los dos acabamos en un juzgado.

—Sin agallas, no hay medalla.

Cuando llegaron a la casa de Sheldon, no vieron su coche por ninguna parte. Todas las luces de la vivienda estaban apagadas.

Garon llamó con fuerza y gritó que era un agente del FBI, pero no se oyó ningún ruido en el interior.

La señora mayor que vivía al lado estaba en su porche, con una pala en una mano y unos zuecos en la otra; al verlos en la puerta de la casa de su vecino, les indicó que se acercaran y les dijo:

—El señor Sheldon no está. Se marchó de aquí hace varios días, y se llevó todas sus cosas en una furgoneta.

—¿Sabe hacia dónde se dirigía? —le preguntó Márquez.

—Me dijo que se iba a California.

—¿Qué clase de furgoneta? —le preguntó Garon.

—Una blanca bastante vieja. Era un hombre muy amable y detallista, me ayudaba cuando me veía cargada con las bolsas de la compra y se ofrecía a ir a buscarme las medicinas a la farmacia cuando me ponía enferma. Era un hombre muy dulce, lo echaré de menos.

Garon no se atrevió a decirle lo que sospechaba de su

dulce vecino. Fue con Márquez a solicitar una orden de registro para la casa, y un grupo de criminólogos del FBI la registraron a fondo en busca de pruebas, tal y como habían hecho en la del supuesto testigo del caso de Palo Verde. No encontraron nada; al parecer, en ninguna de las casas quedaba ni un simple cabello.

Tampoco pudieron localizar la furgoneta. No tenían la matrícula, y no encontraron ninguna información sobre un tal Sheldon. El día había empezado con buenas perspectivas, pero parecían haber llegado a un callejón sin salida. Los padres de la última niña asesinada llamaron a Márquez para preguntarle si había alguna novedad, y tuvo que decirles que no; sin embargo, ni Garon ni él se rindieron. Iban a atrapar al asesino, costara lo que costase.

Pero las semanas fueron pasando, y se convirtieron en meses. No se produjeron más asesinatos, pero las búsquedas que se organizaron para intentar localizar a alguien llamado Rich o Sheldon fueron infructuosas. No encontraron carnés de conducir, ni huellas dactilares... nada que pudiera ayudarlos a localizarlo. Garon recordó que el hombre se había jactado de pertenecer a la Mensa, pero la organización no tenía ninguna información sobre alguien con aquel nombre.

—¿Habéis encontrado algo que pueda ayudaros a localizar al programador informático? —le preguntó Grace una noche, después de cenar. Estaban tomando una taza de café, y la señorita Turner ya se había acostado después de quitar la mesa.

Garon negó con la cabeza, y la observó con atención.

Estaba ya en el quinto mes de embarazo, y últimamente se cansaba con mucha facilidad; además, estaba bastante pálida. Como le preocupaba que pasara tanto tiempo en la cama, había llamado a Coltrain, que había ido a verla y le había dicho que su cansancio era normal en una mujer que estaba en un avanzado estado de gestación; sin embargo, cuando había salido de la habitación Grace y el médico habían estado hablando a solas durante bastante tiempo, y cuando le había preguntado a ella al respecto, le había contestado que estaba preocupada por el parto, y que le había preguntado a Coltrain sobre el tema.

Pero estaba bastante desmejorada, y no había ganado demasiado peso. Se tomaba unas vitaminas prenatales, pero no parecían servir de mucho.

—Deja de preocuparte —le dijo ella en más de una ocasión—. Estoy bien.

Garon sabía que no era cierto. Hacía lo que podía por abrirle el apetito, pero ella parecía limitarse a comer batidos de fresa y tostadas. No consumía suficientes proteínas, y él no sabía si las vitaminas paliaban cualquier posible carencia. Había llegado a encargar alimentos exóticos que les llevaban desde fuera, para que comiera verdaderos manjares, pero ella se limitaba a picotear un poco.

—Si no comes bien puedes perjudicar al bebé, Grace —le decía a veces, desesperado.

A ella se le rompía el corazón cada vez que le decía cosas así. Estaba enloquecido con el bebé... leía libros sobre el embarazo y sobre la educación de los niños, veía documentales sobre partos, la acompañaba a las clases de parto natural, paseaba con ella por el jardín para que hiciera un poco de ejercicio, y no dejaba de vigilarla para asegurarse de que se cuidaba. Pero ella no se hacía ilusiones, y tenía muy claro que todo lo hacía por el niño, y que no sentía nada por ella. Tenían habitaciones y vidas separadas. Garon solía quedarse a trabajar hasta tarde... según él, estaba ocupándose del caso del asesino en serie, pero ella se preguntaba si estaba viéndose con Jaqui Jones.

Garon no sabía que Jaqui la había llamado por teléfono, para recordarle que en cuanto diera a luz él perdería todo interés en ella, e incluso había insinuado que estaban viéndose a escondidas. Le había dicho que Garon no quería arriesgarse a disgustarla debido al embarazo, pero que un hombre tan viril y masculino como él no podía sentirse satisfecho intentando dormir junto a una ballena con ropa de premamá.

Ella había colgado de golpe, y desde entonces no había vuelto a contestar al teléfono. No le había dicho nada a Garon sobre el asunto, porque sabía que a él le daría igual a menos que el acoso de Jaqui pusiera en peligro al niño.

Garon se sentía culpable al verla tan apática, y se preguntó si recordaba a menudo lo mal que se había portado con ella. Se había esforzado por no pedirle nada desde el punto de vista físico durante el embarazo, pero aun así, a menudo se encontraba indispuesta. Incluso había empezado a costarle trabajo cuidar de los rosales, y al final le había preguntado si alguno de los vaqueros podía ocuparse de abonarlos y de fumigarlos. Siempre parecía estar cansada, y limitaba al mínimo el trabajo físico.

La primavera había dado paso al verano, y éste al otoño. Garon había tenido que salir del estado por culpa de varios casos, y en una ocasión incluso tuvo que ir al extranjero. El grupo de trabajo apenas se reunía, porque los fondos se destinaban a otras investigaciones, y el asesino seguía eludiéndolos. Grace se había dado cuenta de que su marido se había encargado de que siempre hubiera alguien vigilándola, por si acaso. Seguía preocupándole que el asesino intentara matarla.

Hacía mucho que la había trasladado al cuarto de invitados.

Garon le había dado la excusa de que no quería despertarla al regresar del trabajo tarde, porque creía que Grace no quería saber la verdad. Había visto cómo lo miraba cuando les había contado a Coltrain y a ella lo de Annalee y el hijo que había perdido. Desde entonces se había negado a volver a amar, y ella lo sabía. La luz de sus ojos grises se había apagado durante aquella explicación sombría, y no había vuelto a encenderse.

Aún seguía con sus dos empleos, y por las tardes se encerraba en la sala de costura que la señorita Turner y ella habían preparado en otro de los cuartos de invitados. Le había dicho que estaba atareada con un proyecto especial, algo que tenía que ver con la Navidad, y él había respetado su privacidad y no le había preguntado nada al respecto.

Su desánimo lo preocupaba tanto, que había ido a ver a Barbara, que era la persona que mejor la conocía de todo Jacobsville.

—No me dice lo que le pasa. Cambia de tema, se va de la habitación, o de repente se acuerda de que tiene que hacer algo urgente —bajó la mirada, y la fijó en sus manos. Estaban sentados en una de las mesas de la cafetería, poco antes de la hora de abrir—. Sé que algo la preocupa, pero no sé de qué se trata.

Barbara pensó para sus adentros que los hombres eran los seres más estúpidos del planeta. Grace estaba enamorada de su marido, y estaba convencida de que a él sólo le interesaba el bebé. El mismo Garon le había dicho que sólo permanecerían casados hasta que el niño naciera, y aunque seguramente él ni siquiera se acordaba de sus propias palabras, a Grace se le habían quedado grabadas en la cabeza y estaba dejando que pasara el tiempo, sintiéndose como una insignificante incubadora en su casa.

—A lo mejor podrías llevarla a algún sitio. Sólo sale para venir a la cafetería, o para ir a la floristería de Judy.

—Va a la iglesia contigo y con Márquez —comentó él, con voz tensa.

Barbara contuvo las ganas de sonreír al darse cuenta de que parecía enfadado. Estaba claro que pensaba que Rick era un rival. Grace reía y se comportaba con naturalidad con él, pero cuando estaba con Garon se mostraba apagada y apenas hablaba. La diferencia debía de ser obvia.

—Tú no vas nunca, y Grace siempre va a misa.

Garon trazó una de sus uñas limpias y cuidadas con la punta de un dedo antes de contestar.

—Dejé de hablar con Dios.

—¿Por alguna razón en especial?

Él levantó la mirada. Decían que la confesión era buena para el alma, ¿no? A Barbara no le caía bien, no confiaba en él. A lo mejor guardaba demasiados secretos.

—Estuve casado —al ver su expresión de sorpresa, añadió—: estaba muy enamorado, ilusionado con pasar el resto de mi vida con mi esposa y los hijos que pudiéramos tener. Cuando el embarazo estaba más o menos tan avanzado como el de Grace, le diagnosticaron un cáncer y los perdí a los dos.

La tragedia se reflejaba en su rostro tenso, en la expresión descarnada que brillaba en sus ojos oscuros, y Barbara se ablandó un poco. Ella sabía lo que era perder a un ser querido, porque su marido había muerto diez años atrás en un accidente aéreo y jamás se había planteado volver a casarse. Aún sufría por la pérdida, y era obvio que a aquel taciturno agente del FBI le pasaba lo mismo, y que había enterrado el corazón junto a la familia que había perdido. Grace debía de saberlo, y por eso se mostraba tan decaída.

—Mi esposo murió en un accidente —le dijo, con voz suave—. Sufrí un aborto espontáneo, y perdí al único hijo que habíamos podido concebir. Vivía en el pasado y odiaba mi vida, pero cuando adopté a Rick, mi vida volvió a tener sentido de nuevo —lo miró a los ojos, y añadió—: dejé de pensar en mí misma, y empecé a mirar a mi alrededor para ver quién necesitaba ayuda.

—¿Es una historia con moraleja? —Garon esbozó una pequeña sonrisa.

—Has vivido en una tumba abierta desde que perdiste a tu mujer y a tu hijo, ¿no crees que ya es hora de que empieces a vivir en el presente? Tienes otra esposa, y un hijo en camino. No es justo para ellos que tengan que ocupar un segundo puesto, detrás de unos fantasmas.

—Eso es muy extremo.

—Es la verdad. Puede que Grace no sea una mujer independiente y poderosa como tu amiga Jaqui, pero tiene sus propias aptitudes.

—Sabe cocinar y coser —le dijo Garon con desánimo—. En el pasado era lo que se esperaba de una mujer, pero las cosas han cambiado.

—Está claro que Jaqui es la clase de mujer a la que admiras —le dijo Barbara con voz gélida—. Cuando el niño nazca, podrás conseguir con discreción el divorcio y liarte con tu mujer ideal. Con un poco de suerte, Grace se dará cuenta de que Rick le conviene mucho más que tú. Perdona, pero tengo que abrir la cafetería —sin más, se levantó y lo dejó allí plantado.

Garon regresó a casa sintiéndose vacío. La distancia que existía entre Grace y él cada vez era mayor, y más difícil de cerrar. Había tenido que pasar mucho tiempo fuera trabajando en varios casos, y cuando estaba en casa, tenía que ponerse al día en la oficina y en el rancho. Su padre y sus hermanos habían ido a visitarlo para conocer a su esposa, pero no se habían quedado demasiado tiempo. Ella se había mostrado tímida y retraída, y su padre había comentado que hacían una pareja peculiar. Él no le había contestado, porque sabía que era cierto, pero se había acostumbrado al olor del pan recién hecho en la cocina, y a la suave risa de Grace cuando él bromeaba sobre los rosales. Se había acostumbrado al suave olor a rosas de su piel tersa, y al sonido de sus pasos en el suelo alfombrado. El único problema era el deseo abrumador que sentía por ella, y que lograba controlar a duras penas. La deseaba a todas horas, pero ella estaba muy frágil debido al embarazo. Tenía muchas náuseas, a veces le costaba respirar, y se cansaba con mucha facilidad. Por eso se limitaba a bromear con ella, a tomarla de la mano cuando salían a pasear, y a preocuparse. Intentaba no presionarla para que no se estresara, ya que no quería arriesgarse a que perdiera al bebé. Sólo con pensar en su hijo se llenaba de alegría, se sentía vivo de nuevo, pero Grace no había reaccionado como esperaba. Sabía que le encantaban los niños, pero no era la misma mujer de antes.

Era obvio que estaba cada vez más deprimida, y no podía soportar verla así. Tenía que hacer algo para hacerla revivir.

—¿Te apetece venir conmigo a la oficina? —le preguntó un lunes por la mañana, mientras desayunaban—. Podríamos ir a comer, y a lo mejor quieres ir de compras mientras yo acabo con el papeleo que tengo pendiente.

Grace vaciló por un segundo. Se trataba de una oferta de paz, y aunque pudiera parecer patético, la idea de pasar varias horas con su sexy marido hacía que se sintiera reconfortada.

—De acuerdo —le dijo sin mirarlo.

—Puedes ponerte uno de tus nuevos conjuntos de premamá.

—Sí, supongo que sí.

—Ve a cambiarte, te espero.

—Vale.

Después de apurar su taza de café descafeinado, Grace fue a su habitación y sacó uno de los tres conjuntos que se había comprado. Garon le había dado una tarjeta de crédito, y le había dicho que fuera a comprarse algo de ropa a San Antonio con la señorita Turner. Como estaba acostumbrada a ahorrar, le había dado apuro gastar demasiado, así que se había negado a ir a la sección de ropa de deporte a pesar de la insistencia del ama de llaves. No quería que la acusaran de derrochar el dinero de Garon. Habría sido diferente si hubiera tenido suficiente dinero propio, pero casi todo lo que ganaba en sus dos empleos lo invertía en su proyecto, que ya estaba completo y en manos del comprador. Garon iba a llevarse una gran sorpresa cuando se enterara, pero hasta que no tuviera más recursos propios, no pensaba malgastar dinero en caprichos. Lo que necesitaba era ropa sencilla y fresca, para soportar el calor que hacía en Texas.

Después de ponerse una camiseta rosa, una falda a juego y unas zapatillas de deporte blancas, se dejó el pelo suelto y se peinó mientras contemplaba su tez pálida en el espejo. Garon no sabía lo que estaba ocultándole y ella no quería que se enterara, porque sabía que se preocuparía. Su primera esposa estaba embarazada de cinco meses cuando le habían diagnosticado el cáncer, así que al verla a ella embarazada Garon debía de recordar lo que había perdido.

Agarró su bolso, y fue a la sala de estar.

—Estoy lista.

Él se levantó de inmediato, y sonrió al verla tan guapa con la ropa de premamá.

—No estás nada mal, señora Grier.

A ella se le aceleró el corazón, porque era la primera vez que la llamaba así; además, casi nunca le decía cumplidos.

—Gracias —le contestó con timidez, sin mirarlo a los ojos. A lo mejor creía que los elogios la animarían y le despertarían el apetito, estaba preocupado por el niño.

—Venga, vámonos.

La condujo hacia el coche, y la ayudó a entrar. Hacía bastante calor, y el cielo estaba despejado. Grace se preguntó cómo iban a reaccionar sus compañeros de trabajo al verla en la oficina, y se puso un poco nerviosa. Aún se sentía incómoda al estar cerca de algún hombre.

Entraron juntos en la oficina, pero Garon tuvo que irse cuando otro agente lo llamó y le dijo que tenía que asistir a una reunión urgente.

Una mujer que pasó junto a Grace se detuvo al verla allí sola, y le preguntó:

—¿Puedo ayudarla en algo?

—Eh... no, gracias —le dijo ella, cohibida—. Estoy esperando a mi marido.

—¿Es el testigo al que el agente Carlson está interrogando?

Antes de que Grace pudiera contestar, oyeron una voz que hablaba con impaciencia en árabe. Procedía de uno de los cubículos, y resonó con una cadencia extraña y casi musical en el silencio de la oficina.

—¿Por qué demonios no ha venido con alguien que pueda hacer de intérprete? ¡Joceline! —dijo un agente.

—¿Qué? —contestó la mujer que estaba hablando con Grace.

Un hombre rubio y alto asomó la cabeza desde el cubículo.

—Este tipo no habla inglés, ¿sabes dónde está Jon Blackhawk?

—En el juzgado. Tenía que ir a testificar sobre aquel asesinato del año pasado.

—¿Y qué hago yo ahora? Este tipo presenció un asesinato, y no sé si conseguiré que vuelva otro día.

El hombre en cuestión apareció en la puerta del cubículo, alzó ambas manos y empezó a expresar su exasperación, pero ninguno de los agentes entendían lo que decía.

Grace se le acercó con una sonrisa, y le dijo en árabe:

—Es que el agente que hace de intérprete ha tenido que ir al juzgado.

El hombre sonrió de oreja a oreja, y la saludó efusivamente. Ella respondió con amabilidad, sonriendo también.

Tanto Joceline como el agente se habían quedado mirándola boquiabiertos.

—¿Habla árabe? —le preguntó el agente.

—Sí. ¿Qué es lo que quiere preguntarle?

—Vamos dentro —le dijo él, encantado.

Garon regresó de la reunión al cabo de veinte minutos, y frunció el ceño cuando no la vio por ningún lado. No le había dicho que se quedara en la oficina, pero no esperaba que saliera a la calle sola con el calor que hacía. Seguro que se había sentido fuera de lugar en la elegante oficina, tal y como él se había temido.

Se detuvo junto al escritorio de Joceline, y le preguntó:

—¿Has visto a mi mujer?

—¿Estás casado?, no lo habías comentado nunca —le dijo ella, sorprendida.

—Porque no le incumbe a nadie —le contestó él con frialdad—. Es una historia complicada, y no pienso explicártela.

—La ropa de premamá es explicación suficiente. Si la mujer embarazada es tu esposa, está en ese cubículo.

Grace estaba rodeada de un grupo de agentes. Estaban charlando animadamente entre risas.

—¿Es tuya? —le preguntó el agente Blackhawk.

—¿Qué...? Sí, es mi esposa, Grace.

—Soy el agente Jon Blackhawk, señora. Es un placer conocerla —le dijo el hombre, mientras le estrechaba la mano.

—Lo mismo digo —dijo el agente Carlson.

—Encantada de conocerlos a los dos —les dijo ella, con una sonrisa.

Garon la tomó de la mano, y le dijo:

—Tenemos que irnos a comer.

—Vuelve a traerla otro día —le dijo Carlson.

Garon no contestó, y se limitó a conducirla hacia la puerta. Cuando llegaron al aparcamiento, la ayudó a entrar en el coche y fue a ponerse al volante.

—Parece que te lo has pasado bien —comentó, antes de encender el motor.

Grace enarcó las cejas, y le dijo con ironía:

—Sí, puedes sacarme en público de vez en cuando, sé hablar y caminar. Como normalmente hablas de tu trabajo, cenas, ves las noticias, te encierras en tu despacho, y te acuestas sin más, me parece que no hemos hablado más de una hora en total desde que nos casamos.

Aquello era cierto. Garon había evitado de forma deliberada estar a solas con ella, porque apenas podía contener las ganas de tomarla en sus brazos, tumbarla en la cama más cercana, y hacerle el amor sin parar. Pero sabía que de momento no podía hacerlo, debido al embarazo.

—He estado bastante ocupado.

—De todas formas, supongo que no te preocupa conocerme mejor, porque volveré a mi casa en cuanto nazca el niño −comentó ella, mientras se ponía el cinturón de seguridad.

El coche quedó sumido en un silencio sepulcral.

Grace se sorprendió al ver su expresión rígida, y añadió:

−Eso es lo que acordamos cuando nos casamos, dijiste que nos separaríamos en cuanto llegara el bebé.

Era cierto, lo había dicho. Garon deseó no haberlo hecho.

−Tienes varios trabajos de poca monta a tiempo parcial, creí que no serías capaz de lidiar con un nivel más sofisticado −le dijo con sequedad.

−Hago lo que me gusta −Grace se quedó mirándolo en silencio durante unos segundos, y al final añadió−: soy incapaz de tener una carrera estresante de altos vuelos, pero eso no significa que sea corta de entendederas. Aunque parece ser que eso es lo que opinas de mí, si creías que sería incapaz de estar sin ti en una oficina durante media hora.

−Nunca he dicho que seas estúpida.

−No te atreves, porque sabes que no volverías a probar mi pastel de manzana.

Garon esbozó una sonrisa, y no pudo contener una pequeña carcajada.

−Ten cuidado, puedes acostumbrarte a sonreír demasiado −le dijo ella.

Él soltó un profundo suspiro, y le dijo con brusquedad:

−Estás muy guapa embarazada, Grace.

Ella se dijo que aquello había sido un golpe bajo, que estaba lisonjeándola a propósito. Aunque no la amaba, al menos parecía tenerle un poco de aprecio, pero no aguantaba tenerla cerca cuando estaban en casa.

Se acarició con suavidad el vientre, y pensó que al menos tendría a su hijo cuando él la dejara... aunque si las predicciones agoreras de Coltrain se cumplían, sería Garon quien tendría que criar al niño. Al menos podía vivir con él y tenerlo cerca mientras durara el embarazo. Sabía que jamás volvería a amar a ningún hombre, pero tenía que esconder sus sentimientos porque no quería que él se sintiera culpable. No era culpa suya si aún amaba a su difunta esposa, había personas que sólo amaban una vez en la vida.

A Garon le sorprendió lo rápido que parecía pasar el tiempo, Grace estaba ya de ocho meses. Se había pasado la mayor parte del tiempo trabajando en el caso del asesino en serie, pero no tenían ninguna pista. Habían vuelto a interrogar a los testigos una y otra vez para intentar descubrir algún dato útil, pero había sido en vano. Habían comprobado todas las furgonetas blancas de Texas, pero ninguna de ellas pertenecía a un tal Sheldon. Entendían a la perfección lo frustrados que debían de haberse sentido los agentes de Washington que habían pasado veinte años intentando atrapar a un asesino en serie.

Grace les había contado todo lo que alcanzaba a recordar, pero tampoco había servido de mucho. Estaban convencidos de que Sheldon era la clave para resolver el caso, pero todas las pistas acababan en callejones sin salida. Se habían pasado meses ideando y llevando a la práctica nuevas estrategias, pero no habían conseguido resultados palpables. Empezaba a hablarse de desmantelar el grupo de trabajo, porque no había habido ningún avance.

Mientras tanto, se sentía cada vez más irritado por el interés creciente que Márquez mostraba por Grace. El inspector se las arreglaba para ir a la cafetería de Barbara dos veces a la semana por lo menos, y siempre durante el turno de Grace.

La naturalidad con la que ella se comportaba cuando estaba con Márquez contrastaba con la actitud distante que tenía con él, y eso lo sacaba de quicio. Se sentía desesperanzado, porque a pesar de que parecía sentir algo de afecto por él, no mostraba interés desde un punto de vista sentimental.

Al menos Márquez se limitaba a ser cortés con ella, y no decía nada que pudiera enfurecerlo; además, no había puesto ni un pie en el rancho.

Una tarde, Garon llegó a casa antes de lo habitual. Ya estaban en otoño, y el aire era bastante fresco. Entró en la casa, pero al ver que ni Grace ni la señorita Turner estaban allí, se cambió de ropa y salió a buscarlas.

Al darse cuenta de que el Expedition no estaba por ninguna parte, pensó que habían ido al pueblo, pero oyó voces que procedían de la parte trasera de la casa y fue hacia allí con curiosidad; al acercarse al granero, se dio cuenta de dos cosas: no había ningún vaquero cerca, y el hombre que estaba hablando con Grace era el mismísimo Sheldon.

CAPÍTULO 15

Garon podría haber intentado disimular, acercarse a ellos y fingir naturalidad, pero Sheldon era un tipo muy astuto y no se dejaría engañar. De modo que hizo lo único que podía en aquellas circunstancias: desenfundó la pistola, apuntó al sospechoso, y gritó:

—¡FBI! ¡Mantenga las manos donde pueda verlas!

A Grace le dio un vuelco el corazón al darse cuenta de que Garon había reconocido al visitante, y lo consideraba una amenaza. El hombre había ido a preguntar si podía quedarse con uno de los gatitos que vivían en el granero, y ella se había ofrecido a acompañarlo para que los viera. Había trabajado como profesor sustituto en el colegio cuando ella era pequeña, y a todos los niños les caía muy bien. Le había explicado que había regresado a Jacobsville recientemente, pero que tenía ratones en casa, y alguien le había comentado que su gata había tenido una nueva camada.

Aunque era un hombre inteligente y agradable, tenía algo que la incomodaba, y aún estaba intentando averiguar por qué se sentía así cuando Garon apareció de pronto en la puerta del granero.

Sucedió con tanta rapidez, que no se dio cuenta de lo que pasaba hasta que el hombre le rodeó el cuello con el brazo, y sujetó un cuchillo contra su piel. En ese momento, supo por qué se había sentido tan aprensiva, ya que el olor de aquel hombre era distintivo y aterrador. Sus muñecas eran visibles por encima de los guantes que llevaba, y tenía la piel muy pálida. Sí, sabía quién era, y por qué estaba allí: había ido a asegurarse de que no pudiera identificarlo. Recordó lo que aquel animal le había hecho en el pasado, pero se obligó a centrarse en el presente. Estaba embarazada, y él parecía decidido a acabar con su vida y con la de su bebé.

—No creí que lograras identificarme, Grier —exclamó Sheldon, con una carcajada—. Siempre he ido de un lado a otro, un paso por delante de la ley, pero ahora me buscan en todas partes. ¿Y sabes por qué?, por culpa de mis jodidas manos. Pensé que los guantes servirían para despistar, pero la descripción que hicisteis pública era demasiado buena. Llevo huyendo desde la primavera.

Garon no apartó la mirada de su objetivo. Después de trabajar seis años en el equipo de rescate de rehenes, aquella situación le resultaba demasiado familiar.

—¿Qué es lo que quieres... transporte, dinero?

—Estoy harto de huir —tensó aún más el brazo alrededor del frágil cuello de Grace, y le hizo sangre al presionar con más fuerza con el cuchillo—. Pero antes de que me atrapes, voy a ocuparme de los cabos sueltos. Ésta es la única a la que no pude rematar. Dijeron que tenía amnesia, pero en cuanto empezasteis a identificarme por las manos, supe que se acordaba de todo.

—Está embarazada —masculló Garon.

—¿Y qué más da? No soporto a los mocosos, sobre todo a las niñas. Mi madrastra me odiaba, y fue aún peor cuando se enteró de que no podía tener hijos propios. Como me hacía pis en la cama, me castigaba obligándome a llevar vestidos con encaje y volantes. No me cortaba el pelo para que lo tuviera largo, y me ponía lazos. Me mandó así al colegio —su rostro enrojeció de furia—. Mi padre le tenía miedo, así que no protestaba. Todo el mundo se burlaba de mí. Pero crecí hasta ser más corpulento que los dos, y me vengué —esbozó una sonrisa gélida, y añadió—: les dije a los polis que lo había hecho un desconocido, que había salido corriendo al ver lo que estaba haciéndoles a mis padres, y no dejé de llorar. Y los muy idiotas me creyeron.

—¿Por eso llevas guantes?, ¿porque te sientes culpable? —le preguntó Garon, sin dejar de apuntarle con la pistola.

—A los doce años, me meé en la cama otra vez. El retrete estaba fuera de la casa, pero hacía frío y la oscuridad me daba miedo. Me aguanté con todas mis fuerzas, pero poco antes de que amaneciera se me escapó. Cubrí el colchón con las sábanas, para que ella no se diera cuenta hasta que me hubiera ido al colegio, pero fue a hacer la cama antes de que llegara el autobús escolar y se dio cuenta. Había puesto una olla de agua al fuego para empezar a preparar un cocido. Empezó a gritarme que era idiota y retrasado, que me iba a arrepentir de haberlo hecho, y entonces me agarró los brazos y me metió las manos en el agua hirviendo...

Al ver que Garon hacía una mueca, Sheldon se endureció de inmediato.

—Le dije a mi padre lo que me había hecho, pero él me contestó que era un mentiroso, que era una buena mujer incapaz de hacerme daño, que yo mismo había metido las manos en el agua para echarle las culpas a ella. Me dolían muchísimo, y ellos se limitaron a darme una aspirina y a ponerme una pomada. Quedaron llenas de cicatrices, así que tuve que aprender a hacerlo todo con guantes para que la gente no se burlara de mí.

—Mataste a unas niñas que no te habían hecho nada —le dijo Grace.

—Os parecíais a ella —le espetó él con brusquedad—. ¡Todas os parecíais a mi madrastra! Yo tenía doce años cuando arruinó mi vida, así que maté a doce niñas que se le parecían. Una por cada año. Pero tú sobreviviste —murmuró contra su pelo—. No puedo dejar que vivas, romperías la cadena.

—Suéltala —le dijo Garon.

—El niño que espera es tuyo, ¿verdad? —Sheldon le apretó más el cuello, y Grace soltó un jadeo—. Es una lástima que vaya a morir antes de dar a luz.

Garon no había sentido nunca una angustia tan desgarradora. Aquel hombre estaba hablando muy en serio, estaba decidido a asesinar a doce niñas que se parecían a su madrastra y Grace era el único cabo suelto que le quedaba. No tenía tiempo de llamar a los negociadores ni de pedir refuerzos, lo único que podía hacer era reaccionar. Aquel criminal podía cortarle la carótida a Grace en un instante, y nada ni nadie podría evitar que se desangrara hasta morir. Al imaginarse aquellos preciosos ojos grises cerrados para siempre, sintió que le arrancaban el corazón de cuajo.

Tenía que hacer algo. De inmediato.

—Grace —le dijo suavemente, con expresión pétrea—, ¿te acuerdas del día en que te encontré en el porche de tu casa, el día en que fuimos a ver a Copper?

—Sí —susurró ella.

—¿Confías en mí, cariño?

Ella consiguió esbozar una sonrisa tensa a pesar de lo aterrada que estaba.

—Con mi vida.

—De acuerdo.

Grace sabía lo que estaba pidiéndole, y en sus ojos oscuros vio la certeza de que la balanza podía decantarse hacia cualquiera de los dos extremos. Tenía una mínima posibilidad de salir de aquélla con vida, tenía que actuar en el momento preciso. Miró a su marido, y de repente se estremeció y dejó que Sheldon cargara con todo su peso cuando cerró los ojos y fingió que se desmayaba.

La pequeña distracción fue suficiente, porque Garon jamás fallaba un tiro. Disparó una sola vez, y vio cómo impactaba la bala justo cuando Sheldon volvía ligeramente la cabeza para mirar a Grace.

Ella sintió la sacudida del cuerpo que tenía a su espalda, y notó la humedad cálida de la sangre que empezó a correrle por el cuello. El cuchillo cayó al suelo, y el asesino cayó muerto a sus pies.

Se desplomó temblorosa mientras intentaba respirar jadeante. Se dio cuenta de que la sangre que notaba era suya; al parecer, Sheldon le había hecho un corte cuando la bala le había alcanzado. Por un segundo, la aterró la posibilidad de que le hubiera seccionado la arteria, pero mientras se llevaba una mano al cuello y comprobaba que no era tan grave como pensaba, su corazón pareció dar una fuerte sacudida y empezó a palpitar a un ritmo inestable y errático. Empezó a jadear como un pez fuera del agua, y se sintió horrorizada al darse cuenta de lo que pasaba.

«Aún no», rogó en silencio. «Aún no, es demasiado pronto, el niño no está listo...».

Se cayó de costado, mientras seguía intentando contener la sangre del corte. Oía varias voces y el sonido de unas sirenas, pero no entendía gran cosa. Notaba cómo iba apagándose su vida, se sentía incorpórea, ligera, estaba fusionándose con el aire y con las nubes, con el cielo.

Garon fue corriendo hacia ella, se desplomó de rodillas a su lado, y la apretó contra su pecho.

—¡Dios, eso sí que ha sido por los pelos! ¿Estás bien, Grace? Cariño, ¿estás bien? —no podía dejar de besarle febrilmente el pelo, la mejilla... el terror lo había dejado tembloroso, y no quería ni pensar en lo que habría pasado si hubiera fallado.

—Estoy... bien —susurró ella. Era mentira, pero Garon estaba muy alterado. Le dio un beso en la mejilla, y consiguió añadir con voz débil—: me has salvado... gracias.

Él le acarició el pelo, y depositó un beso firme y rápido en sus labios.

—Mi dulce muchacha... —susurró, con una ternura inmensa.

En ese momento, se detuvieron frente a la puerta del granero dos coches patrulla y una ambulancia, de la que salió de inmediato Copper Coltrain. El médico fue corriendo hacia Grace, y les hizo señas a los paramédicos para que se dieran prisa.

—Es un corte pequeño —Garon luchó por controlarse.

Le apartó el pelo de la cara con cuidado, y le dijo con voz suave–: Coltrain va a curarte, cariño. Tengo que ir a informar sobre lo que ha pasado, enseguida vuelvo –le apretó la mano con ternura, y añadió–: lo has hecho muy bien, has sido muy valiente.

Grace no pudo contestar, pero daba igual, porque él ya estaba alejándose, convencido de que no estaba herida de gravedad; sin embargo, Coltrain se había dado cuenta de lo que pasaba, y no dejó de soltar órdenes a diestro y siniestro mientras los paramédicos la colocaban en una camilla y la metían en la ambulancia.

Cash Grier acababa de llegar. Al ver al hombre tirado en el suelo y el grupo de gente que lo rodeaba se dirigió hacia allí, pero el doctor Coltrain lo interceptó y le dijo:

–Ve a por tu hermano, llévalo al hospital lo antes posible. Voy a pedir un helicóptero para trasladar a Grace a Houston de inmediato. Un cardiólogo amigo mío trabaja allí y es el mejor cirujano que tienen, le avisaré para que esté esperándola en Urgencias.

–Pero... si sólo es un corte –protestó, al mirar a Grace.

–No –Coltrain respiró hondo, y le contó toda la verdad.

–Dios del Cielo... –susurró Cash, con el rostro rígido de tensión–. Yo me encargo de llevar a Garon al hospital.

La policía local estaba ocupándose de la escena del crimen, y uno de sus hombres le estaba tomando declaración a su hermano. Se acercó a él, y lo tomó del brazo justo cuando la señorita Turner llegaba a la carrera para ver a qué se debía tanto alboroto.

–Garon, tienes que venir conmigo al hospital ahora mismo –le dijo, muy serio.

—Ya sé que Grace está asustada, se ha llevado un buen susto, pero tengo que zanjar todo esto y llamar a mi oficina...

—Coltrain va a pedir un helicóptero para trasladarla a Houston —le dijo Cash.

—¿Por un corte en el cuello? —Garon pensó que su hermano había enloquecido.

Cash respiró hondo, y recordó el miedo que había pasado por Christabel Gaines, que en la actualidad estaba casada con Judd Dunn. Habían tenido que trasladarla a toda prisa al hospital, y él había pasado unas horas interminables en la sala de espera mientras los médicos luchaban por salvarla.

—Garon, Grace tiene una válvula cardíaca dañada, y ha entrado en estado crítico. Si no la operan cuanto antes, no saldrá de ésta.

Garon oyó las palabras, pero carecían de sentido. Se quedó mirando a su hermano con perplejidad.

—Tienen que operarla a corazón abierto —añadió Cash.

El terror lo golpeó de lleno. Garon recordó lo pálida que estaba siempre, su falta de energía, la constante preocupación de Coltrain, la actitud protectora de la gente del pueblo. En ese momento, cuando ya era demasiado tarde, lo entendió todo.

—Houston... —susurró, muy pálido—. ¿Van a trasladarla a Houston?

—Sí.

—Tengo que ir con ella. ¿Puedes llamar a mi superior por mí? Dile dónde estoy, y por qué.

—Le diré a uno de mis hombres que se encargue de eso, te acompaño a Houston.

—Gracias.
—No tienes que agradecerme nada. Venga, vamos.

Mientras Cash conducía hacia el hospital a toda velocidad, con las luces y la sirena del coche patrulla encendidas, Garon permanecía en silencio, recordando a otra mujer embarazada que había muerto. Podía perder a Grace... cerró los ojos mientras lo recorría un estremecimiento. Llevaba meses en su casa, preparándole pasteles de manzana y riendo con la señorita Turner, confeccionando cojines para la sala de estar, mirándolo con una sonrisa desde el otro lado de la mesa. Nunca se había quejado por sus ausencias, no había dado pie a discusiones ni había intentado hacerle sentir culpable por trabajar tanto. Grace tenía que vivir, era lo único que importaba.

Fue lo primero que le dijo a Coltrain cuando se encontraron en la sala de Urgencias. El médico no hizo ningún comentario sarcástico; se limitó a asentir, y le dijo:

—Voy a acompañaros a Houston, por si acaso.

Garon fue incapaz de contestar, y asintió con la cabeza.

Grace estaba muy pálida. Mientras iban en el helicóptero junto al doctor Coltrain y a un paramédico, la sábana que la cubría se movía al ritmo inestable de su corazón. Cash iba camino de Houston en coche, seguramente a toda velocidad y con la sirena encendida.

Grace tenía puestas una vía intravenosa y una máscara de oxígeno, y mientras el doctor Coltrain controlaba su evolución, Garon permaneció aferrado a su mano. Sintió una punzada de dolor al recordar algo que había sucedido varios meses atrás. Ella se había sentido mal, y no había podido acompañarlo a una reunión de una asociación de ganaderos que había concluido con una cena; por alguna razón, Jaqui Jones también había asistido, y la habían sentado a su lado. Un fotógrafo del periódico local les había tomado una foto en la que él salía sonriendo y ligeramente inclinado hacia ella.

La señorita Turner había escondido el periódico para que Grace no lo viera, pero ella había notado aquel intento de protegerla; según el ama de llaves, Grace había encontrado el periódico y se había limitado a mirar la foto sin decir palabra antes de tirarlo a la papelera y seguir con sus quehaceres como si nada.

Él estaba fuera con sus hombres, llevando a los toros hacia los pastos de verano. Era un día muy caluroso, así que estaba bastante sudado, y al entrar en la casa se había quitado la camiseta de inmediato y se había encontrado cara a cara con Grace, que estaba esperándolo en el vestíbulo.

—¿Tienes una aventura con Jaqui? —le había preguntado ella, sin andarse por las ramas.

Él se había echado a reír. Se trataba de una reacción imperdonable, pero no había podido contenerse al oír aquella pregunta tan ridícula. Estaba casado, su mujer estaba embarazada, y vivían en un pueblo de cotillas benevolentes.

—¿Estás loca? —le había dicho con una sonrisa, mientras pensaba en lo guapa que estaba con la blusa verde y los pantalones blancos de premamá que llevaba—. ¡Barbara me liquidaría!

Ella se había mostrado contrita, pero entonces había recorrido con la mirada su pecho musculoso y desnudo, y el deseo se había reflejado con claridad en su precioso rostro.

Él había tirado su chaqueta hacia la mesa del vestíbulo, la había abrazado, y la había besado profundamente mientras ella gemía y se aferraba a su cuello. Justo cuando estaba a punto de ceder ante la tentación avasalladora de tumbarla en el suelo y hacerle el amor, había recibido una llamada de la oficina. Su superior había decidido enviarlo al este, para que ayudara en una investigación, y sólo le habían dado unos minutos para preparar el equipaje y marcharse hacia el aeropuerto.

Había mirado a Grace con una sonrisa pesarosa, y ella le había devuelto el gesto; sin embargo, cuando había regresado a casa al cabo de una semana, ella se había mostrado callada y retraída de nuevo. La señorita Turner le había dicho que había tenido una larga conversación con el doctor Coltrain, y que desde entonces parecía bastante decaída. Él había intentado averiguar lo que pasaba, pero tanto Grace como el médico le habían dicho que estaba un poco nerviosa por el parto, y que habían estado hablando del tema.

Estaba claro que le habían mentido. Grace había arriesgado la vida para poder dar a luz a su bebé. Su mujer sabía lo mucho que él deseaba tener un hijo, y que se habría vuelto loco de preocupación si hubiera sabido que estaba enferma del corazón, así que les había prohibido a todos los que conocían su situación que le contaran la verdad, y había cargado durante todos aquellos meses con aquel secreto, con aquel peso enorme.

Se llevó su delicada mano a los labios, y la besó con ternura. Al sentir que se le llenaban los ojos de lágrimas, agachó la cabeza para que nadie se diera cuenta. Si Grace moría... ¿qué iba a hacer si Grace moría?, ¿cómo iba a poder seguir viviendo sin ella? Y ni siquiera le había confesado lo que sentía por ella...

Cuando el helicóptero tomó tierra, un equipo del hospital ya estaba esperándolos. Coltrain le había explicado que, tras un examen inicial, le practicarían una cateterización del corazón para comprobar el alcance de los daños, y que entonces procederían en función de lo que encontraran. El médico había llamado desde Jacobsville a un cardiólogo que trabajaba en el hospital, el doctor Franks; al parecer, era toda una eminencia en su campo, y había accedido a ocuparse del caso.

La pesadilla empeoró aún más cuando Franks y Coltrain le explicaron todo lo que podía salir mal. El embarazo de Grace estaba tan avanzado, que podían sacar al niño, pero tanto una cesárea como un parto natural suponían un riesgo. El doctor Franks comentó con desaprobación que Grace no debería haberse quedado embarazada, sabiendo que lo más probable era que tuvieran que acabar operándola a corazón abierto.

Garon se había quedado destrozado al oír aquello, pero el doctor Coltrain se había puesto de su parte y había argumentado que Grace no había permitido que le dijeran lo que pasaba, y que nadie esperaba que pudiera quedarse embarazada.

A pesar de que el doctor Franks se disculpó, Garon estaba consumido por la culpa y no podía dejar de pensar que ojalá lo hubiera sabido, que ojalá ella se lo hubiera dicho.

Cash llegó a la sala de espera poco tiempo después. Garon estaba sentado junto a la ventana, contemplando el terreno del hospital con la mirada perdida. Había gente caminando por las aceras, personas que entraban y salían de los edificios, pero él no veía a nadie. Estaba recordando la primera vez que había visto a Grace, cuando ella había ido a pedirle ayuda porque su abuela se encontraba mal.

Al sentir el peso de una mano en el hombro, levantó la mirada y vio a su hermano.

—¿Cómo están las cosas? —le preguntó Cash, mientras se sentaba a su lado. Aún llevaba su uniforme, y una familia que había en la sala estaba mirándolo con curiosidad.

—Están practicándole una cateterización del corazón —le contestó, sin inflexión alguna en la voz—. No saben si es más peligroso inducirle el parto o hacerle una cesárea, podría morir antes de que lleguen a la válvula cardíaca.

Cash respiró hondo. Sabía cómo se sentía su hermano, porque él había estado a punto de perder a Tippy en los comienzos de su relación. Y tampoco había olvidado la vez en que uno de los hermanos Clark había estado a punto de matar a Christabel Dunn. En aquella época estaba loco por ella, había sido antes de que empezara a salir con Tippy, y aún recordaba la angustia que había sufrido.

—Si la pierdo, no me quedará nada por lo que valga la pena seguir en este mundo —le dijo Garon.

—A ella no le gustaría oírte decir eso. Es una persona que valora la vida, sólo hay que ver la dedicación con la que cuida los rosales.

Garon se mordió el labio al recordar el día en que ella le había preguntado en broma si había estado hablando también con las rosas. A Grace le encantaba cultivar plantas, hacerlas crecer.

—¿Has llamado a mi superior para decirle lo que ha pasado? —le preguntó a Cash al cabo de un momento.

—Sí. Me ha dicho que algunos de tus compañeros vendrán más tarde a hacerte compañía —al ver que su hermano se limitaba a asentir, sonrió y añadió—: se me había olvidado lo unidos que estáis. Yo he trabajado gran parte de mi vida solo, o con un observador.

—Pero ya no, ¿verdad?

—No, ya no. Cuando los pesos pesados del pueblo amenazaron con despedir a dos de mis agentes porque habían arrestado a un político borracho, la comisaría en pleno y el cuerpo de bomberos amenazaron con dimitir si me echaban. Aquello me llegó muy hondo, y me cambió la vida. Pasé de ser un forastero a un miembro de una enorme familia. La verdad es que me encanta.

Garon había sentido un poco de esa cercanía cuando había empezado a obsesionarse con Grace, pero se había terminado de golpe cuando la había destrozado y la había dejado tirada. Jamás iba a perdonarse por cómo la había tratado, sobre todo después de enterarse de toda la verdad.

—Supongo que a mí me considerarían un miembro más de la familia si admitieran a los que no soportan. No sabía que tenía el corazón delicado... no dejé de presionarla para que fuera a la universidad, para que aprendiera un oficio, para que desarrollara todo su potencial. Ella me dijo que no podía tener una carrera estresante, pero jamás pensé que se debía a un problema de salud. Creía que necesitaba algo más que estudios secundarios para enfrentarse al mundo moderno –miró a su hermano con tristeza, y añadió–: y un día la llevo a la oficina, la dejo esperando mientras voy a una reunión, y cuando vuelvo me la encuentro hablando tan tranquila en árabe con un hombre jordano que había presenciado un asesinato. Habla varios idiomas –comentó con orgullo.

Cash esbozó una sonrisa.

–Supongo que no te ha dicho que es miembro de la Mensa, ¿verdad?

Garon lo miró boquiabierto. Los miembros de aquella organización tenían cocientes intelectuales muy altos, mucho más que el del estudiante universitario medio.

–Márquez me lo dijo –añadió Cash–. Cuando era más joven estaba loco por ella, pero lo intimidaba su inteligencia. Grace tiene una memoria fotográfica. Además, el proyecto secreto en el que lleva un año trabajando ha sido todo un bombazo –al ver que a su hermano parecía como si le hubieran estampado un pastel en la cara, sonrió y le preguntó–: ¿no te lo ha contado?

–¿Por qué sabes más sobre mi mujer que yo? –le dijo Garon con indignación.

–Porque yo sí que le caigo bien a Barbara.

–¡Dios, no la he llamado...!

–Tranquilo, ya me he ocupado yo. Está organizando un grupo de plegaria para esta noche.

En el pasado, cuando aún odiaba a Dios por lo de Annalee, Garon se habría burlado de la idea; sin embargo, en ese momento asintió agradecido, porque la vida de Grace pendía de un hilo.

Se acercó al teléfono, y marcó el número con el que se podía contactar con la oficina del capellán. Preguntó si alguien podía decirle cómo iba la cateterización, y le aseguraron que iban a comprobarlo de inmediato. En casos en los que podía producirse un desenlace fatal, daban un servicio muy valioso: hacían de enlace entre los médicos y las familias de los enfermos, y ofrecían consuelo y compañía cuando la gente sufría por sus seres queridos.

Una mujer de mediana edad con el pelo rubio y corto que le recordó a Barbara llegó al cabo de un rato. Llevaba la placa identificativa del servicio del capellán, y se llamaba Nan.

—Ya casi han terminado, de momento está estable —le dijo con amabilidad.

—Gracias a Dios —Garon soltó un profundo suspiro. Tenía los ojos cansados.

—El cardiólogo vendrá a hablar con usted en breve. Están valorando las posibles opciones, y la decisión dependerá de lo que vean en la cateterización. ¿Su esposa toma anticoagulantes?

Garon palideció de golpe, porque no tenía ni idea. Acababan de preguntarle algo que podía significar la vida o la muerte de su mujer, y ni siquiera sabía qué medicación tomaba. Se sintió avergonzado de sí mismo.

Antes de que tuviera que admitir que no lo sabía, vio a Coltrain acercándose por el pasillo con el doctor Franks, y se apresuró a salirles al encuentro con Cash pisándole los talones.

—¿Qué van a hacer? —les preguntó.

—El doctor Coltrain me ha detallado el historial de su esposa. Ya le he dicho antes que el embarazo es una complicación añadida —le dijo Franks.

—Ella me prohibió que le explicara a Garon lo que pasaba —le recordó Coltrain.

—Supongo que lo hizo para protegerlo, ¿no? —comentó Franks con benevolencia.

—Sí —le contestó Garon con rigidez—. Mi primera esposa murió de cáncer estando embarazada de cinco meses, y Grace lo sabía.

Cash lo miró boquiabierto, ya que no sabía nada de aquel asunto. Era una muestra de lo distanciados que habían estado.

—Es una mujer compasiva, pero debemos decidir lo que vamos a hacer. Como ya le he dicho, el niño complica las cosas...

—Grace es lo principal —le dijo Garon con firmeza—. Pase lo que pase, tiene prioridad.

El doctor Franks sonrió.

—Espero poder salvarlos a los dos, pero debemos decidir entre un parto inducido y una cesárea. Yo me decanto por... disculpen —sacó su móvil, y después de una breve conversación, colgó y les dijo—: era el doctor Morris, el cardiólogo. Su esposa se ha puesto de parto. Tengo que ir de inmediato.

—Ella es lo principal —le recordó Garon.

—Sí —le dijo el médico.

—Iré para ayudar en lo que pueda —le dijo Coltrain a Garon, con mucha más amabilidad de la habitual. Miró a Nan, la ayudante del capellán, y le preguntó—: ¿se quedará con él?

—Por supuesto.

Cash se disculpó cuando empezó a sonarle el móvil, y salió afuera porque tenía más cobertura.

Garon sintió que se le encogía el corazón mientras veía alejarse a Coltrain y a Franks. Todo dependía de aquellos dos hombres, de la ciencia médica, pero si Barbara estaba rezando y existía la más mínima posibilidad de que las plegarias sirvieran de ayuda...

—¿Dónde está la capilla? —le preguntó a Nan.

—Sígame.

Le resultó extraño volver a estar en una capilla después de tantos años. Jamás habría creído que volvería a apoyarse en la fe tras la muerte de Annalee, porque por mucho que había rezado por ella, no había servido de nada.

Sin embargo, con el paso de los años se sentía menos seguro de la omnipotencia de la ciencia. Había visto tanta muerte... ese mismo día se había enfrentado a ella cara a cara. Recordaba la conversación que había mantenido con el asesino, cuya niñez debía de haber sido un infierno. Aquel hombre estaba decidido a matar a Grace, así que él no había tenido más remedio que disparar y esperar que la bala diera en el blanco.

En el silencio de la capilla, sintió el impacto de la situación desesperada de su mujer sumada al hecho de haber acabado con un ser humano. A pesar de la situación, había matado a un hombre, y le resultaba difícil asimilarlo... si era necesario, en la oficina podía solicitar la ayuda de un asesor. Iba a haber una investigación, claro. No había hablado con su superior, pero sabía que estaría de permiso administrativo mientras el sheriff del condado y el FBI investigaban lo sucedido; sin embargo, era incapaz de lidiar con esa complicación en ese momento. Lo único que quería era que Grace siguiera viviendo. La resarciría por todas las cenas a las que no había llegado a tiempo, por todas las cosas desconsideradas que había hecho, y que la habían llevado a creer que ella no le importaba. Si tuviera tiempo para hacerlo, si Dios la salvara...

Había pasado por aquello con las familias de las víctimas. Se preguntó cuántas veces había ido a las salas de espera de cuidados intensivos para hablar con los supervivientes, y los había oído intentando pactar con Dios por la vida de un ser querido.

«Prometo no volver a decir nada hiriente si se salva», solían decir. «Iré a misa cada domingo, ayudaré a los pobres, me haré voluntario, me cortaré el brazo si la salvas, si lo salvas, ¡si permites que esta persona siga viva!».

Era angustioso oír las promesas, pero le había tocado el turno a él y allí estaba, rogando por la vida de Grace. Pero ella era importante, le dijo a Dios en silencio. Sí, mucho más importante que él. Era una mujer cariñosa, siempre estaba cocinando para gente enferma o necesitada, iba a hacer compañía a enfermos que estaban en el hospital, iba a la iglesia, ayudaba a todos los que la necesitaban. Él no era así. Cuando no estaba en el trabajo, era un hombre introvertido que no sabía relacionarse con los demás. En cierta forma, se había sentido resentido por tener que casarse con ella debido al niño, pero no se lo había dicho... ¿o sí? Sin embargo, durante la convivencia había empezado a depender de su alegría, de su serenidad, de su optimismo a la hora de enfrentarse a los problemas. Jamás había podido hablar con nadie como lo hacía con ella, ni siquiera con su primera esposa. Grace no discutía, no se quejaba ni se enfadaba por las exigencias de su trabajo.

A Annalee no le gustaba que trabajara tanto, no le caían bien sus compañeros de trabajo, y siempre estaba quejándose por sus ausencias y por las horas que ella misma perdía de trabajo debido al embarazo. Hasta que se había quedado embarazada, había estado muy centrada en su carrera, y no le importaba sacrificar el poco tiempo que tenían juntos y dedicarlo al trabajo, porque quería ir ascendiendo. Habían empezado a distanciarse, porque los dos eran ambiciosos. Habían creído que tendrían toda una vida para recuperar el tiempo perdido. Se había sentido aterrada cuando le habían diagnosticado el cáncer, y los últimos meses habían sido un infierno. Ella no dejaba de llorar y de pedirle perdón por haber sido tan mezquina, y entonces había empezado a rezar y a hacer promesas con tal de seguir con vida. Había sido una mala esposa, pero iba a cambiar si vivía; empezaría a ir a misa, sería mejor persona, se centraría más en su familia que en su trabajo...

Pero uno no podía pactar. Sólo podía pedir, nada más.

Agachó la cabeza, y empezó a hablar con Dios. No intentó pactar, se limitó a rezar por el bien de Grace.

CAPÍTULO 16

La ayudante del capellán lo dejó solo, y cuando regresó, Garon ya se dirigía hacia la puerta.
—Están buscándolo —le dijo ella con suavidad.
La siguió por el pasillo y pasaron junto a la sala de espera, pero al llegar al mostrador de información, un auxiliar le pidió a la mujer que se acercara.
—Disculpe un momento —le dijo ella, antes de ir a hablar con el hombre.
Garon se quedó allí esperándola, cada vez más tenso. Grace tenía que seguir viviendo, ¡tenía que hacerlo! Sintió pánico al ver que la mujer se ponía muy seria.
—Su esposa se encuentra bien —se apresuró a decirle ella en cuanto regresó, al ver que parecía aterrado—. Vamos, tiene que subir a hablar con el cirujano.
Subieron en el ascensor atestado a la planta de cirugía, donde los esperaban Coltrain y el doctor Franks. Los dos miraron a Nan, que les dijo con voz serena:
—No se lo he dicho.
—Tienes un hijo —dijo Coltrain.
—¿Cómo está Grace? —masculló Garon.

—De momento, estable —le contestó Coltrain—. Ha sido un parto inusualmente rápido, tratándose de una primeriza. No ha sufrido más allá de lo normal, y están preparándola para la operación.

—Nos ha dado permiso para que la operemos, pero me gustaría que usted también dé el visto bueno —le dijo el doctor Franks.

—Por supuesto —le contestó Garon de inmediato—. ¿Puedo verla?

—Sólo un minuto. El doctor Coltrain lo llevará —le dijo Franks.

—Haga todo lo que pueda —le suplicó Garon. Sus ojos dijeron más que las palabras.

El doctor Franks le puso una mano en el hombro, y le dijo con una sonrisa:

—Yo no pierdo a mis pacientes. Va a salir adelante, tenga fe.

Garon asintió. Coltrain y Nan lo llevaron a la habitación de Grace, a la que acababan de administrarle la medicación necesaria de cara a la intervención quirúrgica. Estaba adormecida, pero sus ojos se iluminaron al ver a Garon.

—Grace —susurró él con voz ronca, antes de besarle los párpados con ternura—. Dios, Grace... cariño, ¿por qué no me lo dijiste?

—No te podía... hacer... algo así —susurró ella, mientras las lágrimas le corrían por las mejillas—. Estabas tan emocionado por lo del bebé... lo deseabas tanto... tenemos un niño, ¿te lo han dicho?

—Sí —consiguió decir él, mientras luchaba en vano por contener las lágrimas.

—Ven aquí.

Grace lo instó a que bajara la cabeza, y él obedeció sin protestar y se hundió en el consuelo que ella le ofrecía. Se sintió avergonzado, porque debería ser él quien la reconfortara...

Ella le besó los párpados lentamente, y sintió el sabor de sus lágrimas. Al notar que lo recorría un estremecimiento, se dio cuenta de que estaba destrozado, y lamentó que tuviera que pasar tanta angustia. Pero estaba decidida a luchar, porque no quería morir. Los sentimientos que estaba mostrando Garon eran demasiado profundos para ser simple lástima, pero le dolía verlo tan desesperado.

—No pasa nada, Garon. Todo va a salir bien, te lo prometo —vaciló por un instante, porque estaba a punto de dar un paso hacia lo desconocido. Cada vez se sentía más somnolienta—. Cuida de nuestro hijo si...

—No lo digas —le suplicó él.

—Tory —susurró ella—. Quiero que se llame Tory, por mi abuelo. Y su segundo nombre debe ser Garon, por ti. ¿De acuerdo?

—Puedes tener lo que quieras —le dijo él con rigidez—. Sólo te pido que no... que no me dejes, Grace. No me dejes solo.

Grace se sintió feliz, porque se dio cuenta de que Garon sentía algo por ella. Era algo muy poderoso, igual que lo que ella sentía por él. Trazó su boca con la punta de los dedos. Lo amaba tanto... más de lo que él alcanzaba a imaginar.

—Me has dado más felicidad de la que tuve jamás —susurró—. Me salvaste la vida. Te amo.

—¡Grace...!

Ella había inhalado con fuerza, y parecía que le costaba respirar.

—Tenemos que irnos. Garon, podrás decirle lo que quieras después —le dijo el doctor Coltrain.

Pero Garon estaba rígido junto a su mujer, aterrado, desgarrado por el dolor. Le aterrorizaba que aquélla pudiera ser la última vez que la veía con vida, no quería apartarse de su lado.

—No te mueras, Grace —le dijo entre sollozos, con los ojos nublados por las lágrimas—. ¡No te atrevas! —respiró hondo, y agregó—: ¡no pienso tener que decirles a esos condenados rosales que no vas a regresar a casa!

Ella soltó una débil carcajada, y el sonido fue como un coro celestial para él. Se inclinó para besar sus labios resecos una última vez, y le susurró al oído:

—No me dejes. No puedo vivir sin ti.

—Cariño —susurró ella, mientras se le cerraban los ojos por culpa de los sedantes.

—Vamos —Coltrain lo agarró del brazo, y tuvo que sacarlo prácticamente a rastras.

Garon miró por encima del hombro, y al verla allí tan pálida y con los ojos cerrados, sintió pánico. «¡Por favor, Dios, deja que vuelva a abrirlos, que no los haya cerrado para siempre! Castígame por mis pecados, pero no me la quites... ¡por favor, no me la quites!».

—Ya ha recorrido medio camino —le dijo Coltrain, al ver el pánico que se reflejaba en su rostro rígido—. No la des por perdida aún. Anda, vamos a tomar un café.

Coltrain lo llevó a la cafetería, y lo invitó a un café. Mientras estaban allí sentados, Garon pensó que aquel hombre tenía una voluntad de hierro.

—Debí de ser un déspota en una vida anterior, por eso

se me ha castigado con tener que pasar por este infierno dos veces en una sola vida.

Coltrain recordó que había perdido a su primera esposa cuando estaba embarazada, y le dijo con voz suave:

—Grace tiene el corazón delicado, pero tiene una fuerza espiritual increíble. Sobrevivió a un trauma que habría acabado con muchos otros niños, es una luchadora nata. No la des por perdida.

—Jamás.

—¿Quieres ir a ver a tu hijo?

El hijo que había anhelado tener durante tanto tiempo, su hijo. Pero...

—No, aún no. No quiero ir hasta que... sepamos algo.

—De acuerdo.

Cash llegó en ese momento, con aspecto cansado.

—Ha habido una emergencia en el pueblo, he tenido que hacer centenares de llamadas para organizarlo todo. Han atracado un banco. Es increíble, ¿no? Un atraco en Jacobsville. Han atrapado a los ladrones, pero tenía que estar disponible. ¿Cómo está Grace?

—Están operándola —le dijo Garon.

—Tu hermano ha tenido un hijo —comentó Coltrain.

Cash miró a su hermano, que seguía taciturno, y exclamó:

—¿Soy tío? ¡Genial!

Garon tomó un sorbo de café. Su agotamiento era patente.

—Vamos, quiero ver si tu hijo se parece a ti —le dijo Cash.

Garon le lanzó una mirada abatida, y comentó:

—Pobrecillo, espero que no.

—Ya deben de tenerlo listo. ¿Vamos? —dijo Coltrain.

Garon fue con ellos a regañadientes. No le parecía bien ir a hacerle carantoñas a un niño mientras su mujer luchaba por su vida, pero sabía que iba a enloquecer si tenía que permanecer allí sentado pensando en lo que estaba pasando. Al menos, el niño iba a distraerlo.

Cuando vio a su hijo por la ventana, su actitud cambió por completo. Se quedó mirando a aquella cosita arropada en una manta azul, y exclamó:

—¡Qué pequeñito es, podría metérmelo en el bolsillo!

—¿Quieres tenerlo en brazos? —le preguntó Coltrain, para intentar borrar por unos minutos el terror que se reflejaba en sus ojos.

Garon lo miró sorprendido, y le preguntó:

—¿Está permitido?

—Venga, vamos —le dijo el médico con una sonrisa.

Le pusieron una bata de hospital, le indicaron que se sentara en una mecedora, y una enfermera le llevó al niño envuelto en su mantita azul y le enseñó a sujetarle la cabeza y la espalda.

Garon contempló a su hijo con una mezcla de asombro maravillado y de miedo. Era tan pequeño... los libros que había leído no le habían preparado para el impacto de la paternidad. Le contó los dedos de las manos y de los pies, le acarició la cabecita calva, vio a Grace en la forma de sus ojos, y a sí mismo en la barbilla. Se le llenaron los ojos de lágrimas al pensar en los días, las semanas y los meses que tenían por delante, y le rogó a Dios que no lo obligara a tener que criarlo él solo.

El niño se movió, y le aferró el pulgar con la manita. Sintió curiosidad al ver que no abría los ojos, y le preguntó al respecto a la enfermera, que lo miró sonriente y le dijo que el niño tardaría unos tres días en abrir los ojos y mirar a su alrededor, aunque aún no vería gran cosa. A Garon le dio igual, y miró a su hijo con una expresión que ningún artista del mundo habría sido capaz de capturar.

Coltrain y Cash lo observaron sonrientes a través de la ventana.

—Qué imagen tan increíble —comentó Coltrain.

—¡Imagen! —Cash sacó su móvil, y sacó una foto de su hermano con el niño—. Se la enseñaré a Grace cuando se recupere de la operación.

Coltrain asintió. Esperaba que Grace se recuperara, porque sabía más de lo que les había dicho a Garon y a Cash; sin embargo, esperaría hasta que no le quedara más remedio que decírselo.

Cuatro horas después, el doctor Franks fue a hablar con Garon. Parecía exhausto.

—Está aguantando. Lo sabremos en ocho horas.

—¿Qué es lo que sabremos? —le preguntó Garon.

Coltrain hizo una mueca. El doctor Franks respiró hondo, y contestó con suavidad:

—En ocho horas, Grace se despertará... o no.

Era la cosa más aterradora que le habían dicho en su vida. Garon se quedó mirando sin habla al médico, consciente de que debía de parecer un muerto viviente.

—No te rindas ahora —le dijo Coltrain, mientras posaba una mano sobre su hombro.

—Voy a enloquecer —susurró Garon con voz ronca—. ¡Ocho horas...!

—Vamos a ir a un hotel, he reservado una habitación —le dijo Cash.

—¿Estás loco?, ¡no pienso irme ahora del hospital!

—Sólo por un rato —le prometió Cash. Intercambió una mirada elocuente con los médicos por encima del hombro de su hermano, y añadió—: venga, confía en mí.

—¿Me llamarás si hay cualquier cambio? —le preguntó Garon a Coltrain con voz temblorosa.

—Te lo prometo.

—También he reservado una habitación para ti, Copper —le dijo Cash—. No discutas conmigo, tengo amigos a los que no te gustaría conocer.

—Vale, gracias. Iré dentro de un par de horas.

—Volvemos enseguida —les dijo Garon.

Cash no dijo ni una palabra.

Al cabo de una hora, Garon se había desplomado en el sofá de la suite. Cash sabía que había sido un poco maquiavélico, pero como su hermano parecía estar al borde del infarto, había optado por emborracharlo a base de whisky. Garon apenas bebía, así que la combinación de la preocupación, el agotamiento y el alcohol le habían dado de lleno y se había quedado rendido.

Se había quedado sorprendido al darse cuenta de lo profundos que eran los sentimientos que Garon tenía hacia su esposa, porque no le había hablado demasiado de ella durante aquellos meses. Habían ido a cenar a su casa varias veces, y Tippy y Grace se habían hecho grandes amigas. A Grace le encantaba tener en brazos a su hija, Tristina, a la que llamaban cariñosamente «Tris», y cuando Garon contemplaba a su esposa con la pequeña, una expresión de pura felicidad iluminaba su rostro normalmente taciturno. Su hermano no solía hablar demasiado de Grace, pero cuando lo hacía, era obvio lo orgulloso que se sentía de ella. A lo mejor ni él mismo se había dado cuenta de lo que sentía hasta que había ocurrido aquella tragedia.

Garon se despertó al cabo de seis horas. Parpadeó mientras miraba a su alrededor, y al darse cuenta de que estaba en la habitación de un hotel, se preguntó qué estaba haciendo allí. Oía a Cash hablando por teléfono, pero no se acordaba de...

Se incorporó de golpe en el sofá, horrorizado.

—¿Qué hora es?, ¿has llamado al hospital? Grace... ¿cómo está Grace?

Cash alzó una mano, asintió, y le dijo a la persona que estaba al otro lado de la línea:

—Enseguida vamos —colgó, y sonrió de oreja a oreja—. Grace se ha despertado.

—Se... se ha despertado —Garon se estremeció—. ¡Está viva!

—Sí. Aún está bajo los efectos de la anestesia, pero los médicos se muestran bastante optimistas. La nueva válvula funciona a la perfección.

Garon se levantó de golpe, pero se llevó las manos a la cabeza.

—¡Maldición! ¿Qué demonios me diste?

—Whisky escocés, soda, y una sustancia que no me está permitido poseer y de la que no puedo hablar porque es información clasificada.

Garon no pudo evitar soltar una carcajada. Su hermano era un verdadero demonio, pero había llegado a convertirse en un buen amigo. Se le acercó, le dio una palmada en el hombro en señal de afecto, y le dijo:

—Si alguna vez te metes en problemas y alguien tiene que arrestarte, llámame.
—Lo tendré en cuenta. Venga, vámonos.

Garon pudo entrar a verla, aunque sólo durante unos minutos. Estaba muy pálida, pero su respiración era más estable y el electrocardiograma era muy regular. Le apartó el pelo de la cara, y se maravilló por su tacto sedoso y por la serena belleza del rostro de su mujer.

Como si hubiera notado su presencia, ella abrió los ojos y lo miró un poco aturdida.

—Vas a ponerte bien, te llevaré a casa muy pronto.

Grace esbozó una pequeña sonrisa antes de cerrar los ojos y de volver a dormirse. Garon le acarició los labios, y se limitó a contemplarla extasiado.

Regresó a la sala de espera sintiéndose más optimista. El miedo no se había desvanecido por completo, pero era manejable. Se detuvo al ver a Cash charlando con seis hombres. Cinco de ellos eran compañeros de trabajo suyos de la oficina de San Antonio, y el sexto era el antiguo jefe del equipo de rescate de rehenes en el que había trabajado. Tuvo que contener la emoción que sintió cuando se acercaron a saludarlo, le preguntaron por Grace, y le ofrecieron todo su apoyo. No había duda de que trabajaba con el mejor equipo del mundo.

Grace fue mejorando día a día. Garon se horrorizó cuando los médicos hicieron que se levantara y que empezara a andar un poco al día siguiente de la operación, pero le dijeron que debía hacerlo para recuperarse y para evitar desarrollar una infección respiratoria debida a la cirugía.

Garon la llevó hasta la sala de recién nacidos muy poco a poco, mientras empujaba el soporte del que colgaban los tubos de las vías intravenosas. Ella iba aferrada a su brazo, y se sentía ligera como una nube a pesar de la dura prueba que había tenido que pasar.

Se detuvieron delante de la ventana de la sala, y la enfermera tomó en brazos al pequeño Tory para que pudieran verlo. Garon no sabía que Cash le había tomado varias fotos con el niño en brazos, y que se las había enseñado a Grace. Cualquier duda que ella hubiera podido tener sobre lo que Garon sentía por su hijo se había desvanecido. Estaba fascinada por el amor que obviamente sentía por el niño.

—Se parece a ti —susurró al ver a su hijo por primera vez, mientras se le llenaban los ojos de lágrimas—. Es precioso.

—Como su mamá —Garon le rozó los labios resecos con los suyos con una ternura infinita—. Gracias por arriesgar tanto con tal de traer al mundo a nuestro hijo.

—Tú me lo diste.

Él le besó el pelo, y le dijo con voz ronca:

—Me he portado muy mal contigo, Grace. Me alegro de tener la oportunidad de poder resarcirte.

—Así que vas a hacer penitencia, ¿no? —bromeó ella.

—Toda la que haga falta, y más —le contestó él, sonriente.

—Eso parece interesante.

Garon le mordisqueó el labio.

—Cuando te recuperes del todo, de aquí a uno o dos meses, exploraremos algunas posibilidades de lo más sensuales.

Su tono de voz pícaro hizo que Grace soltara una risita.

—Déjalo ya, apenas puedo caminar —le dijo con firmeza—. Me rajaron por la mitad, así que voy a tener más cicatrices que antes.

—Me encantan tus cicatrices, son muy sexys —le contestó él, con una sonrisa de oreja a oreja.

—¿En serio?

—El mundo es nuestro, Grace —Garon miró por la ventana de la sala de recién nacidos, donde su hijo estaba durmiendo—. El mundo entero.

—Sí, es verdad —le dijo ella con una sonrisa, mientras entrelazaba los dedos con los suyos con confianza.

La primera Navidad que compartieron fue la más maravillosa que había pasado Grace en toda su vida. Garon fue a por un árbol, y le pidió a las esposas de varios de sus trabajadores que lo decoraran. El resultado fue un triángulo fantástico de luz y de color. El niño ya era capaz de enfocar la mirada, y las luces parecían fascinarlo. En ese momento estaba en los brazos de Grace, haciendo unos ruiditos que tenían embobados a sus padres.

—Es el árbol más bonito que he tenido en toda mi vida —dijo, entusiasmada.

Garon asintió, y comentó:

—Mi padre no era muy dado a las celebraciones, pero a nuestra madrastra le gustaba tener un árbol de Navidad y decorarlo. Nunca acabó de caerme bien. Cuando mi padre se divorció de ella, nuestra ama de llaves empezó a hacer que estas fechas fueran especiales para nosotros. Siempre me han encantado los árboles de Navidad.

—A mí también. Tenía que discutir con mi abuela cada año para poder poner uno, pero siempre me salía con la mía.

Estaban viendo la tele. Garon había estado trabajando duro intentando atrapar a un traficante de drogas que se había establecido en la zona, y había formado un grupo de trabajo en el que estaba incluido Márquez. Los dos habían resuelto sus diferencias y se llevaban bastante bien. Rick iba a ver al niño de vez en cuando, pero siempre con Barbara; al parecer, no quería que Garon se molestara.

Grace contempló la pantalla entusiasmada cuando en las noticias mencionaron una nueva colección de muñecas que había batido récords de ventas en todas partes. Se trataba de una línea de muñecas de trapo hechas a mano llamada «La familia Ratón», y estaba formada por ratoncitos y ratoncitas, y sus hijos. Había una línea de ropa para ellos, y hasta golosinas con su nombre. Estaban vendiéndose como churros, todos los niños querían tener una de aquellas muñecas por Navidad. Se habían agotado en todas partes. Grace sonrió de oreja a oreja.

Al final, mencionaron que la creadora de las muñecas era la señora Grace Grier, que vivía en Jacobsville, una pequeña población de Texas.

Garon había estado a punto de desmayarse cuando se había enterado de en qué consistía su proyecto secreto. Grace había vendido los derechos de las muñecas antes de que se casaran, y había hecho prototipos de toda la ropa. Nadie esperaba que tuvieran tanto éxito... exceptuando al delegado de los grandes almacenes a los que Grace había mandado una carta con una muñeca de muestra. Como el hombre tenía mucha fe en lo bien que cosía Grace y las muñecas eran preciosas, al final había conseguido hablar con los encargados de adquisiciones de juguetes de una conocida cadena de tiendas, les había convencido de que serían el nuevo artículo de moda y ganarían una fortuna, y había acertado. Grace iba a ser muy rica.

—Creía que te conocía cuando nos casamos —Garon soltó una pequeña carcajada—. No tenía ni idea de cómo eres en realidad.

—Ya te dije que no quería limitarme a ser ama de casa.

—Para eso tenemos a la señorita Turner, cariño. Tú puedes hacer todas las muñecas que quieras.

—Sólo me ocupo de los prototipos, tienen un departamento entero fabricando las muñecas. Está empezando a ser un poco más duro, porque están vendiéndose en todas partes.

—Por cierto, eso me recuerda que Carlson me ha preguntado si podrías hacer un ratón blanco para el cumpleaños de su hija. Uno especial, con unos enormes ojos azules.

—Claro que sí. Tendrás que cuidar de Tory mientras trabajo en la muñeca.

—Encantado.

—Eres muy buen padre.

—Aún no, pero estoy en ello.

—Cuando acueste a Tory, tengo algo para ti.

—¿Qué es?

—No pienso decírtelo aún.

—¿Tiene algo que ver con rosas?

—No exactamente. Anda, ayúdame a levantarme.

Garon la ayudó a ponerse en pie. La incisión del pecho ya se le había curado, pero aún estaba bastante sensible. Se había sentido decepcionada por no poder darle el pecho al niño, pero a Garon le encantaba darle el biberón. Ya hacía unas seis semanas que la habían operado, y mejoraba día a día.

—Enseguida vuelvo —le dijo a su marido.

Grace tardó un buen rato en volver. Garon se puso a ver una película, y la señorita Turner se fue con Barbara a un concierto de góspel. La casa estaba muy silenciosa.

Justo cuando las granadas empezaron a hacer que todo volara por los aires en la pantalla, una sombra cayó sobre la tele. Garon miró hacia un lado, y abrió los ojos como platos. Grace estaba allí, vestida con un camisón rosa de satén sujeto por unos finos tirantes. El pelo suelto le llegaba casi hasta la cintura, y estaba preciosa y muy sexy.

—¿Qué pretendes, señora Grier? —le preguntó, mientras luchaba por controlarse. El médico aún no les había dicho que podía volver a tener relaciones sexuales.

—Me dijiste que mis cicatrices te parecían sexys, ¿no? —le dijo ella, con una sonrisa.

Garon sólo pudo asentir. El corazón le martilleaba en el pecho, porque el camisón era muy escotado y apenas le cubría los pezones. Tenía unos senos preciosos...

—Si de verdad crees que mis cicatrices son sexys, ¿por qué no vienes a la cama conmigo y me lo demuestras? —le dijo ella con voz ronca.

Garon no sabía que era capaz de llevar a una mujer por el pasillo y tumbarla en la cama en cuestión de segundos.

—¿Estás segura de que podemos hacerlo? —a pesar de sus palabras, ya había empezado a quitarle el camisón, y se tensó de pies a cabeza al dejarla desnuda.

—Sí, no hay problema —le dijo ella.

Garon se desnudó rápidamente, se tumbó a su lado, y apartó de golpe la colcha sin preocuparse por dónde iba a parar.

—Aún debes de tener el pecho bastante sensible.

—Sí —Grace lo saboreó cuando la besó en la boca, y soltó un gemido cuando él recorrió su cuello con los labios y fue bajando hasta sus senos—. Tendrás que ser inventivo.

Garon la colocó de lado, y volvió a besarla mientras deslizaba las manos por la suave piel de sus caderas y sus muslos.

Fue como la primera vez. Él no se apresuró a pesar de que se estremecía de deseo con el mero roce de sus cuerpos. La sedujo con toda la ternura de la que fue capaz, y fue enloqueciéndola poco a poco hasta que ella gimió desesperada.

—Con cuidado, cariño —susurró, mientras la alzaba lo justo para poder penetrarla—. Sí, eso es.

Los dos estaban de lado. Grace gimió, y deseó poder sentirlo encima de ella.

—A mí también me gustaría, Grace —susurró él contra sus labios—. Pero es demasiado pronto. No quiero hacerte daño.

—No me haces daño —le contestó ella. Cerró los ojos cuando él atrajo sus caderas contra las suyas de golpe y empezó a moverse con un ritmo lento y profundo.

Se apretó aún más contra su marido, y le suplicó que incrementara el ritmo. Le pareció oír que él soltaba una pequeña carcajada ronca, pero la vorágine ya había empezado y fue alzándolos hasta sumergirlos en un fuego abrasador que los dejó sin aliento, sin vista y sin oído, hasta que sólo fueron conscientes de la unión febril de sus cuerpos. Al cabo de unos segundos, Grace gritó extasiada y se arqueó contra él con las pocas fuerzas que le quedaban. Sintió que Garon se estremecía, oyó que susurraba su nombre una y otra vez cuando también llegó al clímax.

Al cabo de un rato, Garon se incorporó sobre un codo y la miró. Ella estaba tumbada de espaldas, y lo miró sonriente antes de decirle:

—Ahora, atrévete a decirme que te casaste conmigo porque estaba embarazada.

—Vale, tú ganas, lo hice por el sexo increíble.

—¿Y?

—Y por tu pastel de manzana, y para enterarme de cómo consigues que tus rosas sean el doble de grandes que las mías. ¿Por qué te casaste tú conmigo?

Ella alargó la mano hacia él, empezó a juguetear con un mechón de su pelo, y lo miró a los ojos.

—Me casé contigo porque estaba enamorada de ti —le dijo con suavidad—, porque eras el único hombre al que había deseado en toda mi vida.

—Gracias a Dios —Garon le dio un beso en la punta de la nariz—. Me porté fatal contigo.

Grace posó un dedo sobre sus labios.

—Estamos felizmente casados, y tenemos un hijo. Todo lo demás ha quedado atrás.

—Al menos, no tendrás que volver a preocuparte por Sheldon.

Grace asintió. Sólo con oír su nombre se sentía enferma.

—La terapeuta a la que voy es muy buena, está ayudándome a lidiar con los recuerdos.

—Si lo de hoy es un ejemplo, está ayudándote muchísimo —comentó él, con una sonrisa.

Ella lo miró con picardía, y le dijo:

—No ha sido por la terapeuta.

—¿Entonces, por qué?

—Estabas viendo la tele sin camiseta. Eres un descarado, no puedo resistirme cuando estás medio desnudo.

—Yo siento lo mismo por ti —le dijo, antes de volver a besarla.

Grace miró hacia el interfono con el que podían oír al niño. La luz estaba encendida, pero sólo se oía una suave respiración.

—Menos mal que compramos eso. Si no lo tuviéramos, no podría conciliar el sueño.

—Yo tampoco —Garon le apartó el pelo de la cara, y le preguntó—: ¿eres feliz?

—Inmensamente.

Garon le besó los párpados con ternura, y recordó haber hecho lo mismo cuando estaban a punto de operarla.

—Cuando Tory empiece a ir al colegio, quiero que vengas a trabajar conmigo.

—¿Y qué haría?

—Trabajarías de intérprete. Hay pocos agentes que sepan hablar árabe, serías toda una baza.

—Puede que lo haga.

Garon se tumbó de espaldas, y soltó un sonoro bostezo.

—Puede que mañana tenga que ir al juzgado, a testificar en contra de los atracadores de bancos que atrapamos. Lo más probable es que llegue a casa un poco tarde.

Ella le dio un beso en el hombro, y le dijo:

—Prepararé la cena para cuando llegues.

Él sonrió, y la rodeó con el brazo.

—Eres la esposa más maravillosa del mundo, es comprensible que te ame tanto.

Grace sintió que el corazón le daba un brinco. Era la primera vez que Garon pronunciaba aquellas palabras.

—¿De verdad me amas?

—Con todo mi corazón. Durante el resto de mi vida. Y espero que nos quede muchísimo tiempo por delante.

Ella se acurrucó contra su cuerpo, radiante de felicidad. Los años llenos de soledad y de dolor la habían conducido hasta el amor, la pasión, y un hijo fruto de ese amor. Su abuelo le había dicho en una ocasión que uno se ganaba la felicidad a base de dolor y lágrimas. Sonrió somnolienta, y besó el fuerte y cálido hombro de su marido.

—Nos quedan años y años, y te amaré más y más con cada uno que pase.

Él la apretó más contra sí, con cuidado de no hacerle daño en el pecho.

—Yo también seguiré amándote así, con toda mi alma.

—Y los dos podremos seguir hablando con los rosales.

—Bueno, pero si nadie nos oye. Trabajo en el FBI, no pueden verme hablando con unas plantas.

Ella volvió a besarlo en el hombro, y disfrutó de aquella cálida sensación de pertenencia.

—Y eso que dicen que los agentes federales no tienen sentido del humor.

—Oye, que me han ascendido a ayudante del agente

especial al mando por mi expresión seria y eficiente. Ahora puedo dar órdenes, y también ir a comer con políticos famosos. Hasta te llevaré conmigo, si prometes no ponerte aquel vestido azul.

El vestido era una broma recurrente entre ellos. Grace lo había colgado en el armario y lo sacaba cuando quería irritarlo, aunque lo había hecho en escasas ocasiones desde la operación. Él siempre estaba pendiente de ella, y la cuidaba maravillosamente bien.

—Te lo prometo.

—Por cierto, ¿te ha dicho Barbara que Jaqui se ha ido del pueblo?

—¿En serio?, ¡fantástico! —le dijo ella, encantada.

—Déjalo ya. Esa mujer nunca fue ninguna competencia para ti. Se habrá ido a alguna gran ciudad, y se convertirá en una potentada.

—¿Como yo?

—Sólo dejaré que seas una potentada si no tienes que viajar durante diez meses al año para promocionar tu proyecto. Ni siquiera me gusta que estés separada de mí durante un solo día. Tengo inseguridades, tienes que dejarme claro que me valoras.

—¿Ah, sí? —Grace empezó a mordisquearle los labios—. ¿Así te parece bien?

—Me parece fantástico. No te pares.

Después de besarlo profundamente, le preguntó:

—¿Mejor?

Él la atrajo contra su cuerpo, y susurró:

—Es adictivo. Quiero esto durante años y años.

Ella sonrió contra su boca, y enterró los dedos en su pelo.

—Yo también.

De repente, se oyó un sonoro berrido procedente del interfono.

Se levantaron a la vez y se apresuraron a ir a la habitación de al lado. Su hijo estaba llorando a pleno pulmón, y tenía la carita enrojecida por el esfuerzo.

Garon tragó con fuerza al notar un tufillo, y Grace frunció los labios al reconocer también el olor.

—Podríamos echarlo a suertes —propuso él.

Ella le dio un pequeño puñetazo en las costillas.

—Tiene que hacerlo alguien capaz de levantarlo, y yo no puedo aún —al ver que seguía vacilando, añadió—: oye, tipo duro, te dedicabas a rescatar a rehenes. Hasta estuviste en los SWAT...

—En el libro de normas se especifica que los agentes del FBI no pueden cambiar pañales —le dijo él con altivez—. Párrafo 211, sección tres, página 221.

—Esa norma no existe.

—Claro que sí, iré a buscar el libro mientras cambias al niño. No tienes que levantarlo, es una cama bastante alta —le dijo, esperanzado.

Parecía tan desesperado, que Grace tuvo que contener las ganas de echarse a reír. Él no le había dicho ni una palabra, pero la señorita Turner le había contado que cuando había tenido que enfrentarse al primer pañal sucio, mientras ella aún estaba recuperándose, había vomitado antes de poder cambiarlo.

Garon le ofreció las toallitas y un pañal limpio, y la miró con expresión implorante. Al ver que ella se limitaba a contemplarlo inflexible, se encogió de hombros y le dijo:

—¿Tú lo limpias, y yo le pongo el pañal limpio?

Grace se echó a reír. Se ocupó de su parte de la tarea, y dejó que él le pusiera el pañal limpio al niño.

Cuando acabó, Garon tomó al pequeño en brazos, lo apretó contra su pecho desnudo, y le besó la cabecita.

A Grace se le saltaron las lágrimas mientras los contemplaba.

—¿Qué pasa? —le preguntó él, al ver su expresión.

Ella se apoyó contra él, y acarició la suave mejilla del niño.

—Estaba pensando en lo afortunada que soy.

Garon la besó en la frente con una ternura infinita, y le dijo:

—Te idolatraré durante toda mi vida, y mientras me hunda en la oscuridad. Lo último que veré en mi mente será tu rostro, sonriéndome.

—Te amo —le dijo ella, mientras las lágrimas le corrían por las mejillas.

—Yo también te amo, Grace —susurró él con ternura. Le secó las lágrimas a base de besos, mientras el niño se quedaba dormido en sus brazos—. Nunca dejaré de amarte.

Y así fue.

Títulos publicados en Top Novel

Ojos de zafiro — ROSEMARY ROGERS
Luz en la tormenta — NORA ROBERTS
Ladrón de corazones — SHANNON DRAKE
Nuevas oportunidades — DEBBIE MACOMBER
El vals del diablo — ANNE STUART
Secretos — DIANA PALMER
Un hombre peligroso — CANDACE CAMP
La rosa de cristal — REBECCA BRANDEWYNE
Volver a ti — CARLY PHILLIPS
Amor temerario — ELIZABETH LOWELL
La farsa — BRENDA JOYCE
Lejos de todo — NORA ROBERTS
La isla — HEATHER GRAHAM
Lacy — DIANA PALMER
Mundos opuestos — NORA ROBERTS
Apuesta de amor — CANDACE CAMP
En sus sueños — KAT MARTIN
La novia robada — BRENDA JOYCE
Dos extraños — SANDRA BROWN
Cautiva del amor — ROSEMARY ROGERS
La dama de la reina — SHANNON DRAKE
Raintree — HOWARD, WINSTEAD JONES Y BARTON
Lo mejor de la vida — DEBBIE MACOMBER
Deseos ocultos — ANN STUART
Dime que sí — SUZANNE BROCKMANN
Secretos familiares — CANDACE CAMP

www.ingramcontent.com/pod-product-compliance
Lightning Source LLC
LaVergne TN
LVHW031808080526
838199LV00100B/6367